i No. 98
Fiction

謎題盒

THE PUZZLE BOX

丹妮莉・楚索妮——著

DANIELLE TRUSSONI

譯——楊惠君

《機關盒》是一部虛構作品。除了某些著名的歷史人物，書中所有事件、對話，以及所有角色都是作者想像力的產物，不應被視為史實。當真實的歷史人物出現時，相關的情境、事件和對話俱為虛構，無意於描繪真實事件，或改變作品純粹虛構的本質。除此之外，若與在世或已故人物有相似之處，皆為巧合。

致吾兒亞歷山大，金龍年生於日本。

後天學者症候群是一種罕見但真實的病症，意指普通人在經歷創傷性腦損傷以後，有了超乎常人的認知能力。全球有記載的後天學者症候群案例還不到五十個。

第二個謎題

龍盒

第一章

日本，伊勢神宮
二〇二四年二月二十三日
木龍年

神官奔向神宮，撩起袴（譯按：神官的服裝通常分成上衣和寬褲，日語是袴）的下襬，免得摔倒。現在分秒必爭。黎明的第一道光灑下樹叢，在剛下雪的地上投射出長長的影子。再過一會兒，其他神職人員就會走進正宮，坐在正殿前面禱告。再過一會兒，就是他這輩子最重要的一天，他已經準備多年，要執行今天的神聖職責。

神官甩去落在袴上的雪，鞠躬，走進神宮。濃郁而芬芳的香煙瀰漫在空氣中。在障子拉門後面，祭壇上的蠟燭閃爍搖曳，燭光照著祭壇上的銅器，灑在榻榻米上，他忍不住想跪下來禱告。

這是一種本能，一種肌肉記憶。過去十二年，他每天都會在日出前來到神宮，坐在祭壇前冥思。他從未質疑過自己的任務——為什麼他在這裡，萬一任務失敗了怎麼辦。沒有任何人會質疑。

然而，這些年來，他對自己守護的寶物收集了零星的消息，有關天皇龍盒的耳語傳聞。他聽說天皇在戰爭時期把龍盒藏起來，以免被美軍炸彈摧毀。等戰爭結束，便先後送到日本各地的神社——伊勢神宮、熱田神宮、皇居的宮中三殿——由神官日夜看守，誓死護衛。

他聽坊間傳說盒子裡藏了一件寶藏，或許是古代典籍，甚至可能是皇室名下的文物。他聽說這東西很危險：**眼睛看一下就會瞎，手指碰一下就會燒到見骨**。他相信這些警告。幾十年以前，有個年輕神官在清掃祭壇時暴斃，所有醫師都查不出死因。神官沒有資格與聞事實真相，所以他當時沒有多問。一個不小心，稍微耐不住好奇，就可能招來殺身之禍。

遠處的鐘聲響起，召喚神職人員前去禱告。第一道陽光射進正殿，灑在地上，把祭壇照亮。時間滴答滴答，越過越快，快得他都追不上了。他必須在其他人抵達之前趕到。正是此刻，不容耽擱。

跪在祭壇前面，他把神龕的門一開，就在裡面：龍盒。尺寸不小，差不多等於兩隻手掌張開，盒子是由精工巧匠把硬木一條條鋸開，然後拼接起來，構成一體成形的立方體。鑲嵌在表面上的漩渦狀木材，是一條曲折盤旋的龍。

神官只看到表面，但在盒子裡，包裹在一層層致命的陷阱中，有一個古老的謎題，幾千年來一直無人破解。

他得到的指示很清晰。他必須用一張絲綢方巾把盒子包好，送到東京，絕不能用手去摸，連看都不能看。這段話他了然於心，倒背如流。然而，低頭凝視龍盒的時候，他的決心動搖了。那些傳說會不會是真的？

眼睛看一下就會瞎，手指碰一下就會燒到見骨。

他用手指劃過木頭表面，撫摸微微隆起的拼接縫，尋找開口，把指甲滑進一條溝槽，輕輕一按。剃刀迅速劃過，刀片火熱光亮，割出鮮血。

神官把血擦乾，用絲綢包好木盒，按照禮儀打了個正式的結，然後塞在腋下。他向祭壇、逐漸明亮的陽光，以及所有他侍奉的對象——神、天皇、高山、大海——鞠躬，轉身火速離去。

但其實毒素的種子已經在他汩汩的血流裡生了根。在神社日落之前，在神官領悟到自己鑄下大錯之前，他會氣絕身亡。

第二章

紐約市
二〇二四年二月二十二日
木龍年

麥可．布林克用狗鏈緊緊拉著他的臘腸狗，康南德隆——簡稱康妮。這是二月份的一個星期四，冷得不得了，然而哥倫布公園擠滿了狗——杜賓犬和柯利犬、黃金獵犬和拉布拉多犬、巴哥犬和貴賓犬。康妮用力拉扯狗鏈，拼命要和其他的狗一起玩。牠們在剛降下的白雪上奔跑跳躍，布林克知道康妮巴不得肆意狂奔一番，一身旺盛的動力讓牠對狗兒的混戰垂涎不已。他彎下腰，解開狗鏈，牠蹦蹦跳跳，汪汪吠叫地跑走了，就像嗅到了獵物，興高采烈，精力充沛。

布林克深吸一口氣，吐出，看著周邊的空氣凝結。手上拿著一杯咖啡，腋下夾著日報，他走在雪地裡，心情愉悅。儘管世界一場糊塗——每次看報紙就會發現一大堆天災人禍——在這種時候，他每天可以喝到好咖啡、玩填字遊戲、讓他的狗在公園恣意奔跑，活著還是很好的。

他打開《紐約時報》，一口氣翻到遊戲版。他的謎題登在正中央，署名是粗體字。他的編輯威爾．蕭茨請他設計一個難度適中的數字謎題，所以他設計了一個三角座。

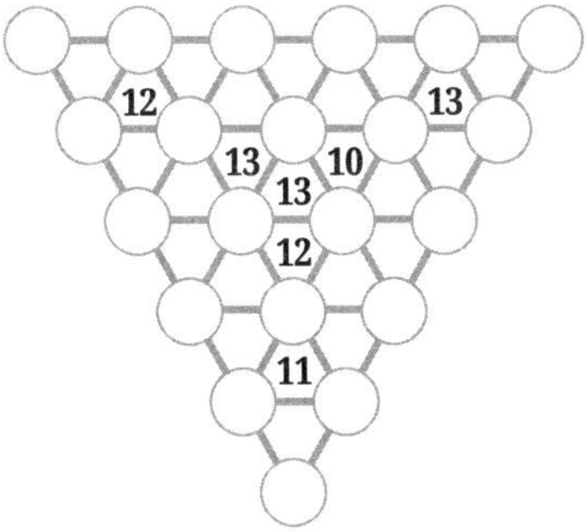

解題時，必須在每個圓圈裡填入一到六的數字。相同的數字不能填在同一條灰線上。他已經在圓圈構成的三角形裡填了幾個數字。把三個圓圈裡的數字相加，總和就是三角形裡的數字。

擔任遊戲版的固定撰稿人，只是麥可．布林克的眾多才能之一。總的來說，他被公認為全世界最有才氣的謎題師。六個月前，他上了《六十分鐘》。這次專訪深入調查他的過去，以及他如何因為創傷性腦損傷，從少年足球明星變成數學天才，似乎有無窮無盡的能力，能破解玄之又玄的謎題。人家形容他擁有「核子腦力」，令人窘迫的核爆迷因在社交媒體上瘋傳。後來他再也不接受訪問。

這種關注讓布林克惶惶不安。他比較喜歡私下努力設計謎題，不想出現在公眾面前。然而，破解了所謂的「上帝謎題」——紐約州北部一樁命案的關鍵密碼——以後，他就成了家喻戶曉的人物。他拒絕討論案情——不上任何晨間節目，甚至不接受他最喜歡的談話性節目主持人柯貝爾特的訪問——反而增加了他的神祕性。人家說他行徑怪異，是個**腦損傷**的隱世天才。而且，坦白說，這種評價和事實相距不遠。

腦損傷。這個說法讓麥可．布林克很有共鳴。他花了二十年的時間接受創傷性腦損傷留給他的學者症候群，這是一種罕見疾病，大腦受損後的可塑性極高，以致於過度發展。對布林克而言，結果就是一種驚人的天賦——他可以輕鬆解答最困難、最複雜的問題。他看到的世界像一連串互相鎖定的模式。他擁有照相機式的記憶力，學習和保存訊息的能力也令人嘖嘖稱奇，可以不費吹灰之力地破解最艱澀的謎題。

他的天賦是一種超能力，但也是他最大的障礙。他很難擁有正常生活，也一直沒什麼自信。雖然外表看不出受損的跡象——他迷人、很有運動細胞，也很受朋友和同事的喜愛——表面下的麥可．布林克充滿焦慮。這次受傷導致他神經系統受損、失眠，還有聯覺，也就是感官混淆，使色彩和聲音發生扭曲。神經科學家特雷佛斯醫師從一開始就為麥可診治，甚至把診所從中西部搬到紐約，以就近治療，他推測麥可的數學和記憶天賦，都是聯覺的結果。

「你的大腦對模式的回應，就像正常人對危險的反應。」特雷佛斯醫師曾經這麼對他說。「你遇上挑戰的時候，會釋出一種化學物質，和一般人身陷險境或墜入愛河時差不多。造成的結果是一種超級突顯性，感覺自己和周遭的一切息息相關，一切都言之成理。但這種化學成分會消退。你之所以必須剷除障礙，是為了分泌更多這樣的化學成分。你的大腦像一個追求刺激的人，永遠在尋找更大的刺激。你需要更困難、更危險的挑戰，才能感覺自己是正常人。你必須在精神上陷入險境，才能感覺自己是活著的。」

而且他說的是事實。布林克渴望難如登天的解題過程。十、十二、十四小時的比賽，耗盡他最後一絲體力，才能在精神上平靜一、兩天，有時候更久。但接下來這個循環又重新開始。

在特雷佛斯醫師的協助下，他已經有辦法處理自己的情況。冥想、健康飲食，還有運動，多少都有用處，但效果稍縱即逝。就像吃阿斯匹靈來抑制頭痛，當藥效退去，布林克原本的症狀往往會捲土重來。

別人看不見他內心的掙扎，使他的困境雪上加霜。在別人眼中，他成就斐然，是個英俊而不失赤子之心的天才，要什麼有什麼。儘管高知名度和接連不斷的國際謎題比賽把他包裹在一個泡沫裡，他渴望的卻是正常生活中那些簡單的東西。朋友、家庭、從容自若地當個普通人，過普通的生活。在外界看來，這種渴望似乎很荒謬。人人都認定他的快樂來自功成名就。事實上，他受傷帶來的生理和心理效應，是一種緩慢、永無止盡的折磨。接受自己的天分，是麥可·布林克畢生最艱鉅的挑戰。

你的大腦是一個迷宮，特雷佛斯醫師說過。**你這一生最費解的謎題是你自己**。

布林克啜了最後一口咖啡，把報紙摺起來，夾在腋下，這時他注意到有個女人在公園外圍盯著他。遛狗專區有幾十個人——週四早上七點半是公園人最多的時候。但不知為何，這個女人特別顯眼。當兩人四目交會，她的眼睛眨也不眨，只是盯著他看，目光尾隨著他。或許是她沉著的表情，一副好像認得他，卻無意上前攀談的模樣，讓他渾身不自在。

還有她的裝束。天寒地凍，風勢相當強勁，她卻只在桃紅色的T恤外面套了一件黑色運動外套。她的頭髮被風吹亂，一大束頭髮染成鮮藍色。她是亞裔人士、年紀很輕，沒戴帽子、手套、連圍巾也沒有，彷彿完全感覺不到零度以下的冷風。

布林克從夾克口袋拿出一個橡膠球，朝康妮丟過去。他的手指被凍得刺痛。他摩擦雙手，回頭瞥了那個女人一眼。儘管寒風刺骨，她完全不當一回事。**她在打什麼主意？她幹嘛這樣看著他？**

她可能已經認出他了。這種事很少發生——大家知道的是麥可·布林克的謎題，不是他的長相。儘管如此，偶爾還是有人走到他面前，手裡拿著他的謎題，要求簽名或自拍。但這個女人手上沒有他的謎題書，也不像那種會擺拍的人。他決定對她視而不見，又向康妮丟了幾球，然後把狗鏈扣在牠的項圈上，打道回府。

他把公園那個女人忘得一乾二淨，直到爬上五排樓梯，準備回他的挑高公寓，才發現她在門口等他。她的皮膚被凍得裂開，臉頰紅噗噗的，黑色皮革的馬丁大夫鞋沾滿了人行道的鹽巴和白雪。顯然她是從公園跑過來的。這樣可以解釋她怎麼會比他早一步趕到公寓。卻無法解釋她怎麼知道他住在哪裡。

「嘿，」她說，從頭到腳打量他。「不是故意嚇你。」她伸出手。「我叫櫻，中本櫻。可以跟你聊一會兒嗎？」

聽她的名字是日本人，說的卻是口語化、毫無口音的英語。他和她握手。「麥可・布林克。」

「久仰大名。」

他還來不及反應，她就把手伸進外套口袋，取出一個小木盒，活像魔術師從帽子裡變出鴿子，然後放在他的手掌上。她小心翼翼地走開，彷彿這個盒子很危險，是個裝了炸藥的精緻小物。布林克一臉詫異，目不轉睛地看著。他掌心這個輕得像一疊紙牌的，是一個日本機關盒。

他翻轉盒子，從每一面仔細察看。盒子簡單、優雅、木頭表面平滑而有光澤。他回頭看了櫻一眼。她從公園跟過來給他一個機關盒，到底是為了什麼？

她深深一鞠躬，在他公寓外面髒亂的走廊裡，這麼正式的姿勢顯得格格不入。「謹代表日本天皇，請接受這個挑戰。」

在她表明來意的同時，布林克喘了口氣。這個女人不是天不怕地不怕的崇拜者。她尾隨他回家，不是為了跟他要簽名，而是邀請他破解世上最艱鉅也最神祕的謎題：龍機關盒。

第三章

麥可．布林克輸入大門密碼——把他的出生的日期和社會安全碼加在一起，除以二，然後由小而大，重組成的一系列數字。他沒有把數字背下來，而是把它們看成視線邊緣的一系列色階，這是聯覺的副作用。布林克不知道為什麼會這樣，只知道顏色會指點他破解謎題，而且從來不曾出錯。

他把櫻帶進一間塞滿他謎題收藏的公寓。一疊疊螺旋裝訂的填字遊戲、數獨、數字謎題和迷宮書籍：大批罕見的謎題書；一整個玻璃箱的魔術方塊，將近五百個，經過破解，像切割的寶石般閃閃發光。牆上掛著他的燒腦型拼圖，每個都是錯綜複雜的正方形謎題，黏好之後裝上畫框，像一幅幅抽象藝術。公寓另一頭的訂製層架上，展示著他的日本機關盒。

日本機關盒是一種深奧費解的裝置，充斥著祕密隔間、偽開口、假牆壁和其他用來轉移注意力的設計，目的是讓破解者混淆和挫敗。事實上，機關盒不是一個盒子，而是有好幾個——盒中盒的盒中盒。要想破解，必須一步步移動木片，藉此改變盒子的整個結構。只要走錯一步，盒子就會像拳頭一樣握緊。魔術方塊、七巧板、魯班鎖、迷路園、糾纏拼圖——這些都是機械拼圖的例子，他最喜歡這一類的拼圖，但破解起來無比困難。

十幾年前，他第一次購買機關盒。他找到一個出口傳統日本機關盒的經銷商，一口氣訂了幾十個。他嘗試破解精密而難解的盒子，專門用來讓破解者兜圈子的祕密盒。他遇到一位很有創意的美國機關盒設計師，拿出自己的設計圖，示範機關盒的製作者——憑著過人的想像力和強烈的淘氣感——如何妙手生花。機關盒精確、困難、前後步驟一絲不苟，和破解有形的密碼差不多。

大多人是用試錯的方式，引導自己滑動木片，一步步破解迷宮。布林克則不然。他對機關盒有第六感。每個步驟都是靠直覺，就像鋼琴家能感覺到下一個琴鍵，或短跑選手感覺到下一個步伐，他也能感覺下一個步驟是什麼。他懂得機關盒的祕密語言，他能聽出機械裝置最微弱的劈啪或咔噠聲，知道一塊木片順利滑動或遇到阻力是什麼意思。機關盒有自己的語言，而麥可·布林克精通此道。

看著手上的盒子，他恨不得想馬上打開。「這是我想的那個東西嗎？」

櫻直視他的目光，彷彿樂見他惶惶不安，然後點點頭，這個簡潔的動作讓他心中竊喜。

「那個盒子裡裝的是一份破解龍盒的邀請卡，」櫻說。「只要你拿得到，邀請卡就是你的。」

當然，這個小盒子不是謎題本身。龍盒絕對不會離開日本。這是謎題前的謎題。機關盒就是這樣：謎題中的謎題，模式中的模式，一整套令人惱火的謎題，之所以如此複雜，是為了令破解者困惑，即便最頂尖的高手也不例外。而龍盒正是最複雜的機關盒。它聲名遠揚，如同人面獅身像的謎題，帶有神話色彩。破解龍盒的邀請千載難逢。他還是不太相信真有其事。

他把機關盒轉來轉去，仔細察看每個表面。他感覺盒子很堅固、構造精巧，而且極其精簡。儘管尺寸很小，卻是高手之作，不能掉以輕心。

「有幾個步驟？」

「這是三寸盒，」她說。「需要二十四個步驟才能打開。」

布林克知道「寸」是日本的測量單位，差不多等於一英寸。「以二十四個步驟來說，未免太小了。」

「大小和難度無關。」她把手臂叉在胸前，打量他。「也和裡面的寶藏多麼貴重無關。」

包裝雖小，物品卻大。他微微一笑，承認她說得對。「有什麼特別的設計元素是我應該知道的？」

「**每個**設計元素都很特別。機關盒這種東西，絕對不能看外表。它是幻覺大師，謎中之謎。千萬要保持警覺，一刻也不能鬆懈。」

她看看他滿牆的機關盒。他能感覺她在掂量他的本事，好奇他夠不夠厲害。難道她在懷疑他的能力？沒有人比他厲害。他花了許多年的時間破解這些東西。「等你準備好就開始。」

「很好，」她說，同時轉動手腕，露出一支黑皮帶的蘋果手錶。她輕觸反光螢幕，叫出一個發光的碼錶。「你有六十秒。」

她沒有等他回應。輕觸一下，開始倒數計時。

布林克有一分鐘的時間破解機關盒。但他用不著一分鐘。連半分鐘都不用。他沒有充分思考，甚至不知道自己在做什麼，只是在腦子裡繞著盒子打轉，仔細估量，撕開表面，設法找到入口。每次都是這樣。他的頭腦吸收謎題，就像他的舌頭吸收味道或是鼻子吸收氣味——輕而易舉，彷彿這是它唯一的用途。他的天賦，創傷後留下的那種難以言喻的才華，接管了大腦。第一個步驟自動冒出來，然後是第二個步驟。破解之道在他心中浮現，像一幅全息圖，木片的滑動，步驟的先後，清晰明瞭，最後打開的盒子躺在桌上，機關破解。

「了不起，」櫻說，她把手錶停止，眼中盡是仰慕之情。「你十二秒就打開了。」

他感到一陣愉悅，不由得沾沾自喜。一種美妙的化學物質滲入血流。這就是了。**這**就是他熱愛解謎的原因——這一刻，碎片合而為一。這一刻，一切言之成理。

「但你還沒通過考驗，」櫻說。「你可以用剩下的四十八秒破解這個……」

盒子裡是一件很平整的摺紙作品，紙花瓣構成一朵鮮豔的黃橘色菊花。

「菊花是日本天皇的象徵，」櫻說。「他表示衷心希望你破解我的謎題。」

「這是**你**設計的？」他問，赫然發現這個摺紙不僅僅是一件精巧的紙雕作品。

櫻點點頭，布林克拿起摺紙花，翻來轉去，察看它的邊緣和陰影、深度和量體。拿在手上

輕飄飄的，如若無物。其中一片花瓣比別的略長一些，布林克伸手一拉，花朵展開，化為一張平紙。紙張動了一下，下面有東西。他用指甲沿著邊緣滑過去，菊花的表層剝落，露出一個謎題。紙張的一面畫了一個網格，另外一面寫了一連串的線索。這是填字遊戲，謎題中的謎題，專為麥可．布林克量身訂製的美妙誘惑。

櫻輕觸手錶，開始計時，布林克動手解謎。

CLOCKWISE

1 Lower-leg areas • **2** Window parts • **3** For-profit university of Naperville, Illinois • **4** Big houses? • **5** Beginning of many website addresses • **6** Sudden outpouring • **7** Eager to get started • **8** Miracle worker? • **9** Sought the love of • **10** Orthopedic surgeon's focus • **11** It's a little over a yard in Scotland Yard • **12** Leatherman collection • **13** Dwarf's name • **14** Island republic between Italy and Libya • **15**___-mouthed • **16** In a clever, deceptive, or unscrupulous way

COUNTER CLOCKWISE

1 Gray-colored • **2** Taxonomic ranks between kingdoms and classes • **3** Every 24 hours • **4** Female donkey • **5** Those with plenty • **6** Mixes things (up) • **7** In an appropriate way • **8** Photographs, briefly • **9** Neighborhood of southern Los Angeles • **10** Idaho's capital • **11** Crescent-shaped • **12** You'd better believe it • **13** Lavished love (on) • **14** Rolling tracts of marshy land • **15** ___ syrup • **16** Tennis great Monica

第四章

中本櫻很清楚，玩技巧遊戲的時候，最初的幾個步驟最重要，難度也最高。在外人眼中，或許像猜出來的——一連串隨機的選擇——但其實不然。你必須潛意識知道正確的步驟，必須信任直覺的磷光，經驗累積的智慧，有**某種**微妙、無法量化的東西，像照亮暗巷的燈籠，為你指點迷津。就像回答沒有人問過的問題。或是解開沒有人寫過的方程式。這一刻憑的是純粹的想像力，每一種可能都攤在面前，召喚你。有人義無反顧地跳進去；也有人小心翼翼，一次邁出一步，徐行緩步地踏入黑暗中。無論用什麼方法，最初的幾步不容有失。只要剛開始走錯一步，接下來就會一敗塗地。

麥可．布林克解謎的初始步驟是很有名的。十年前，櫻初次聽到他的大名，當時她十三歲，忙著準備她在紐約市的第一場速解魔術方塊比賽。布林克是公認的完美典範，人人稱羨的解謎師，所以她在YouTube找他的影片，看他如何破解魔術方塊。他的風格、速度、信手拈來的破解之道，改變了她對這種遊戲的看法。

從那時起，她看了麥可．布林克的幾百段影片，讀了她能找到的所有相關資料。他本人和她在線上看到的一模一樣。個子很高，藍色的眼睛、蒼白的皮膚和鷹鉤鼻，使他看起來輪廓分明。沙金色的頭亂得很時尚，三天沒刮的鬍渣子，顯得既邋遢又帥氣。他的衣著很簡單，幾乎是稱得上樸素，穿著一雙被融雪浸濕的紅色低筒老爹鞋、黑色牛仔褲和一件印著二〇一五年麻省理工解謎大賽的T恤。

櫻在日本出生，九歲時遷居紐約，是百分之百的雙語人士。她對美國非常熟悉，有利於和麥可・布林克打交道。外加她所受的訓練。她很有戰略天賦，她父親說；而且她剛開始學寫字，就跟著父親學圍棋，八歲時首次獲得地區比賽的成人組冠軍，這項佳績為她帶來不必要的關注，但也激發了她對技巧遊戲迄今不變的熱愛。

到紐約市定居以後，她的訓練加強了。她參加圍棋錦標賽，拿下西洋棋比賽冠軍，周遊全美各地，參加各式各樣的競賽。為了消遣，她開始參加電子競技大賽，屢創佳績，躋身極少數聲名顯赫的少女遊戲玩家之列。她玩要塞英雄的影片累積了幾百萬點閱率。在她的啟發下，某個年紀的女孩把一縷髮絲染成鮮豔的海藍色。即便是現在，早已退出電玩圈多年，照樣有崇拜者寫信給她。

但只有少數幾個人知道她受訓的真正目的。她的技巧，就像她阿姨經常說的，是一項祕密武器。**做學問雖是好事，但有時也會壞事**，她阿姨引述江南和尚的話說。英勇之戰士，乃至善之曲者，須知學問一事，縱然出自最良善之心，亦可能招致危險。智計過人，則易生傲慢；力量過盛，則招來挑戰；心地過善，則遭人利用。所以櫻隱藏她的技巧，現在總算可以一展所長。

少女時代的櫻會對麥可．布林克敬畏有加，但二十三歲的她不能被任何人打動。此事關係重大。她奉命監督天皇邀請函的各個層面：把盒子送到，評估麥可．布林克的解謎能力；設計第二個謎題，鎖在盒子裡。上面交代她，護送布林克前往東京之前，要能解答他的所有疑問。她預期不會有任何意外——很少有事情讓她意外——不過這一切實在發生得很快。

兩天前去東京的時候，她受邀前往吹上御所，然後被帶進天皇的私人居所，房裡鋪著厚絨的白色地毯，擺著雅緻的當代家具，風格非常現代。除了大理石茶几上的一盆花道，和幾件傳統藝術品，沒有任何日本元素。天皇和皇后並肩坐在一張白色的長沙發上等候。她阿姨明美，天皇夫婦的私人祕書，坐在附近。櫻猶豫了一下，不清楚他們找她來幹什麼，但阿姨看了她一眼，她走進房間，深深一鞠躬，背脊僵硬，目光直視地面，等待對方發話。

「謝謝你特地來一趟，中本小姐。」皇后說，用櫻的姓氏叫她，是一種正式的稱謂。櫻感到一絲不安。她望向阿姨，想得到一點暗示，但明美只是點點頭，示意她應該坐下。櫻坐下了。

「我們需要你的協助，」天皇說，目光直視著她。和天皇四目交會時，她感到一陣寒慄。幾千年來，日本天皇被奉為神祇，是天照大神的直系子孫。櫻是現代女性，有現代的信念，然而此時此刻，她本能地想把目光移開。「我們需要一個行事謹慎、英語流利，而且絕對忠誠的人。」

中間的茶几放著一個設計繁複的小木盒——正是她後來在紐約放進麥可．布林克手裡的盒子。天皇說明他們要她做什麼，她同意了。

「在檯面上，這份邀請並不存在，」天皇說。「這趟行程也不存在，萬一東窗事發，我們會矢口否認。你也一樣。」

「櫻會順利完成任務的。」她阿姨說。櫻和明美互看一眼，明白這是出自她的安排，年復一年的籌謀計劃，就是為了這一刻。她阿姨已經打好基礎。現在櫻必須盡她的責任。

「你去見的那個美國人……」阿姨在櫻搭天皇專機飛往紐約前告訴她。「仔細觀察他。我們一直在留意他，也相信他和外界的傳聞無異。但你必須當面證實。你知道，有人等著利用這個機會傷害我們。如果有任何懷疑，哪怕只有一點點，都必須通知我。請謹慎行事。」

櫻向阿姨鞠躬，擔起執行這項任務的責任。她感覺肩上的負擔沉重。她不只是單純的特使。一切都要仰仗她的專業能力、判斷力，和她的技巧。受了多年訓練，直到這一刻，她才恍然大悟。龍機關盒一直在等她。她一輩子都在為開啟龍盒做準備。

第五章

布林克瞥向櫻的手錶。他有四十八秒可以解謎，時間不多了。他從口袋摸出他最愛用的畢克牌四色伸縮原子筆，然後開始推測答案。解答很快就出來了——他一看完線索，答案就自然浮現。他不清楚怎麼會這樣，不過破解字謎比較像是回憶答案，而非尋找答案。彷彿似曾相識，只不過清楚明白，而且容易理解。

不是說這個謎題很簡單。一點也不簡單。櫻設計的是《紐約時報》所謂的週六填字遊戲，是每週最難的一個。但儘管網格的設計複雜，線索也很燒腦，他還是三、兩下就破解了。他的照相機式記憶和海量詞彙產生的化學反應，使他破解字謎像呼吸一樣容易：吸入線索；吐出答案。

龍機關盒完全是另一回事，是他前所未見的挑戰。他在麻省理工讀書時，第一次聽說這個東西，當下就充滿好奇。他為了尋找更多資料，不惜上窮碧落下黃泉，但求能找到龍盒的一張照片、一篇學術論文、一絲絲它確實存在的證據。

但沒有任何發現——網路沒有、圖書館沒有、遍尋不著。

唯一聽說過龍盒的人，是他從事謎題設計的書呆子朋友。他在Reddit貼了一則串文，得到的回應全是陰謀論——盒子裡有一幅尋寶圖，能找到山下寶藏，東南亞國家在第二次世界大戰期間被皇軍劫掠的黃金；有一個被咒語困在裡面的妖怪或惡魔；龍盒只是稗官野史，用意是困擾二戰結束後的美軍佔領部隊。純屬憑空捏造。在某方面，他寧願相信這個解釋。如果龍盒只是懷疑論者和謎題師憑空杜撰的謠言，自然折磨不了他。

不管是真是假，他聽見坊間謠傳上一場比賽在二〇一二年舉行，以失敗告終。線上謎題團體宣稱，一位澳洲解謎師被請到日本開啟龍盒，他多次贏得世界謎題冠軍，精通數字謎題，登上前往東京的飛機以後，再也沒有人見過他。

如此一來，謠言更是甚囂塵上。布林克在謎題界的幾個朋友相信，龍盒本身有致命性，那個澳洲人在破解的過程中死亡。另外也有人揣測，解謎師打不開龍盒，卻知道太多祕密，於是遭到滅口。還有人說機關盒害得他精神失常，在東京街頭流浪，說話顛三倒四，語無倫次。

雖然無從得知真相，但布林克知道這場比賽是不尋常的挑戰，是一場生死攸關的賭博，對麥可・布林克來說，有一種他難以解釋的吸引力。

事實的真相是：**他別無選擇**。受傷之後，這種挑戰變得不可或缺。在他生活中扮演了深刻而必要的角色。他到處看見一致性和模式，在生活看似雜亂無章的流動中，發現優雅的數學排列。他不費吹灰之力，就能解開艱深的方程式，三、兩下就排列出極其複雜的資訊系統，還能輕鬆記住成千上萬個數列。但他能繼續活下去，全靠解謎所帶來的感覺。解謎已經成了他的本體，如同空氣、水、愛或棲身之所，是他生命中必要的元素。當他破解謎題的時候，一切都變得合理。頃刻間，宇宙構成了絢爛、唯美的對稱。這是幻象，他知道，但這是他的幻象。

例如他面前的花朵填字遊戲就自動解開了。等他再看到菊花謎題的時候，字已經填完了。

布林克放下筆。低頭瀏覽字謎，在紊亂的字母中，他看到一小段話。十六個高亮色的字母。解答中的解答，在他眼前自行破解，這些字母沿著花朵順時針移動：**Invitation to Play**（參賽邀請）。

「好極了，布林克先生，」櫻說，輕觸她的手錶，停止計時。「你在計時結束前十四秒解開我的謎題。天皇一定很高興聽到你的確名不虛傳。」

「這個謎題不簡單。」他說，知道中本櫻本身就是謎題師，和他是同一類人。

「謝謝，」櫻說，爽朗地接受他的誇獎。「如果你不介意的話，我們現在就得上路。樓下有一輛車在等我們。」

「等等，」他說。「我通過了考驗，但不代表我已經接受邀請。」

她凝視他的眼神，和他在公園看到的一樣令人背脊發涼。顯然她完全沒料到他會拒不從命。不得提問，不容耽擱，要他立刻出發。雖然荒謬絕倫，卻和這場比賽的傳聞如出一轍。

「是報酬的問題嗎？」她問。「我保證報酬非常豐厚。要是你成功了，會把龍盒本身贈送給你。想必你一定知道，這件文物是無價之寶，會有許多私人收藏家爭相搶購。保守估計，它的價值高達數百萬美元。」

櫻瞥了滿牆的機關盒一眼，評估布林克的收藏。

「但我感覺對你這樣的人來說，真正的獎賞不在名利。對你這樣的人來說，破解世上最困難、最神祕的謎題就是足夠的報酬。」

她說得當然沒錯；布林克最想要的獎賞就是這個挑戰，以及解開不解之謎的成就感。但他不能這麼草率。經驗告訴他，玄祕的謎題可能使他陷入意外和危險之地。如果傳聞屬實，這件事關係重大。「接受邀請之前，我得問清楚幾件事。例如，那位澳洲解謎師……」

「你指的是二〇一二年試圖開啟龍盒的人？」

布林克點點頭。「他從此一去不回。」

她盯著他看，拒絕證實或否認那位澳洲解謎師已經失蹤。

「還有在他之前的解謎師，」布林克說。「同樣沒有平安返回的紀錄。」

她嘆了口氣，字斟句酌，然後說。「每一位試圖開啟龍機關盒的謎題師都在破解的過程中喪命。破解龍盒很危險，恐怕是你畢生最危險的一件事。你很可能無緣離開日本。」

「真讓人放心。」布林克想都沒想，就拿起機關盒，用手指反向操作，回溯每一個步驟，滑動木片，直到木盒恢復原狀。他把盒子放在櫻面前的流理臺上。這種機會。「大多數的人連考慮都不考慮。」

「你不是大多數的人。」櫻直勾勾地看著他。「龍盒也不是尋常的謎題。龍盒的創造，是為了守住一個祕密，一個許多位高權重的人都很看重的祕密。這樣的祕密價值不菲，對你而言更是如此。」

對他價值不菲？「很抱歉，我不明白這句話的意思——」

「你得到的好處，不只是獲勝的榮耀，」櫻說。「我是讓你有機會瞭解你這種非凡天賦的意義，還有目的。」

布林克思索她的驚人之語。這個女人和他素昧平生——她走進這間挑高公寓不到二十分鐘——現在卻表示可以解答他畢生感到最深奧的問題。他不知道該怎麼想。「這是個莫大的承諾。」

「我不會對一般人這麼說，但你不是一般人。你是我見過最優秀的解謎師。我知道你有能力獲勝。但你必須知道你參賽是有原因的。而我是來告訴你，麥可·布林克，你有。」

第六章

在皇居東南角的入口，韓華紅外線動作感測監視攝影機偵測到一個人。現場直播的反饋跳脫，攝影機的旋臂往右轉，鏡頭拉近、拉遠，然後定焦在一個男人身上，他蹣跚地穿過宮殿寬敞的中央走廊，從他身上淺藍色神官袴，能看出他的位階，素色的黑靴子在大理石地板留下雪跡。他右臂的腋下僅僅夾著一個東西，是包著白布的包裹，十之八九是龍盒。

神官搖搖晃晃地穿過寬敞的中央走廊，腳步雜亂無章，弄得追蹤他的攝影機旋臂也不停地左搖右擺，直到他像斷了線的木偶，重重倒在地上。攝影機不再移動，把畫面完整地拍下來，記錄了散在地上，像泳池那種藍色的袴，看到靜止的手指、毫無表情的臉孔、一動也不動的靴子。宛如靜止畫面。隨著他的體溫下降，紅外線監視器閃個不停。神官死了。

皇室的私人祕書齊藤明美進入攝影機的拍攝範圍，在男子旁邊蹲下。她把兩根手指搭在他的頸部，摸摸看有沒有脈搏。攝影機拍到她驚嚇的表情，錄到她連忙小心翼翼地站起來，繞著屍體行走，從每個角度仔細察看。但攝影機拍不到她在想什麼，看不到她心裡湧現的那段幾乎令她失控的慌亂獨白。

龍盒可能惹出的麻煩很多，她心想，但她沒想到會發生這種事。**她到底該怎麼辦？**她必須把屍體弄走。她必須稟告天皇。她很清楚皇后會怎麼說：**在比賽前鬧出人命，是大凶之兆**。身為天皇和皇后的私人祕書，明美得以與聞普通百姓，甚至皇室的其他成員都不得而知的機密。她必須保護一些私人的小祕密，絕不能讓外界察覺到皇室和其他人一樣是凡夫俗子。另外還有比較不可告人的祕密，必須不計代價地防止外洩。龍機關盒便是其一。

現在不是遲疑的時候。皇居入口躺著一具屍體，必須馬上送走。明美努力釐清腦子裡的思緒，勉強在心裡列出一份清單，一系列行動要點。第一點，也是最重要的一點，是她必須清理現場。不過要怎麼棄屍？她生平第一次遇到這種問題。她不太能打電話到社務所，安排送回神官的屍體，而且她絕對不能通知東京警方。神官的個子矮小，但她一個人搬不動，甚至不能託付給位於皇居一百碼外的宮內廳。

她拿起手機，傳送訊息給她唯一能百分之百信任的人。**信差死亡。馬上派人過來。**

她傻楞楞地站在神官的屍體旁邊等待。她研究他的五官，想看懂他臉上的表情。到底是什麼驅使他違背這麼重要的命令？在即將斷氣的時刻，他是什麼感受？後悔他背叛了天皇？因為死前知道了龍盒一個微不足道的祕密而心生慰藉。在四肢變得沉重，每走一步都非常吃力時，他是否發現自己守護了這麼多年的東西出賣了他？真是匪夷所思，這位神官的好奇心竟然超過他的信仰，勝過他的榮譽，腐蝕了他幾十年的忠誠，幾千個小時的崇敬。但明美不該驚訝。人類生性好奇。她自己也好奇盒子裡裝了什麼。只不過她無論如何都不會讓自己被好奇心出賣。

她嘆了口氣，不再想這些無謂的事，盡可能彎下腰，用最正式的姿勢，向神官的遺體鞠躬。然後，她用那塊絲綢保護自己，把盒子從神官的手裡拿出來。盒子重得很，是一塊裝在木盒裡的鋼磚。她想像裡面迷宮般的謎題，複雜而殘酷的考驗。盒子裡的東西具有改變天地的力量。而且再過幾小時，她就會知道裡面的祕密。

她從遺體旁邊走開，跪下來，用白絲方巾包裹盒子。她把方巾的四角綁緊打結時，注意到纖維裡有一滴血漬，是神官的血。現在已經擴散成一個模糊的圓形，像白布上一個完美的紅日。如果她必須證明神官曾試圖開啟龍盒，這就是證據——他手上的刀痕、染血的絲巾。他背叛了天皇。死得一點也不冤枉。

然而她的憐憫之心油然而生，不完全是同情神官，而是同情全人類。畢竟潘朵拉並非邪惡之徒。她無意把痛苦釋放到人間。她只是禁不住好奇，非要知道盒子裡裝了什麼。

第七章

麥可・布林克在堅尼街搭了Q線地鐵。再過不到半小時，就是他在紐約長老教會醫院和特雷佛斯醫師預約看診的時間，醫院遠在六十八街和約克街口，即便搭的是快線，他也會遲到。他坐在車門附近的位子。康妮窩在他的腳邊，鼻子先後朝向一袋外送的中國菜，然後是一個男人汗臭的健身襪，接著是一個擦了木頭和柑橘香水的女人。狗的嗅覺敏銳而霸道，是牠唯一用來體驗世界的組織原理，就像麥可・布林克的模式和謎題。康妮無法逃離地鐵上的氣味自助餐，布林克也本能地看出一張約會應用程式的廣告招牌上有交織的六角形，整個車廂安裝的金屬柱是完美圓柱體、一條絲綢領帶纖細的棋盤花紋，不知為何，他知道上面有七百四十九個小方塊。

他閉上眼睛，屏蔽外界的刺激，滿腦子都在想那天早上發生的怪事。他看到機關盒、摺紙花、深奧難解的填字遊戲：**參賽邀請**。他聽見櫻對他說，他必須對自己有所瞭解，而這場比賽能做到這一點。但最重要的是，他在考慮要不要參加龍盒比賽。他已經證明自己有資格參賽。對方也邀請他去日本破解全世界最艱澀和最困難的謎題。但值不值得冒這個險？

他必須請教特雷佛斯醫師，幫他把整件事考慮清楚。這十五年來，布林克已經對特雷佛斯的判斷深信不疑。特雷佛斯知道哪些比賽他應該參加，哪些會讓他情緒失控。他幫助他理解他所謂的布林克的「莽撞的衝動」：他不安、焦慮、必須定期——照特雷佛斯醫師的說法——重新平衡他大腦的化學物質。特雷佛斯醫師相信，解謎帶來的風險與獎勵的循環，已經讓布林克上了癮，不斷敦促他追求更高難度的挑戰，不過有一個方法能讓他走下這座雲霄飛車。終止這種魯莽的衝動。和特雷佛斯在一起的時候，麥可．布林克也這麼相信。

特雷佛斯不僅僅是醫師。過去十六年來，他逐漸扮演了父親的角色。布林克十幾年前在麻省理工求學的時候，他父親過世。他母親是法國人，已經搬回巴黎。布林克沒有其他家人。特雷佛斯醫師彌補了這個空缺，請他到家裡吃週日午餐，順路到布林克的挑高公寓探望，和布林克與康妮一起在中央公園散步良久。他成了朋友、導師、他唯一的家人。

特雷佛斯醫師一定很高興聽到布林克如何處理破解龍機關盒的邀請。儘管他的第一個反應是接受邀請，但他故作冷淡，對櫻說他需要時間考慮，稍後再致電回覆她。換言之，他表現得不像癮君子，而是理性冷靜的人。

然而，即使是現在，搭乘地鐵去看特雷佛斯醫師，一想到這件事，他還是渾身戰慄。**謎題中有謎題**、**模式中有模式**、一**整套令人惱火的謎題**。這是他畢生最誘人的機會。

他抱起康妮，在七十二街站下車，第二大道出站。天氣凜冽，寒風刺骨，他把外套的拉鍊拉到下巴，然後快步往東走。他看了一下手錶，發現自己遲到了十分鐘。特雷佛斯不會高興，但他現在已經習慣了布林克的習性，知道除了速解魔術方塊以外，他的時間觀念實在不行。

今天真不應該遲到。除了龍盒謎題，他們還有很多事要談。過去這一年，特雷佛斯醫師一直在研發新療法。布林克不太清楚，只知道特雷佛斯在實驗一種雞尾酒藥物治療，調節他大腦的化學物質。特雷佛斯相信，只要用對藥物和劑量，就會減少他創傷性腦損傷的副作用，讓布林克過比較正常的生活。

不是說他會變成正常人。特雷佛斯醫師說得很清楚，藥物可以緩和他的症狀，但不可能讓布林克恢復原狀。腦損傷是不可逆的。儘管如此，這個治療可以讓他一覺睡上三個多小時，這樣他就能減少東征西討的比賽行程，降低聯覺的攻擊，並且終止不停出現的模式和方程式，讓他的日常生活好過一點。簡單地說，能讓他找回被腦損傷奪走的生活。

布林克第一次聽到這項治療時，他震驚不已。想到有可能控制自己的大腦，他內心充滿了希望和恐懼。假如特雷佛斯醫師真的研發出這種療法：麥可·布林克就能擁有他從來沒想過的東西：**選擇**。他可以選擇當全球最有天分的謎題師，也可以選擇當個正常人，過正常的生活。

布林克從醫院的階梯跑上去，推門進入溫暖的大廳，搭電梯到精神科，然後走進特雷佛斯醫師辦公室的接待區。多年來定期看診，這裡就像他的第二個家——他在那間辦公室做了所有能做的檢測，每星期在那間辦公室向特雷佛斯報到，知道核磁共振儀和雀巢膠囊咖啡機放在哪裡，還跟五十幾歲的女接待員愛波兒成了朋友，為她設計專門的填字遊戲。所以一走進接待區，布林克就知道出事了。

愛波兒站在候診區，雙目紅腫。「你沒收到我的訊息嗎？」

布林克陷入一陣恐慌。**她的訊息？**他一直沒時間看手機。他向她身後一望，看到三個男人站在特雷佛斯醫師辦公室外面的走廊裡，中間的輪床上有一個屍袋。

他搖搖頭，想知道出了什麼狀況。「地鐵沒有訊號，」他說。「怎麼回事？」

「麥可，」愛波兒說，走上前來，用手搭著他的手臂，這是安慰的手勢。「他是今天早上被清潔人員發現的。」

康南德魯搖搖尾巴，興奮極了。特雷佛斯醫師辦公桌的抽屜裡永遠放著一包零食。布林克心裡湧現一連串的情緒——困惑、否認、迫不及待想弄清楚她的意思。她到底在說什麼？「**被發現？**」

「想必他是昨天深夜進來，打算把還沒輸入系統的筆記處理好。我知道你很難接受這件事。真的很遺憾。」

布林克打量屍袋的形狀，短小、矮胖，和特雷佛斯醫師的身材差不多。他頓時明白是特雷佛斯醫師死了。他全身燥熱、發冷，然後麻痺。他得找地方坐下。

「過來，親愛的。」愛波兒挽起布林克，把他帶向一張沙發。他坐下來，盯著她看，想弄清楚是怎麼回事。他看到她眼睛都哭腫了。愛波兒早就知道特雷佛斯醫師的死訊，在他搭乘Q線地鐵時就知道了。

「發生了什麼事？」他終於詢問。他幾乎說不出話，彷彿被重重打了一拳，連呼吸都疼痛。

愛波兒嘆了口氣。「警方還不知道。他辦公室的門是從裡面反鎖的。他們發現他坐在辦公桌前，趴在鍵盤上。法醫在這裡，他們會提出報告，但我聽起來像是心臟病發。」

「我們今天約好要看診。」他說，彷彿這件事很重要。他知道自己幫無能為力，但實在想不通是怎麼回事——世界上唯一能幫助他的人死了。

愛波兒凝視著他，顯然很擔心。「法醫報告一出來，我就通知你，可能要一、兩天。」

他往後靠在沙發上，覺得很虛弱。他難以想像這件事會帶來哪些後果。特雷佛斯醫師是他的救生索，指引他如何面對令人困惑的腦機能障礙，是他的導師，他的朋友。父親過世後，每當布林克需要支持，就去找特雷佛斯醫師。他前幾天才和他聯繫過，討論進一步治療的影響。布林克對特雷佛斯醫師說他需要時間考慮。他實在難以抉擇——他可以擁有愉快的心情和有序的生活，也可以陷在情緒的谷底，展現他無人能及的天賦。**治療也不是，不治療也不是**，他說。

「聽著，」愛波兒說，握緊布林克的手。「法醫完成勘驗以前，我恐怕不該亂動裡面的東西，但我幫你拿了這個。」她交給他一個相框，裡面是特雷佛斯醫師和麥可・布林克兩個人站在一起，在二〇一八年世界謎題冠軍賽拍下的照片。那是布林克人生的高光時刻，有特雷佛斯醫師和他分享。兩人勾肩搭背，布林克拿著獎盃拍照，特雷佛斯像個驕傲的父親，為兒子的聰明才智喜笑顏開。

第八章

麥可．布林克茫然地離開醫院，四十五分鐘後，他來到上西區，在瑞秋．艾培爾的公寓大樓外瑟瑟發抖。門房認識布林克，在他進門時點點頭，把一個瑞秋的包裹交給他，是稍早送來的。門房大概以為他們是男女朋友——布林克一星期過來好幾次，被他列為可以隨時登門的訪客。只要是仔細留意的人，或許也會這麼想。瑞秋是他的知心好友，瞭解他的過去，包括他的病症和人際關係，萬一出了像當天早上這樣的大事，她也是他唯一能傾訴的對象之一。他必須馬上找她聊聊，希望她沒有出門。

他們認識在將近兩年前，當時瑞秋是一位世界級學者，也在一家收藏和保存宗教手稿的研究中心當主管。他要找人幫忙解讀一位十三世紀神祕主義者留下的複雜密碼，她便出手相助。從此以後，瑞秋經常出現在他的生活中，是他信賴的密友，而且有求必應。他們幾乎每天都會聯繫，從瑞秋的女性神祕教派研究，聊到布林克如何執迷於打破他自己背誦圓周率的金氏紀錄。兩人的興趣天差地遠。瑞秋是研究古代宗教典籍的史學家，她探討女性從古至今在神祕主義傳說中扮演的角色，在某些圈子裡頗負盛名——也頗具爭議。另一方面，布林克對學術、神祕主義，或任何可能讓他滯留在圖書館超過五分鐘的題材，都毫無興致。

然而他們成了好友，一週共進晚餐好幾次。她會買外帶到布林克的挑高公寓，他會把廚房桌上的一疊疊報紙推開——他正在設計的謎題，都是用畢克牌四色原子筆畫在黃色的律師記事本上——和她邊吃邊聊，直到夜深。瑞秋是盟友，同情他因為自己天賦而深受折磨，也是他最要好的朋友。

在內心深處，他懷疑她之所以對他有興趣，不光是因為他的幽默和俊俏的外表。他知道瑞秋對學者症候群很好奇，兩人的談話常常繞著她對他認知能力的推論打轉。她相信他的天賦和古代世界的某幾種神祕經驗有關，雖然她不曾公開說出來，但布林克確定她多多少少想把他變成自己的研究題材。

兩人結識之後，瑞秋馬上拓寬她的研究範圍，納入的新領域或許能解釋她所謂的布林克「奇蹟似的天賦」。她創造了一個資料庫，囊括了一切有可能闡明布林克認知能力的資料——宗教經驗、超心理學、低限冥想出神、創造狂喜經驗的迷幻行為。她相信他的後天學者症候群不只是一種神經失調，不只是單純的經驗現象。她曾經描述他的大腦是「人神之牆上的一道裂痕」。用她的話說，他的情況使他成為「諸神的渠道」。

布林克知道瑞秋對他大腦的看法和特雷佛斯醫師秉持的理論完全相反。他相信布林克的遭遇純粹是一樁神經學事件。是急性創傷改變了他的大腦；為了適應環境，大腦進入了一段劇烈塑造期，造就了某些異常的特徵：照相機式的記憶力、破解高度複雜的數學問題的能力，以及對各種模式和謎題的自動反應。一種極為罕見但完全能解釋的醫學現象。如此而已。

「也許腦損傷能解釋這個現象是**如何**發生的，」每次布林克提出特雷佛斯的論點，瑞秋都會這麼說。「但無法說明你為什麼會取得未曾與聞的訊息，或這些訊息來自何方。你能掌握以前不可能學到的知識。千百年來，哲學家一直主張宇宙充滿了訊息，而且只有某些人可以掌握。不知道為什麼，因為受傷的關係，**你擁有這個能力**。」

儘管布林克不認同瑞秋的信仰——他頂多算是不可知論者——他願意思考瑞秋的理論，至少和他願意思考特雷佛斯醫師的想法一樣。這兩位博士——一位是哲學博士，另一位是醫學博士——在他的生活中創造出相反的極端：心靈端和經驗端。他們沒有一個理論能幫助他在夜裡安然入眠。

不過對他而言，瑞秋關於他腦損傷的想法雖然沒什麼用，她的友誼卻令他受益匪淺。他和瑞秋可以無話不談，無論話題多麼古怪。

那天早上，布林克敲她的門，一手拿著她的包裹，一手牽著康妮的狗鏈。瑞秋照例把自己收拾得恰到好處。她穿著一件漂亮的棕色連身裙，凸顯她澄藍的眼睛和漆黑的長髮，嘴唇也呈現淡淡的光澤。

「早安，」她高興地說，但沒有多看布林克一眼，就把康妮像嬰兒似的一把抱進懷裡，揉揉牠的耳朵，親吻牠的頭頂。康妮尖聲吠叫，樂得直搖尾巴。

「你好，」她說，抱著康妮穿過走廊，牆上掛滿了希臘女神——雅典娜、阿芙蘿黛蒂和赫拉——加框的黑白照片。「跟我來，小可愛，我有好東西給你吃！」

布林克把包裹擺在一張桌子上，跟著瑞秋走進她家，一間寬敞的戰前公寓，牆上是木鑲板、優雅的壁紙，而且每個轉角都有內建的書架。他對紐約市的房地產不太清楚，但他知道這棟合作式公寓的等候名單已經排到好幾年後，而且負責管理的委員會冷酷無情、眼高於頂。不過從這棟大樓在一八八七年建造至今，這間公寓一直是瑞秋家的產業，因此她從來不必理睬委員會。

布林克聽到屋裡在放古典樂——一首布拉姆斯的弦樂四重奏——然後跟著音樂來到她在走廊盡頭的辦公室。他走進寬敞的房間，滿牆的窗戶，可以把中央公園一覽無遺。她精美的桃花心木律師辦公桌上疊滿了書本和論文。一臺開啟的筆記型電腦。她剛才在工作。

她好奇地看了他一眼。「你不是應該在紐約長老教會醫院嗎？」

「對，我剛從那裡過來，」他說，想起自己來找她的原因，頓時胸口一緊。「那裡——」

瑞秋舉起一根手指。「先別說，」她說，對他微微一笑。「我泡了咖啡。」

瑞秋在廚房裡叮鈴哐啷地忙著，布林克坐在一張拉釦皮沙發上，拿出手機。他打開電子郵件應用程式，逐一查看訊息，多少希望愛波兒會傳來進一步的消息。如果死因是心臟病發，他們現在一定知道了。其中一則訊息看得他脈搏加速，傳送訊息的不是愛波兒，而是特雷佛斯醫師本人。他瞄了一下時間戳記，郵件在凌晨兩點三十分送到他的收件夾。

他辦公室的門是從裡面反鎖的。他們發現他坐在辦公桌前，趴在鍵盤上。

布林克輕觸訊息，打開郵件。裡面一個字也沒有，只有一個圖像：

「搞什麼鬼……」

他看到機關盒、摺紙花、填字遊戲裡旋轉的數字和字母。**參賽邀請**。特雷佛斯醫師的訊息寄出，比布林克遇見中村櫻早了足足五小時。在布林克打開機關盒，破解櫻設計的字謎時，醫師八成已經死了。然而，他不知怎麼早就知道有這份邀請函。出於布林克無法解釋的原因，特雷佛斯醫師把天皇菊花寄給了他。

第九章

瑞秋把咖啡杯放上托盤時，心裡一陣歡喜，一個杯子是她的，一個是麥可的。烤箱裡有肉桂卷，她拿出來，仔細擺盤。她很喜歡麥可不請自來。如果換成別人，她會很不高興。但每次見到麥可和康妮，她都很開心。自從他在將近兩年前闖進她的生活，她一直是這種感覺。從那一天開始，麥可在她心目中變得很有份量，除了是她的朋友，他的存在本身也改變了她看待世界的方式。

除了兩人的友誼，最重要的是專業上的改變。親眼目睹了麥可驚人的能力以後，她發現自己被他心靈的奧祕深深吸引，非弄個明白不可。瑞秋是個聰明的女人。她從知名大學畢業；務實、勤奮、有創意，是她那個領域的頂尖女性。不過她知道研究有其侷限。麥可一次又一次向她證明了這一點。他讓她明白奇蹟隨時可能降臨到我們的生活中，奇蹟存在於此時此刻，不是在書本裡。有個超絕非凡之人降臨到她的生活裡，她不打算放他走。

自從她丈夫以撒在將近五年前過世，她就決定追求一切可能的體驗，接受生命帶來的歷練。她三十四歲，丈夫早逝，膝下空虛，財富獨立，而且很清楚生活可能在瞬間巨變，毫無預警。以撒不抽菸，也沒有癌症的家族病史，卻年僅三十五歲就死於肺癌。事情發生得太突然、對她的打擊太大，有一段時間她認定自己永遠不會恢復正常。有時她不知道自己的人生有什麼價值。為什麼以撒走了，她卻還活著？她的人生目標是什麼？認識麥可・布林克之後，她有了答案。

她的目標是陪在麥可・布林克身邊。過去幾個月，她陪他參加比賽、錄下比賽過程、採訪他的體驗、標示出他心情最好的時刻。她照顧康妮、學會牠特殊飲食的大小細節、牠早上去哪裡溜達，以及麥可怎麼照顧牠。他很放心把康妮交給她，本質上就像把自己的孩子託付給她。上個月他們去參加阿姆斯特丹的圓周率競賽，瑞秋負責照顧康妮，麥可沒有後顧之憂，才能打破世界紀錄。布林克需要他和康妮這種固定、可靠的關係，才能保持穩定，特別是在他除了為多家雜誌和報紙設計謎題，一個月最多還要參加六場競賽的時候。

麥可對任何實務問題都拙於應付。自從發現他靠咖啡和洋芋片維生以後，瑞秋就幫他安排店家長期派送食品雜貨，讓他定期收到真正的食物。有一天下午，她順路去他的公寓，卻發現他被斷電了。她看到一堆郵件從鞋盒裡滿出來。原來他有好幾個月的帳單沒繳——包括電費帳單——但也有五萬多美元支票沒有兌現：是他在各項比賽贏得的獎金。她叫他登入銀行帳戶，結果發現他的帳戶被撤銷。她叫他在支票上簽名，然後存進電子帳戶，接著把他介紹給自己的會計師。

麥可的女人緣也很糟糕，這一點總讓她覺得有點匪夷所思。他英俊、仁慈，而且在感情上很敏銳。受傷之後，他花了很多年來學習自己情感世界的地圖，探索他的知覺發生了哪些改變，磨練他表達感情的能力，最後總算對人產生了和謎題一樣靈敏的知覺。然而女人在他生活中來來去去，每次談戀愛都不超過三、四個月。她猜想是一成不變的生活——只有這樣才能防止學者症候群的副作用——讓他實在浪漫不起來。麥可一天健身兩次，分別是長途慢跑和舉重，中間這幾個小時，他心無旁騖地設計和破解謎題，休息時就和康妮作伴。絕對不能大量飲酒和熬夜，以免打亂他的規律。

有一個女人，一個叫潔絲・普萊斯的作家，似乎和他很相配。她被冤枉犯下殺人罪，麥可藉由破解密碼——正是麥可請瑞秋幫忙解讀的密碼——證明了她的清白。外界把這件事通稱為上帝謎題，為麥可帶來了過多的關注。新聞曝光以後，他就躲起來，再也不跟潔絲見面，她博取媒體關注，促銷自己蒙冤的回憶錄，並且在網飛買下版權之後，搬到洛杉磯改編劇本。

雖然麥可絕口不提，但他被潔絲傷害了。看到他受苦，瑞秋想當一面盾牌，為他隔絕外面的世界。她認為這種衝動很可疑——想滋養和保護弱勢者，是非常典型的女性反應，而她身為女性主義學者和古代宗教裡女性再現的專家，不該陷入女性從開天闢地以來就不斷掉入的古老陷阱。但她知道這次不一樣，麥可・布林克不一樣。她觀察到化學的失衡讓生活的簡單行為——吃飯、睡覺、**存在**，對麥可來說都是折磨，而她想減輕他的痛苦。

「你喜歡這傢伙，」她的朋友，摩根圖書館館長庫倫．威德斯有一天下午和瑞秋共進午餐時說。「我懂。他長得帥、聰明、殘缺。以撒過世以後，我從來沒聽你用這種口吻說過任何人。別想跟我說他只是朋友。」

「我沒有**喜歡他**，」瑞秋說。「至少，不是**那種**喜歡。」

但庫倫說得沒錯。不知為什麼，麥可．布林克總讓她心花怒放。他不只是朋友，也不只是她的研究題材。他啟發了她，讓她相信了長久以來一直不相信的事。他讓她明白此時此刻是值得敬畏、偉大崇高的。人世間有她的歸宿。他給了她信仰。她全心全意地相信，麥可．布林克出現在她的生命裡是有原因的。他是她的朋友和合作伙伴，是她研究的重點。他們的關係與眾不同，是一份千載難逢的羈絆，而她不想因為任何原因改變或玷污這種關係。包括愛情。

第十章

瑞秋端著一盤咖啡和肉桂卷回來的時候，布林克深吸一口氣，思索著該怎麼用字遣詞，來說明他早上的經歷。

她絕對不會相信。

他站起來，接過瑞秋手裡的托盤，放在茶几上，給她倒了一杯咖啡，再給自己倒一杯。她用盤子遞給他一個肉桂卷，他坐在皮沙發上吃。這一刻如此完美，肉桂、糖霜和葡萄乾的味道如此可口，讓他更不知道如何啟齒。**不可能**。特雷佛斯醫師不可能死。他心裡多少以為，只要他不提起，這件事就不是真的。

「你有心事，」瑞秋說，看了他一眼。一眼就夠了。他再也按捺不住，把事情一五一十說出來——公園裡的女人、女人出乎意料地到他的公寓、日本機關盒、天皇邀請他前往東京。他打開他的郵差包，拿出機關盒和菊花字謎，放在沙發上。然後他說明特雷佛斯醫師的死，突然間，他兩眼發燙。

瑞秋瞪大眼睛，吃驚地看著他。她從椅子上站起來，坐到他旁邊的沙發上。「麥可……真的很遺憾。」

過去這個小時，他忍住淚水，但他感覺自己就快失控了。他啜了一口咖啡，穩定自己的心情。「愛波兒認為是心臟病發。」

瑞秋搖搖頭，傷心欲絕。「那是**今天早上**發生的？在你受邀去日本之後？」

布林克點點頭。現在還不到中午，已經覺得這一天糟透了。

「所以你的意思是，在特雷佛斯醫師過世的**同一天早上**，你受邀去破解世界上最難的謎題之一。」

「是**唯一**最難的謎題。」

「怪怪的，你不覺得嗎？」

「還有更古怪的。」布林克打開手機，給她看特雷佛斯醫師那個菊花圖像的訊息。她看看摺紙，又看看螢幕，驚駭莫名。

瑞秋深吸一口氣。「你和特雷佛斯醫師討論過這場比賽嗎？」

布林克搖搖頭。「我沒有和任何人討論。幾個小時前，我還以為這只是荒謬的傳說。但我開始覺得這場比賽和特雷佛斯醫師有某種關連。」

「他會不會認識送交這份邀請函的女人？」

布林克拿起紙張，一步步摺回最初的摺紙形狀——一朵鮮橘色的花——然後輕輕放在瑞秋面前的皮沙發上。一件令人費解的禮物。「我是說，你瞧瞧。誰會飛過半個地球，送交這樣的一份邀請？」

瑞秋揚起單邊眉毛，難以置信地搖搖頭。「我不得不同意——這件事很奇怪。儘管你很容易吸引這些類型的怪異經驗，這件事確實異乎尋常。我是說：**日本皇室？**」

「你對他們瞭解多少？」布林克問，喝下最後一口咖啡。

「我知道他們是世界上連續統治最久的君主政體。而且日本天皇是日本宗教——神道教——象徵性的領袖。我對這個宗教感興趣的原因很多，尤其是因為其中也有強烈的女性主義元素。神道教的創建者是一位女神，太陽女神。我只知道這些，不過要是能幫你決定要不要接受這份邀請，我當然能找出更多資料。」

布林克拿起機關盒，打開，手指輕鬆滑動木片。解謎能幫他思考。「今天早上，我還不確定會不會去，」他說。「但現在我知道別無選擇。」

瑞秋看著他，端起她的咖啡，發現杯子空了，於是又放回去。「你永遠可以選擇。」

「我怎麼可能拒絕？」

「簡單得很。就說**不去**。」

「發生了**這種事**還不去？」他看看手機，螢幕上的菊花圖亮著橘光。「除非知道特雷佛斯寄出那個訊息的原因，否則我沒辦法活下去。他為我付出了那麼多……」布林克感覺眼淚盈眶，便轉過頭去。他不想在瑞秋面前崩潰。「這是我起碼該為他做的。」

「不管你在日本發現什麼，都不會改變他死去的事實，」瑞秋柔聲說道。「要是他還活著，會要你保護自己。**我**要你保護自己。」

布林克知道瑞秋是對的。他為了接受挑戰，不惜賭上性命，實在太過任性。箇中危險不言而喻：企圖打開龍機關盒的解謎師全數敗北，無一例外。然而他不能一走了之。他非去不可，不只是因為這是他生平最大的挑戰，也因為只有去日本，才知道特雷佛斯是怎麼死的。

他拿出手機，找出櫻早上給他的號碼，輸出一則簡訊：**把航班訊息傳給我。我在機場和你碰面。**

「我接受邀請了，」他說，抬頭望著瑞秋。「但我不知道該信任誰。櫻和特雷佛斯一定有關。」

「你認為她牽涉其中？」

「不知道，但除非弄清楚特雷佛斯醫師想用那個象徵圖案表達什麼，否則我不能信任她——其實也不能信任任何人。那裡得有我信得過的人。」

他直視瑞秋的目光，感覺到一股難以抵擋的暖意。每次需要人幫忙，他總是先找上瑞秋。

「請與我同行。」

瑞秋站起來，拿起兩人的咖啡杯，放在托盤上。「我無論如何都不會讓你一個人去。」

第十一章

櫻買了大杯的焦糖瑪奇朵，在咖啡廳選了一張桌子坐下，正對泰特伯勒機場大門。麥可・布林克應該隨時會到，她不想和他錯過。

她往後靠在椅背上，撥開那束遮住眼睛的藍色髮絲，感覺有一波咖啡因和砂糖在體內沖刷。她不確定麥可會不會現身。比賽嚇到他了，這一點顯而易見。他可能改變主意，和她斷絕聯絡，不留隻字片語便消失無蹤，讓她羞愧地隻身返回東京。只要能讓他搭上飛機，只要能帶他晉見天皇，就再也回不了頭。

她看看手錶，下午兩點就快到了。他們必須趕快離開。她正在算時間——計算十四小時的航程扣掉紐約和東京的時差——這時收到她阿姨明美傳來的訊息，代表天皇和皇后，要求匯報最新進展。櫻把好消息回報給她：他們會在一小時內出發。阿姨立即回覆，櫻想像明美高興地走過吹上御所的走廊，前往天皇的私人居所。**她的外甥女完成任務了**。

櫻嘆了口氣，心裡滿是焦慮。**萬一他沒有現身呢？**明美永遠不會原諒她。身為皇室的私人祕書，明美的首要任務是不讓天皇和皇后失望。她陪同他們參加活動和晚宴，讓他們可以和皇居的保護罩以外的真實世界順暢地交流。但萬一麥可沒有走進那道門，登上天皇的飛機，那就大難臨頭了。即便以明美卓越的交際手腕，也無法減少這份失望。

櫻第一次見到德仁天皇和雅子皇后，是在十八年前，當時他們是太子和太子妃。她不過五歲，卻清清楚楚地記得那一天。天皇和皇后唯一的孩子，愛子，和櫻的年齡相仿，需要一個玩伴。明美推薦了櫻，然後帶到天皇居所和愛子見面。兩個小女孩對禮節的拘束一無所知，馬上成了朋友，小孩子就是這樣。她們搶玩具，聽到愚蠢的笑話會失控地放聲大笑，還會把便當分給對方吃。

從見到愛子（她的宮號是敬宮內親王）的那一刻，櫻就知道她有些特別，除了生在全世界最古老的連續性君主政體，她還有更深刻和獨特的一面。櫻的性格早熟，但愛子猶有過之。有一次，在兩人六歲那年，櫻驚訝地看著愛子輕鬆地解開木塊，破解一個複雜的魯班鎖。櫻佩服得不得了，努力追上愛子的技巧。除此之外，愛子聰明、幽默、謙遜、從不在櫻面前擺架子。但除了這些特質以外，櫻覺得愛子身上有一圈光環，極具吸引力。她不知該怎麼解釋，但有時候愛子好像充滿了光，既是入世，也是出世。如果說敬宮內親王有一種深刻、甚至神祕的特質，這並非溢美之詞。

時間久了，職責和環境拉開了她們的距離，但櫻仍然把愛子視為她最要好的朋友之一。

愛子的父母把櫻視為女兒的玩伴，在某些方面，對她親如家人，叫她櫻ちゃん，是一種好玩的暱稱。皇后每次這樣叫她，都充滿感情，表示她把櫻看成自己的女兒。

他們唯一一次用正式的稱謂叫她，就是請她送邀請函給麥可．布林克。他們會提出這麼重大的要求，照理說她不該感到驚訝——他們從小看她長大，也很信任她——然而她非常震驚。他們把皇室最重要的一個祕密告訴了她。可是他們對她，或是明美，究竟瞭解多少？

在航廈的另一頭，麥可．布林克穿過玻璃門。櫻站起來，拿著咖啡，走過去和他會合。情況不對；她一眼就發現了。

他不是隻身前來。

麥可朝她走來，身邊有一個長髮烏黑、身材高䠷的白人女子。櫻沒料到還得應付另外一個人，就像她沒料到麥可也許會拒絕邀請。一天遇到兩次意外。今天的運氣實在不好。

她連忙迎上前去，和麥可打招呼，並向那名女子點點頭。他介紹她叫瑞秋．艾培爾，看上去和麥可的年紀差不多，一襲優雅的風衣和皮靴，拉著一個路易威登行李箱，腕上的手錶價值不菲。她伸出手，但櫻沒有握住。

「對不起，但這次只邀請一個人。」櫻瞥了康妮一眼。「一個半。」

「我接受邀請，可是有一個條件：瑞秋必須同行，」布林克說。「我在比賽過程中需要她協助。」

櫻考慮了一下，不知道這個女人究竟要在比賽中協助什麼。**難道她是他的女朋友？教練？**

無論是什麼身分，她不能和他們同行。御用噴射機是天皇的私人飛機；她不能隨便讓人搭乘。

「我是他比賽時的伙伴，」瑞秋說，用安撫的表情看著櫻，彷彿客氣一點就能改變什麼。「如果你要他發揮最佳戰力，我必須在場。」

櫻一臉懷疑地看著瑞秋。「你是某種比賽指導員嗎？」

「應該算是思想搭檔，」瑞秋說。「找到正確的心態，比賽就贏了一半，我能協助他這方面的表現。他需要我在現場，你也是，如果你要他獲勝的話。」

櫻試著想像她的阿姨明美會怎麼做。一邊是可能為布林克提高勝率的意外訪客，一邊是違反規定的後果。明美一向遵守規定。誠然是她自己的規定，但規定就是規定。

櫻搖搖頭，態度很明確。她絕不能讓這個女人上飛機。「我不能答應。我得到明確的指示，只帶麥可．布林克一個人。你當然可以去日本，只是不能和我們同行。」

布林克和瑞秋互看一眼。從兩人的目光交流，櫻看得出他們交情匪淺。他的女朋友，或是準女友。問題是：他是不是一定要這個女人在身邊才會贏？

「來，」瑞秋說，把康妮的狗鏈和裝狗食的袋子交給布林克。「想必很快就有從紐華克飛往東京的班機。別擔心。我一定趕到。」

布林克轉頭面向櫻。「你真的不能破例一次——」

「走吧，時間到了。」櫻從巨型平板玻璃窗望向外面正在等候的私人飛機，一架白色噴射機，尾翼噴塗了鮮紅的太陽。

「聯絡古普塔博士，」布林克跟著櫻走下一排通往跑道的階梯時，轉頭告訴瑞秋。「他有辦法。」

第十二章

他們搭乘御用噴射機飛離泰特伯勒機場，這是一架中型的塞斯納飛機，奢華的木機艙安裝了寬敞的皮革座椅和榻榻米地臺。飛機在三萬五千呎的高空穩定之後，櫻邀請布林克和他一起到榻榻米中央的矮桌坐下，空服員端出幾十個漆器小盤，裝滿了魚、醃蔬菜、炸肉、豆腐。他飢腸轆轆，掃視這頓盛宴，才發現自己匆匆趕來機場，忘了吃午飯。

櫻倒出兩杯冰涼的清酒，拿起筷子，點點頭，示意他比照辦理。他盡量拿好筷子，夾起一個壽司，是在熱米飯上面擺一片奶油鮭魚，沾醬油，塞進嘴裡。他經常吃壽司，但沒吃過這一種。非常美味。

康妮蜷縮在布林克身邊的榻榻米上。牠不討厭櫻，但也不喜歡她。康妮的直覺很準。牠討厭一個人，布林克就知道有問題。牠喜歡一個人，這個人就值得信任。康妮評估櫻是絕對的中立者，所以布林克小心翼翼地看著她。他能感覺到她不太對勁。特雷佛斯醫師寄來的訊息讓他不敢掉以輕心。他不會平白無故寄出那朵菊花。但這幾個元素是怎麼湊在一起的？他這個人通常不喜歡拐彎抹角，但他不能開門見山地問她和特雷佛斯有何關連，得和她混熟一點。他必須謹慎行事。最好靜觀其變，以防不測。

「飛行時間很長，」她說，夾起一塊醃蘿蔔。「從紐澤西到東京要十四小時。不過這樣就有很多時間回答你想問的任何問題。」

布林克調整他那雙長腿在榻榻米上的姿勢。他有好多問題，不知從何問起。「關於龍機關盒的消息，我查了很多年，幾乎毫無所獲。全是缺乏事實根據，比較像是陰謀論的網路謠言。」

「這是刻意設計的。皇室確保外界沒有任何人知道龍盒或這場比賽的具體線索。」

「但是**你**知道。你怎麼會和這件事扯上關係？」

「我從小就聽人談論龍盒。我阿姨是宮內廳的人，擔任皇室的私人祕書。她知道每一種風俗、每一種傳統、每一個家族祕辛。但為了讓你明白這件事有多重要：我阿姨從來沒見過龍盒。」

櫻向康妮彎下腰，搔她的耳朵，然後摩擦牠兩眼中間軟軟的部分。康妮沒有抗拒，但也沒有靠過去。仍然是絕對的中立者。

「我的任務是送交邀請函，但也要協助你瞭解比賽規則。這些規則相當講究，你必須知道。」

當然有規則。永遠有規則，而且布林克知道，規則越清楚，破解謎題的機率越高。

「第一條規則是：守口如瓶。絕不能跟任何人提到這場比賽。你在日本見到一切——你對皇室、皇室的歷史或龍盒本身的任何發現——都是機密。第二條規則：龍盒裡的東西屬於天皇。要是成功打開龍盒，你無權獲得裡面的東西。」

很合理。只有與會者全部答應三緘其口，比賽才可能一直保密。而且他無意保留龍盒裡的東西。

「我只要把這個東西打開就夠了，」他說，想到這裡，他突然感覺脈搏跳得很快。他已經很久沒遇過真正有挑戰性的謎題。「關於機關盒本身，你能告訴我多少？」

「我會把我知道的都告訴你。但可惜我所知有限。龍機關盒是日本防守最嚴密的機構防守得最嚴密的祕密。即便是現任天皇本人，也是等到他二〇一九年正式加冕當天才親眼目睹，連同按慣例移交的祖傳神器一併呈上。」

櫻在大腿上交叉雙手，布林克注意到她電藍色的指甲，和她瀏海的顏色一模一樣。她右手中指戴著一枚很寬的銀色圈戒，他認得出是智慧戒指，一件穿戴式科技產品，可以追蹤心率和生成心電圖波形報告。許多運動員，包括職業電競選手在內，都戴這種戒指來追蹤和優化自己的成績。特雷佛斯醫師曾經建議布林克戴這種戒指，但他不喜歡有東西壓著手指。櫻一面思索，一面轉動戒指一次、兩次、三次。

「對於龍盒，我**明確**知道的是這個謎題極其難解，和瑞士錶一樣複雜，和堡壘一樣牢不可破。下面是基本事實：龍盒在一八六八年的土龍年製成，當時日本的局勢動盪不安。我不清楚你對日本史知道多少，布林克先生，不過德川幕府將軍在這一年終止對日本的統治，把政權奉還天皇。日本的命運就在這一年改變。身處亂世，明治天皇委託一位名叫小川龍一的機關盒製作師，打造一個堅不可摧的保險箱，而且這位製作機械的行家正好是盲人。據說天皇把一樣很貴重的東西鎖在裡面，一旦被發現，將會改變皇室，或許是整個日本。只有兩個人知道如何破解：明治天皇和打造機關盒的人，小川。小川把這個祕密帶進棺材。天皇也沒有告訴任何人。」

布林克在頸子底部感覺到一陣刺痛。聽起來不太不合理。如果裡面的東西像櫻說的那麼貴重，天皇想加以**保護**，他必定打算有朝一日把盒子打開。這是機械謎題的設計邏輯。就像編碼的電報，編碼的目的是讓適當的人在適當的時候揭曉電報的意義。

「你不覺得怪嗎？天皇沒有為繼任者留下任何龍盒的資料。沒有留下隻字片語，說明他為什麼製作龍盒？如何開啟龍盒，或甚至裡面的祕寶有什麼作用？顯然他的用意是保護這件珍寶，而不是永遠埋藏起來。」

櫻嘆了口氣，他看得出龍盒的謎團也讓她很氣餒。「我自己也問過同樣的問題。明治天皇沒有留下任何解釋，所以完全無法得知他打算怎麼處理龍盒。明治天皇一向神祕。我們對他幾乎一無所知。他的畫像寥寥可數，幾乎沒留下任何私人書信。他留給後世的是他的詩，幾千首短**和歌**。儘管這些詩隱約呈現出一個豐富的內心世界，大多卻像鏡子一樣，毫不透明，把觀者的好奇心全部反射回來。那個盒子裡藏了什麼，成為皇室歷史上最深奧、最令人費解的問題。

聽到櫻這麼說，布林克感覺腎上腺素加速分泌。他聽到的傳聞都是真的：龍盒是百分之百、徹頭徹尾的謎團，完全無法捉摸。儘管想放棄希望，但這種宛如登天的難度，讓他想奮力一搏。這正是麥可・布林克這個人在情緒和生理上的困境——他永遠被夾在兩個極端之間：歡樂和痛苦。渴望和滿足。「所以你的意思是這是個黑箱。」

「基本上，是的。而且儘管他的子孫不斷設法參透明治天皇留下這份遺產的用意，但他們不抱任何幻想。龍盒是無法捉摸的謎團。正因如此，**你**對他們非常重要。」

布林克不習慣坐在榻榻米上。他更改雙腿的姿勢，想舒服地坐著，但他的雙腳睡著了。「你一定知道些什麼，」他說，伸手再夾一塊壽司。「再怎麼說，這種東西也會引發謠言。」

「當然，阿姨跟我說過龍盒的傳說和迷信。例如，貞明皇后——昭和天皇裕仁的母親——宣稱龍盒受到詛咒。據說龍盒每次被送到皇居，她都會藏起來，企圖毀滅。每隔十二年，比賽舉行的時候，有僕人宣稱看到妖怪在皇居到處走動。不過在日本的老房子裡，經常有人看到妖怪。還有文獻記載說俄羅斯皇太子尼古拉・亞歷山德羅維奇一八九一年到日本訪問，不知怎麼聽到了機關盒的傳說，要求天皇讓他觀賞。起初天皇拒絕了。不過後來發生了不幸的暴力行為——在閱兵的過程中，皇太子被一名反俄羅斯的民族主義者襲擊受傷。明治天皇希望修補兩國關係，便答應讓未來的沙皇看看機關盒。他把龍盒帶上俄國軍艦。兩人共進晚餐、觀賞龍盒、談論它精巧的設計，如此而已。皇太子不曾試圖打開，連碰都沒碰一下。不過按照各方說法，他整個人都變了。大家相信，至少某些皇室成員相信，發生在尼古拉和他家族身上的悲劇，全部歸咎於他和機關盒的牽連。」

現在真的陷入陰謀論了。布林克想。「你真的相信這種事？」

櫻冷冷地看他一眼，然後聳聳肩。「當然，這些只是謠言。我說過，對於龍盒，我不知道任何確鑿的事實。儘管聽我阿姨說了很多故事，但是直到兩天前，我受命把邀請函交給你，才算有了龍盒存在的證據。事實上，」她說，伸手夾一塊生魚片，「在我親眼目睹之前，仍然只是江湖傳聞。」

兩天前。兩天前，整個世界都變了。

「還有一件事，你必須知道，」櫻說。「龍盒必須在龍年的第一個滿月期間打開。這是明治時代唯一留下來的具體資料。如果解謎師耗時太久，錯過這個時段，龍盒就打不開了。所以你解謎的時間有限。」

「比賽每隔十二年舉行，我想知道是否有具體原因。」

「非常具體，」她說。「這正是機關盒被命名為龍盒的原因。而且，當然，這個盒子製作當時的龍年，對日本的意義重大。明治大政奉還之前，我們過的是陰曆新年，龍被視為最幸運、最吉祥的年份。不過，如同其他的許多事物，日本向西方開放的時候，也把陰曆新年廢除了。明治在一八七三年改用陽曆，禁止了一個深入民心的習俗。但機關盒如同時間膠囊，把它保留下來。每個龍年的月圓時分，都有機會贏得珍寶。」

第十三章

布林克必須睡覺——比賽如同長達數小時艱苦的精神探洞，他不能疲憊上陣。但儘管機艙的燈光昏暗，機身微微搖晃，皮革座椅又寬敞、舒服，應該能讓他沉沉睡去，和櫻的談話卻讓他陷入焦慮。**他給自己惹了什麼樣的麻煩？**

布林克在飛機的休息區發現一間圖書室，收藏了日本歷史、文化和地理的書籍。大多是日文著作，但有幾本是英文書。他抽出日英字典，內容密密麻麻，包含日文的兩種音節表——片假名和平假名——和一萬個漢字，是識讀日語的基礎。他打開字典，一頁頁翻過去。

空間和機械學者症候群——他在意外受傷後罹患的病症——的一個特質，是照相機式的記憶力。他一目十行，而且過目不忘。特雷佛斯醫師曾經測量他閱讀的速度，發現他每分鐘能看一萬八千字，而且保留率是百分之百。閱讀外語的正確率沒這麼完美，但沒多久，只讀了幾小時的字典，他就背熟了基本的日語。

往後躺進鬆軟的皮座椅裡，他從噴射機的舷窗向外凝望，欣賞浩瀚的大氣層。只有在這種完全無事可做的時刻——沒有工作讓他分神，沒有謎題要破解——他才不得不面對自己，每次都讓他非常難受。他不記得意外發生前的他是什麼樣子，但他確定那個人不會飛到地球的另一端，為了一塊複雜的木頭冒生命危險。無論以前的他是什麼樣的人，現在的他別無選擇。儘管有風險，他阻止不了自己。他需要這場比賽。

他只能想像特雷佛斯醫師對這整件事會怎麼說。如果說特雷佛斯給布林克留下什麼，那是讓他瞭解了自己這種強迫行為的醫學原因。布林克想起幾年前，特雷佛斯醫師把他叫到辦公室，給麥可看他腦損傷的核磁共振掃描，一個盤旋在白色正方形裡的黑胡桃。

「我們遇到危險時，健康大腦產生的化學物質，會創造高興、熱情，甚至是浮誇的感覺。這些化學物質幫忙保護我們，讓我們做好面對危險的準備。我們這個相對安全的世界，並未減少人類對這些化學物質的反應。我們渴望危險和冒險帶來的興奮。極限運動、毒品、財務危機、性愛、每一種極端行為。這是渴望和滿足、恐懼和放鬆、危險與安全、風險與獎勵構成的旋轉木馬。**人類**都會有這種感受。可是你，麥可，不一樣。你的需求比較強烈。你的旋轉木馬轉得比較快。你必須離開旋轉木馬，否則終究回天乏術。」

他閉上眼睛，想像特雷佛斯在他們最後一次見面時的樣子。他們討論治療的效用——減緩他的大腦功能、降低他聯覺的強度、調節他多巴胺的濃度。特雷佛斯醫師透露，新療法會讓布林克對世界的體驗變得和他受傷前一樣，然後問他是否已經準備放棄他的天賦。**你的能力已經成了你的身分，麥可。這些是你與眾不同之處。你是不是做好了放棄的準備？**布林克突然面對一個他完全沒想到要回答的問題。他是否已經準備用現在的他——他是否準備揚棄自己的獨一無二——換取規律、正常的生活。

第十四章

梅坐在道場中央，交叉雙腿，睜著眼睛，觀察陽光照在榻榻米上不斷變化的型態。日出把一片微弱的晨光照遍道場，冬季蒼白的光線把室內堅硬的線條變得柔和。她極力把陽光留在心裡，看著光線在她的意識層面，宛如在池塘表面一樣曲折搖曳。那片光芒多美啊，從不改變，然而永遠新鮮。就像她每天早上靜坐時的呼吸。就像等在道場外的敵人。

梅的目光落在對面牆壁上一張中野竹子的照片。這是梅心目中的試金石，每次她心思飄忽，就會重新聚焦在這裡。她的偶像。照片上是一名年輕女子，穿著素色的和服、頭髮牢牢綁在後腦，神情嚴肅，是受過武士道傳統訓練的人該有的形象。照片拍攝於一八六八年，當年她二十一歲，不久便撒手人寰。梅總能在她的目光裡看出什麼，一種智慧，彷彿她知道自己會啟發一代又一代的女武士。

梅無日不受到她的啟發。每當她仔細端詳中野竹子的五官，她果敢的雙眼、令人震懾的堅毅神情，她也瞭解了自己。她有一種非常堅定的眼神，讓梅感到安心。看這張照片，誰也猜不到她是日本最有名的女武士，是**女武士**理想的典範。

梅把目光從中野竹子的照片移開，盯著掛在附近的亞麻布條。垂直的奶油色布品，由上而下寫著四個大大的黑色毛筆字：**風**、**林**、**火**、**山**。出自孫子的風林火山，是梅和道場所有學員服膺的指令：**其疾如風，其徐如林，侵掠如火，不動如山**。她四歲的時候，一遍又一遍抄寫這個四字熟語，她不太擅長在和紙上寫毛筆字。無論寫得多麼邋遢，她仍然繼續努力。彷彿每個不完美的筆畫，都讓她更接近老師的理想，彷彿弄髒她手指的墨水就是理想本身。

尖銳的「嗶」一聲響起，一小時到了。梅站起來，走到**玄關**，把鬧鐘關掉。現在是早上七點，她的學生照例很快會抵達道場。她瞥向窗外，俯瞰

千代田市，也就是皇居周圍的大批密集建築。面前的玻璃把她的反射影像合而為一：嬌小的身材、烏黑的長髮、偏寬的眼距、紋在右前臂的三角形刺青。她低下頭，端詳十個圓點的排列。她這個刺青已經紋了好幾年，是她的忠誠徽章。提醒她別忘了自己的職責。

道場位於一棟玻璃帷幕大廈的頂樓。從高處鳥瞰，整個千代田區盡收眼底。皇居御苑形成一個綠色的六邊形，深色的邊界又粗又厚，是包裹皇居周邊的護城河。梅從未進入皇居，但她的家族世世代代都住在附近。事實上，她的太祖父之所以得到這塊地，正是因為這裡鄰近江戶城。身為德川幕府的武士，他有義務待在皇居。他奉命參加定期的集會和典禮，履行武士無盡的職責。她聽過太祖父多有耐力的故事，不過最讓她好奇的是他的弱點：漫長的典禮如何考驗他的耐性；他的制服多麼複雜，害他中暑過一次；他如何在前幾個小時滴水不進，免得必須解

手。冗長的典禮是忠誠的表現，而他和梅一樣，是一名忠僕。

明治天皇解除武士的職位時，她的太祖父自殺了。他的兒子，也就是梅的曾祖父，在父親死後開始經商。他在武士宅邸後面的土地興建他們家第一棟商業不動產，一家兩層樓高的木造店鋪。商店在一九一七年被大火燒毀，重建，然後在大東亞戰爭期間——連同住宅——被燒成灰燼。她的祖父母在廢墟中建造了一棟二十五層樓的混凝土大廈。後來被她父親在一九八〇年代拆除，蓋了一棟六十層樓的玻璃帷幕大廈。梅和妹妹在父母過世時繼承了這棟大廈。

想起她繼承的遺產，梅走向**玄關**附近的一張桌子。桌面擺著她的武器：一把刀、一把**脇差**、**棒手裡劍**和**平手裡劍**、鐵飛鏢和三枚手裡劍，這些武器和她繼承的姓氏、土地和職責一樣，都是她的遺產。她用手指劃過脇差冰涼的刀刃。梅想起她五歲生日的時候，祖父把**脇差**——一把比刀更輕更小的匕首——放在她手裡。這是無上光榮的一刻。皮膚貼著冷冽的金屬，她當下就知道，她會一輩子盡忠職守。她不知道那表示什麼——不是她的家族很久以前締結的古老契約，也不是這份契約要她履行的義務。然而她知道自己註定要完成這個使命。

現在她拿起**脇差**，在手裡翻轉。這把九吋的匕首以精鋼鍛造而成，把手飾有金色龍紋，不但是她手頭上最輕的刀子，也是和她最親近的。一八六八年，她太祖父就是用這把脇差切腹。他的血對這件武器賦予了遠超過鋼材的重量。他是他們家族最後一位舉行切腹儀式的人，卻不是最後一個在履行職責時喪命的。

她用手指劃過鋒利的刀刃，有一股想割破皮膚的衝動。她知道暈眩不是懼高，而是畏懼毀滅，畏懼自己墜入深淵。梅知道這種感覺，就在她體內深處。想到要化為烏有，想到要卸下肩上的責任，她心生嚮往。這把**脇差**讓她感覺頭暈得厲害。對於自己追求毀滅的衝動，忍不住要傷害自己柔軟、脆弱的肉體，她既嚮往，又害怕。

她懷疑她母親以前也一樣。她是一位格外堅定的女性。她教給女兒痛苦與美麗之道。她父母都非常仰慕的三島由紀夫說過：**真正的美會攻擊、征服、劫掠、最後摧毀**。梅**是**真正的美。純粹的美。冰冷、殘酷、無情的美。痛苦與被剝奪的累積、受挫的飢渴和慾望，在她心上結成出一層厚繭。她攻擊、征服、劫掠、摧毀。她只知道這種生活方式。

但既然行動的時刻已經到來，她感到一陣恐懼的戰慄。**萬一她失敗呢？**這種不祥的預感讓一切變得岌岌可危。讓不確定性滲入道場，無異於引狼入室，隨時可能致命。她上一次出現這種強烈的不確定感，還是父母遇害那一天。她眼睜睜看著那場伏擊的慘狀，因為驚嚇和受創過度而無法動彈。她緊抓著妹妹，躲在常綠樹底下，直到那些傭兵離開為止。後來，她就像盆栽一樣接受栽培——被束縛和修剪，把所有自然的衝動塑造成優雅的沉靜。

每朝每夕，一再思死、念死、決死，讓死常住我身，這樣，死亡就與我身為一體，而得自由自在之死。山本常朝多年前寫下的這些話，她一直銘記在心，形成她修練武士道的支柱。她投入了生命，也獻出了死亡。待滿月升起，她會把這份禮物獻上。

第十五章

噴射機在東京降落。窗外夜色已深，布林克查看手機，發現剛過晚上八點。搭了十四小時的飛機，他完全沒闔過眼。

他抱起康妮，從階梯步下停機坪，有一名海關官員迎接他們。櫻用日語向官員稍做說明，然後遞出一疊蓋了金菊花戳印的文件。**他連我的護照都不看**，布林克想，發現他的護照和康妮的文件——牠的動物護照，包含一份疫苗清單在內——還塞在他的郵差包裡。事實上，海關官員壓根沒有看布林克一眼。他只是把文件交還給櫻，然後揮揮手，請他們去搭一輛等在外面的黑色汽車。

車子在東京街頭穿行。今晚多雲，天空有嚴重的光污染，路上交通壅塞。櫻查看手機留言的時候，布林克坐進汽車後座，滿腦子都是他即將面臨的挑戰。雖然他試著轉移注意力，卻無法不去想龍盒的事。他很想知道龍盒的設計，需要多少個步驟才能打開，從何處著手，還有，它致命的殺傷力到底從何而來。他很希望自己能放鬆，但根本辦不到。他的天賦就是這樣作用的。一旦開始解謎，就無法自拔。在謎題破解之前，他吃不下也睡不著。

車子駛進東京市中心的時候，康妮爬到他大腿上，看著這個城市在眼前展現。閃爍的光線、霓虹燈的切分音節拍、大批的人群、擁擠的建築物，這種高密度的城市，一定會讓正常人頭暈目眩，但布林克覺得很超現實。這個城市以扭曲的方式把他內心的景觀投射出來——色彩與模式和他心裡的色景同步。他實在吃不消，便不再盯著窗外，閉上眼睛保護自己。

「確實讓人難以招架，我知道，」櫻說，察覺到他的不適。「東京市區或周遭住了將近四千萬人，是全世界最大的都市地區。東京是全球第一個達到一千萬人口的城市，但我覺得最神奇的是，在徹底被炸彈摧毀之後，不到二十年就變成超大城市。東京的建築物大多是木製結構。一九四五年三月九日和十日的燃燒彈轟炸，把全市化為灰燼。估計有十萬人在轟炸中死亡，不過那是低估的數字。」

布林克想起他看過的一篇報導，描述日本在戰爭期間被大規模毀滅。數字自動出現在他的腦子裡：廣島死了十二萬六千人；長崎死了六萬四千人。百分之九十以上的死難者死於燒傷。後來有更多人死於輻射中毒。他心裡全是屍體燒焦的畫面，許許多多的男人、女人和孩童躺在街上。人類殺傷力的恐怖，令他驚懼不已。

「有人相信這種全面性的毀滅是必要的，」櫻幽幽地說。「他們相信若非徹底毀滅，我們不可能現代化。」

「那這個現代的日本，」他說，伸手指著窗外。「有比較好嗎？」

「還沒完全現代化，」櫻轉過頭，迎向他的目光。「所以才把你請來。」

「我是來贏得比賽的。」他說，研究她的表情，想理解她的想法。

「麥可，我想你不明白。」她的聲音小到他幾乎聽不見。「這不是一般的競賽。其中牽涉到的，不只是破解一個很炫的謎題。」

他也盯著她看。「還有我的性命。」

「不光是你的性命。日本天皇要靠你打開那個盒子。他的祖先曾試圖取出裡面的祕寶，結果事與願違。要是他們成功了，或許有些慘劇就不會發生。我們永遠不會知道。但有一點我很清楚：有的祕密具有改變天地萬物的威力。龍盒就是這種祕密。」

布林克想起先前兩人站在他的公寓裡，櫻對他說的話：**龍盒的創造，是為了守住一個祕密，一個許多位高權重的人都很看重的祕密。這樣的祕密價值不菲，對你而言更是如此。**

「有的人可以改變世界，」櫻說。「這些人擁有的獨特工具，可以幫助人類。你就是這樣的人。」

第十六章

車子行駛了一段時間，最後抵達皇居御苑。座落在千代田摩天大樓群正中央的一座綠色島嶼，皇室的住所是全世界最安全的地方之一。車子從橋上開過，布林克看著聚光燈的烈焰照遍護城河漆黑的河水。前方有一堵綿延不絕的巨大石牆。**不會有人爬上去**。布林克心想，估計那堵牆有二十呎高，筆直墜入護城河。就算有人能爬到牆頂，裡面也到處是衛兵把守。櫻是把他帶進一座固若金湯的堡壘。

車子停在一條很長的石橋盡頭，一群群的警衛在加固的鐵門前間隔站立。一名衛兵步出門房，向車子走過來，拍拍駕駛座的窗戶。司機遞出證件，衛兵看看後座的櫻，再看看布林克。他停下來，盯著蜷在布林克大腿上的康南德魯看。最後，鐵門開了，車子開上一條寬敞的道路，在皇居御苑蜿蜒穿梭。

「剛才是櫻田門，皇居御苑的九門之一，」櫻說。「那是正門，御所的入口。你待會兒就知道，和皇室接觸，必須遵守安全慣例。」

進入正門以後，車子爬上一條沒有照明的道路，周圍是濃密的紅檜林。東京的燈光和霓虹招牌、綿延無盡的摩天大樓和車流在頃刻間消失。他們在一片原始森林裡，被漆黑天空下的常綠樹團團包圍。

「這整個堡壘原本是江戶城，德川幕府將軍的居城。不過幕府將軍一八六八年放棄權力時，天皇明治把居所從古城京都遷到這裡。後來，東京人口稠密，但這塊地一直受到保護。這是全世界價格最高的土地之一。在八〇年代的泡沫經濟時期，這塊地的價值超過整個加州。」

穿過樹林，布林克看到遠處的一棟建築物，雄偉而壯觀。

「那是正式的宮殿，」櫻說。「許多官方盛會舉辦的地點。那邊的建築物是宮內廳。我說什麼也不會讓你靠近那裡。」

車子繼續往前開，布林克欣賞遼闊的庭園，無盡的樹林，彷彿綿延不絕。最後車子停在一座長形的單層混凝土建築前面。

「這是吹上御所，」櫻說，開門下車，示意布林克一起下來。「皇室的居所，你要住在這裡的東翼。」

布林克把康妮的狗鏈扣在牠的項圈上，抓起他的郵差包，鑽進冷冽的空氣裡。他站在一幢亮眼的現代宮殿前面。雅致而簡約，迥異於皇居御苑裡的其他建築，看起來更像是七〇年代美國中西部的辦公建築，而非皇家居所。

但他還來不及欣賞完畢，就有一群穿制服的男子人圍上來。有個男的把他拉到旁邊，把他的薄T恤、黑色牛仔褲和紅色匡威帆布膠底鞋，從上到下拍了一遍。他們搜查他的郵差包，取出康妮最喜歡的咀嚼玩具——一個沾滿口水、面目全非的藍色小精靈。等他們檢查完了，布林克把藍色小精靈拿回來，丟給康妮，牠發瘋似地大聲吠叫。

櫻憂心地看著布林克。「很抱歉，形式上必須這麼做。負責管理天皇和皇室事務的宮內廳堅持要搜身。」

「聽起來像軍情六處或中情局之類的單位。」布林克說。

「相去不遠，」她低聲說道。「宮內廳對皇室握有無上的權力，遠超過護城河外的人所能理解。」

布林克注意到康妮不見了，然後發現牠在車子的另一頭，跑到積雪的樹叢後面撒尿。櫻對衛兵說了幾句話，然後轉向布林克。「我跟衛兵說了，康妮會跟你一起住在你的房間，你隨時可以帶牠出來散步。你是皇室的貴賓。他們不會干涉。」

布林克抱起康妮，尾隨櫻穿過樸素的大門，進入長形的現代附屬建築。明亮的室內光照在高側窗上，形成一間鏡廳，先後反射出櫻、布林克和康南德魯的影像。

「東翼通常是用來接待訪問日本的國家元首。但今晚空無一人。」她帶他來到走廊盡頭的房間，用鑰匙卡開了門，然後交給他。他看著這張識別證。上面有他的照片——一定是她在網路找到的舊照片——和一個不屬於他的名字。「萬一衛兵找你麻煩，這張識別證能證明你是重要貴賓。」

他翻轉手裡的識別證。「我名義上的身分是什麼？」

「美國外交官，來和天皇進行正式會晤。」她說。「當然，衛兵不知道你來御所的真實原因。檯面上，這場比賽並不存在。天皇的日曆上沒有紀錄，平時的安全衛隊完全不知道明天有這場比賽。如同歷來舉辦過的每一場機關盒比賽，這一次也會私下舉行。這是極具爆炸性的國家機密，對天皇個人的意義非同小可。萬一有人——媒體、外國權貴、你在日本的崇拜者、無論任何人——發現你在這裡，後果可能不堪設想。我答應阿姨要幫她避免這種事。」

櫻和布林克走進一間和洋元素兼備的寬敞公寓：一邊是裝了障子拉門和榻榻米的架高地板，另外還有巨型的平板玻璃窗，俯瞰前方濃密的樹林。公寓有一間私人臥室，裡面是一張大床、梳妝臺、一對絲綢繃布的椅子。布林克還沒搞清楚狀況，櫻已經走到房間的另一頭的吧臺，倒了兩杯三得利威士忌。他喝了一口，希望自己能放鬆。他會緊張很長一段時間。

「通常會有工作人員協助你，」她說，走遍公寓的每個房間。「不過很抱歉，今晚只有你一個人。」她低頭望向康妮，牠正好奇地嗅著房間的各個角落，聞到許多新奇的氣味，牠的眼神異常興奮。「當然，天皇和皇后知道你來了，」她說。「我阿姨也是——我們使用皇室噴射機的許可和授權，就是她弄到的。不過沒有通知宮內廳的人。」

布林克一面聽，一面從背包拿出康妮的摺疊碗，在一個碗裡倒滿水，然後把一包狗食——

牛排和胡蘿蔔——倒進另一個碗裡。康妮口渴，喝得很快。牠需要好好溜達溜達，而且搭了這麼久的飛機，他也得出去走走。他滿腦子都是在東京穿行途中產生的靜電干擾，他必須靜下來，釐清思緒。他看看手錶。當地時間才剛過晚上九點。比賽開始的時間是次日月出時分。他得睡一覺，才能敏銳應戰。

然而他的腦子止不住地轉動。要是能在比賽前看到機關盒，要是能測量它的尺寸，打量它的設計，或許甚至摸幾下，都會給他莫大的優勢。只要能是在心裡描繪出謎題的形象，解謎就成功了一半。要是看到龍盒，他就知道自己面對的是什麼。

「你說龍盒被帶到御所了，」他說。「現在就在這裡？」

櫻點點頭。「在皇家藏寶室的一個保管庫裡，是千代田市最安全的地點。是暫時保管，當然。等時間到了，就會把龍盒送到宮中三殿，舉行比賽的地點。」

「我必須看一看，」布林克說。櫻出言反對，不過被他打斷了。「我知道你不應該給我看，但你自己舉出了我活下來的機率有多少，實在不高。只要看到盒子，就能扭轉劣勢。」

她臉上閃過一副不確定的表情。「你說對了。我不能帶你靠近它。這是不容打破的慣例。再說，現在很晚了。你在飛機上根本沒睡。你得休息休息，明天的比賽一定很累，你必須做好準備。」

布林克知道她說得對，但他現在激動得睡不著。「我沒辦法休息。不可能。」

櫻很為難，他看得出來。她在遵守規定和採用布林克比較創新的作法之間掙扎。在機場的時候，她遵守了規定，不過現在，比賽迫在眉睫，她決定決定支持布林克。「帶你去保管庫不表示你看得到龍盒，」她說。「門上鎖了。」

「用鑰匙還是密碼？」

櫻猶豫了，於是布林克明白，儘管這個女人對瑞秋不肯通融，卻喜歡打破規則。「密碼，」她說。「有一個電腦化的小鍵盤，所以大概是數字密碼，不過維安團隊喜歡創新。」

「創新是我的專長。」

她盯著他看，他知道她想試試，但不能被發現。她和他一樣渴望看到龍盒，這一點很清楚。可是為什麼？她為什麼對龍盒有興趣？

「萬一被發現，我會負全責，」他說。「你阻止過我，但我不聽。」

「好，」櫻說，突然一臉的挑釁，證實了布林克的懷疑。「我們試試看。」

第十七章

櫻來過吹上御所很多次，每次都覺得這個天皇與皇室的正式居所充滿了自我矛盾。這幢現代建築由日本建築師內井昭藏設計，在風格方面，是承襲法蘭克・洛依德・萊特這位受到傳統日本設計影響的美國現代主義大師。以單調的鋼筋混凝土打造而成，儘管外觀很難看，室內卻混合了溫暖、淺色的木材和傳統日本元素，共同創造出美麗、現代、充滿光線的空間。牆上掛了傳統的字畫，其中幾幅相當古老，然而中間穿插著當代書法家逗趣的現代作品。整體的效果是日本風，然而也帶有現代文化的色彩。櫻知道這種風格跟她很像。

吹上御所另一個矛盾之處：儘管看似寧靜，在平靜的表面之下，隱藏著一套瘋狂的監視和安全系統。只有極少數的人能進入皇家的私人居室。拜她的阿姨明美和她獲得的安全許可所賜，櫻也是其中一個。

櫻的阿姨明美當了雅子皇后三十幾年的私人祕書，她在一九九三年六月三日，雅子嫁給德仁太子時成為她的幕僚，直到雅子在二〇一九年登基為后，明美一直是她信任的知己。她是皇后的耳目。皇后認為必須知道幕僚的言行舉止，明美常常能掌握這方面的消息。宮內廳禁止皇家從事某些行為——遵循皇室先例的壓力很大——但明美知道怎麼迴避宮內廳的管制。當這些先例限制了皇后的自由，明美就去找最近才數位化的檔案，在櫻的電腦技巧協助下，從檔案裡找出能讓皇后如願以償的先例。就在前一年，明美找到了一千年前的一份文獻，記載定子皇后在新年慶典期間把她的詩發給宮裡的人。明美以此為據，主張現任皇后有權要求在寄出的新年賀卡裡附上她的水彩畫。宮內廳考慮了好幾個月，才核准皇后的賀卡，但畢竟被核准了。雖然是小小的勝利，卻能讓皇后感覺生活是自由的。

協助阿姨的時候，櫻大量搜索皇室先例的檔案，研究皇曆，發現了史料中記載的迷信老傳統，曾經是宮廷生活的主軸：算命、探地術、用馬骨預言、用龜殼卜卦等等。雖然完全沒有提到龍盒、小川龍一或是比賽，不表示這件事沒發生過。只代表有人非常小心地把它從官方史料抹去。

她阿姨明美極可能從來沒跟皇后提過這個機關盒。這種話題很容易讓她苦惱。眾所周知，皇后以前得過憂鬱症。她曾經幽居深宮長達十年，拒絕所有活動，導致外界對皇家諸多揣測。櫻知道她阿姨極力保護皇后，特別是避免和媒體接觸。**皇后很敏感**，她阿姨對她說過。**很脆弱**。

她原本不是這樣的。當上日本皇后以前，她是小和田雅子，是哈佛和牛津大學的優秀畢業生，主修經濟學，外交生涯一片光明。然後德仁太子愛上她。這是灰姑娘的故事，只不過王妃沒有過著幸福快樂的生活。輿論的壓力，加上她的過去被攤在放大鏡下，讓雅子身心受到重創。從她嫁給太子的那一刻，她的生育能力就成了全國臆測的話題。皇家奉行長子繼承制法，只有男性繼承人能繼任德仁的天皇之位。雅子的婆婆，美智子皇后，也受到類似的檢視，卻生了三個孩子，兩男一女。雅子皇后結婚很多年才懷孕，而且她和太子只有一個孩子，愛子，是櫻小時候的朋友。但女子不能成為皇室的領袖，於是堂弟取代了愛子，成為菊花皇位的繼承人。

櫻常常疑惑這種不公產生的影響。畢竟現在是二十一世紀，像英國君主政體這種古老的體制都允許女子繼承王位。櫻看過一份最近的民調，百分之八十五的日本人都希望敬宮內親王繼承父親的皇位。

或許是因為櫻在紐約長大，受到美國文化的影響，她覺得日本女性在現代世界面對巨大的挑戰。她們在擔任妻子、母親和員工的同時，還被要求要維護傳統。櫻記得自己的母親就難以應付這種違反人性的社會壓力。許多日本女性決定不結婚，也不生孩子，以逃避這種艱困的處境。櫻的阿姨明美便是如此。

櫻帶領麥可・布林克走出東翼，穿過一條和主要接待區相連的通道，然後經過屬於皇室寓所的翼樓，深入皇家內殿。穿過一系列優雅的接待廳，她按了電梯按鈕，搭電梯下樓，樓下的照明不足，牆壁和地板是簡單的素面混凝土。

櫻抬頭看監視攝影機。明美已經傳了訊息給她，告知比賽的最新進展。在龍盒的運送發生事故以後，所有監視攝影機都被停用。雖然明知攝影機不會拍到他們，櫻還是快步前行，盡可能躲開鏡頭。她不應該靠近保管庫。她阿姨絕對、**絕對**不會允許這種事。但規定是限制那些沒本事違規的人。

櫻在走廊的盡頭止步。這裡和地下室其他地方一樣，是素面混凝土，只在牆上掛了一幅字畫卷軸。走廊盡頭有一道鋼製門，門框上裝了一個電子螢幕。「比賽開始前，龍盒就放在裡面。我們只要進去……」

「我要是進不去，就表示你這場比賽選錯了人。」布林克對她咧嘴一笑。

她揚起單邊眉毛，淘氣地笑笑。「你有他們說的那麼厲害嗎？」

「很快就知道了。」

櫻對人的直覺非常敏銳。她一看到麥可．布林克，就知道他的確像別人說的那麼厲害。然而他有一個毛病讓她很困擾。他簡直**太厲害了**。任何蛛絲馬跡——即便是一字一句或一個手勢，一個口誤或矛盾——都逃不過麥可的法眼。這一點讓她很擔心。萬一他看得出櫻根本不是他以為的那個人或那種人呢？

螢幕纖薄如紙、漆黑、和大尺寸的蘋果手機一般大小。布林克走上前去，螢幕感應到他的存在，然後閃光開機。出現由七個多邊形構成的正方形。是七巧板。

「進入藏寶室的密碼本身就是一個謎題，」她說。「如果你能破解，我們就看得到龍盒。」

第十八章

梅從小聽武士的故事長大——他們高貴的行為、忠誠、責任和榮譽感。但儘管這樣的故事——漫畫和B級電影的題材——在日本文化裡很常見，梅卻極少在通俗文化裡聽到**女武士**的故事。梅的女武士祖先已經被遺忘了。

當然梅的家族不是這樣。她母親常常跟她說女武士的故事，特別是歷史上最偉大的女戰士，中野竹子。

「會津戰爭期間，中野竹子到橋上監視敵人。皇軍在河川對岸，隨時準備開戰。她寡不敵眾，卻扒開身上的盔甲，暴露自己是女兒身。皇軍大吃一驚，一面譏笑，一面輕佻地注視她。他們的震驚給了她可乘之機。很快地，皇軍還沒弄搞清楚怎麼回事，她就發動攻擊了。」

她母親講述這個故事的時候，開心得笑起來，然後把一枝長桿放在梅的手裡，末端有一片刀刃，是**薙刀**。

「有一天，」她母親說，「你對這件武器會像自己的身體一樣瞭如指掌。」

她母親筆挺而堅定地站立，長髮盤在頭頂。她年紀很輕，才剛過三十，手上卻有很深的變色疤痕，走路一跛一跛的。儘管如此，她沒有絲毫軟弱之氣。她母親威力四射，這種特質令人恐懼，又讓人安心。

「我們延續這種教育是有原因的，」她說。「那個原因就是**你**。」

梅彎身鞠躬，感受這件武器在她手裡的重量，它的重要性。

「我們失去了很多，」她母親說。「那些沒有戰死的人都自殺了。有些武士被引進明治的官僚體系，得到新的職位和薪餉。我們的家族不在其中。我們受到排斥、羞辱和遺棄。但是女戰士，我們延續下來。羞辱和孤獨孕化成兇猛、堅決和威力。我們組成一個祕密組織。中野竹子的弟子和其他人聯手，形成更強大的團體，背負共同的使命。因為大家以為女人不懂武士道，所以女武士比男的更有殺傷力。我們可以攻其不備。這是我們最寶貴的武器。因此，我們家族的女性一直被手握重權的家族找去當保鏢。我們女武士已經受到世人的敬畏。」

於是，梅開始繼承祖先的衣缽。她學習把自己的長處——彈性、速度、聰明的頭腦、忍痛的能力——化為優勢。「我們不可能靠蠻力打敗男性對手，」她母親說。「我們打敗男性，必然是仰賴我們的機靈、過人的智慧和耐力。」

有一次，她母親在他們的祖籍村落幫她報名參加劍道比賽。當年梅十一歲，但母親為她安排的對手是比她年長的男孩——十四、十五、十六歲，而且體格比梅壯碩得多。有一天，和她比賽的男生足足高了她一個頭，留著一束小鬍子。她嚇壞了，拼命鼓足勇氣。她會遵從母親對她最重要的教誨：把對手的長處化為己用，用心智和身體的靈敏來克服蠻力。

比賽的前幾分鐘，梅立於不敗之地。她擋住了他的擊打、避開他的進攻，甚至一度予以還擊。然後對方從底下橫掃她的左腿，把她絆倒。他作弊——絆倒對手是違規的。她倒下的時候，他重重擊打她兩次，同時用腳踩著她的胸口，進一步羞辱她，得意地笑看梅眼裡的憤怒和恥辱之淚。

「不要哭，酸梅。」男孩在鞠躬時說。

酸梅，一種會讓舌頭產生衝擊的苦澀酸物。一個充滿藐視、嘲弄的稱呼。她妹妹站在地墊邊緣，聽到那個男生的話，從那天開始，每一次她想戲弄梅，就會叫她酸梅。梅恨透了這個外號，但長大以後，她發現這兩個字生動地描述了她的性格。梅子的酸味、苦澀、強烈，和她很相稱。

「今天早上很有收穫。」後來回家吃午飯時，她母親說。

「你怎麼能這麼說？」梅問道。「那個男生把我打得落花流水。」

「然而是你給了他可乘之機，」她說。「你的左腿的位置有弱點。下次你會把它保護好。」

「他沒資格贏。」梅說。

「沒錯。那個男生作弊。但他還是贏了。你瘀傷落敗。他沒有。」

梅低頭看著自己的手，非常慚愧。她痛恨失敗。然而她更痛恨的是讓辛苦教導她的母親失望。「對不起，媽媽。」

「梅ちゃん，他不會每次都這麼輕易得手。他現在年少體壯，但隨著時間流逝，他的缺點會讓他從裡到外徹底腐爛。你必須感謝他給了你這個教訓。」

「感謝？」她問，無法理解她母親的意思。

「你今天學到了東西，」她低聲地說。「為了這一點，你必須把他放在你心裡一個特殊的位置，最寶貴的位置：用來記住那些改變我們的人。我們必須熱愛把我們變得更好的人，即便他們在這個過程中傷害了我們。那個男生讓你變得更好。所以你必須愛他。」

梅抬頭看著母親，眼眶滿是熱淚。整件事顯得很荒謬。她怎麼能愛一個傷害她的人？她應該愛那些毀滅她們家族的人？擁抱那些迫使她父母無所不用其極地訓練她的權貴？梅學習武士道，是為了誅殺這些人，不是感謝他們。她把那個男孩打垮，打到他連牙齒也斷了，用**薙刀**的刀刃劃傷他的臉。「原諒我，但我不會欽佩他。」

她母親難得地笑了。「如果不用愛，你還希望用什麼方法承受你感受到的恨？」

梅仔細思索，低下頭，不敢看母親的眼神。

「我告訴你一件別人都不知道的事，」她母親說。「原本我打算以後才告訴你，但你現在有權知道了。」

梅的母親直視她的眼睛，輕聲說道，「我們的家族被毀滅。我的祖先被羞辱、驅逐、剝奪了應有的地位。不過有一個辦法能報復他們。有一件祕密武器，一件威力無窮的寶藏，可以改變天地萬物。有一天，等時機成熟，我們要拿到手。」

第十九章

在吹上御所地底深處的藏寶室外面，布林克端詳保管庫門框上安裝的電子鍵盤，看著螢幕上的七巧板。他輕觸螢幕，七巧板邊緣出現了一到七的數字。正方形的外側閃出四個箭頭。

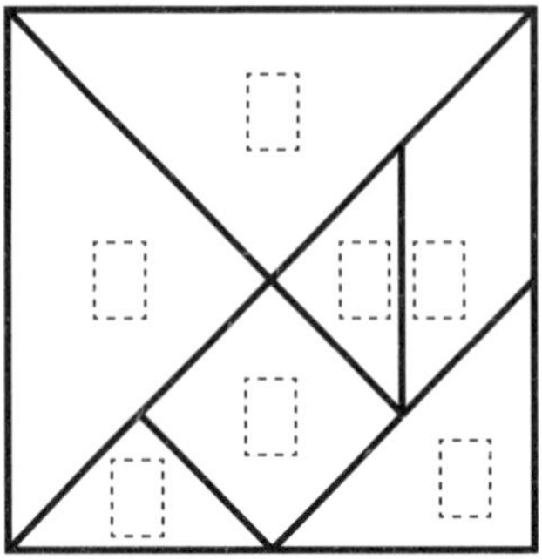

「這是數字謎題。」櫻說。

「你說對了，」布林克說。「我們必須把一到七的數字填進多邊形裡。」

「箭頭代表橫列和縱行的總數都一樣，深色長方形代表的兩位數，等於橫列和縱行的總數。」

布林克對櫻眨眨眼。「一塊蛋糕（小意思）。」

「那就來個紅絲絨的。」

布林克看了七巧板一眼，心裡就浮現數字的構形。他輕觸鍵盤，在長方形裡輸入正確的數字。

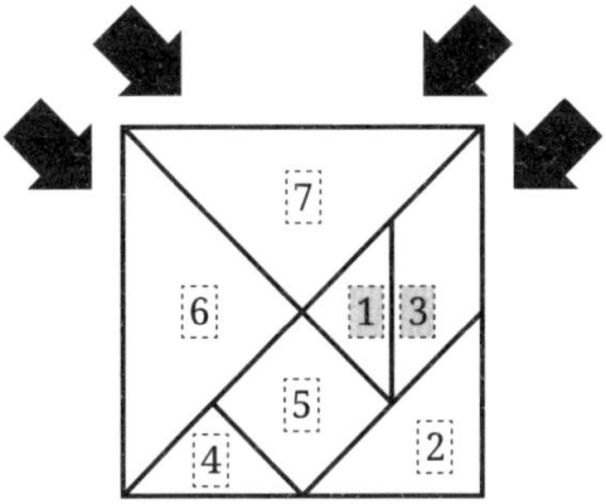

七巧板閃了兩下，消失了。謎題破解。

他等螢幕閃幾下，通知他中了大獎。起碼門鎖應該解開。可是毫無反應。

「看樣子謎題還沒破解，」櫻說，游標在漆黑的螢幕上閃爍，留下十三個空格。

「我們需要一個十三位數的密碼，」布林克說。

「那只有十兆個可能的組合。能猜到嗎？」

「絕不能用猜的，」布林克說。

櫻撥開眼前的一束藍色髮絲，說，「如果你以為能靠計算天皇的生日或一些個人訊息想出答案，我勸你三思：這是宮內廳的維安團隊設計的密碼。他們無論如何都不會使用皇室的個人資料。」

布林克後退幾步，回頭穿過走廊。現在的情勢對他很不利。他不可能猜到密碼，而且要是櫻說的沒錯，密碼不是用天皇的個人資料設計的，那就算想破頭也想不出來。破解密碼不是靠運氣，或甚至技巧，而是要看出一個揭曉謎題結構的線索。

布林克穿過漫長的混凝土走廊，認真思考。牆上空無一物，只有拼接的混凝土鑲板、拋光的混凝土地板和監視攝影機。事實上，自從進入御所的地下室，連一件藝術品也沒看到，除了……

「這是什麼？」他回到掛在保管庫門附近的卷軸問道。

櫻打量一番，滿臉鄙視。「這是御所最庸俗的藝術品。」

布林克仔細查看，沒錯，比起他在樓上看到的藝術品，這幅字畫差遠了。畫的是一隻坐在池塘裡的青蛙，鬥雞眼、鼓脹的綠色身體，畫風和卡通差不多：他父親生前在俄亥俄州常去的廉價酒吧，才會在洗手間掛這種東西。「上面寫了什麼？」

「一首詩。你一定知道。松尾芭蕉的青蛙俳句。」

布林克確實知道。這是文學史上最有名的俳句。他在中學的英文課讀過。

An old silent pound（閒寂古池旁），
A frog jumps into the pond（蛙躍水中央），
Splash! Silence again（撲通一聲響）。

「這幅畫實在差勁，」櫻翻翻白眼說。「顯然是在開玩笑。」

「是開玩笑，還是……」布林克看到一系列數字，走向鍵盤，輕觸螢幕，輸入十三個數字。螢幕閃著紅光，然後把數字清除。順序不對。

櫻也來到螢幕前，滿心好奇。「你輸入什麼數字？」

「直覺告訴我，把松尾芭蕉的詩掛在這裡，是提供理解這個密碼的線索。詩有十三個字，保管庫門的密碼有十三個數字，我認為這不是巧合，所以我做了數字轉換，把每個字的第一個字母換成數字。不過這樣就有二十個數字。我覺得不妨一試，結果你也看到了。」

布林克拿出筆記本，寫出他剛才試過的密碼。

櫻回頭望向掛在牆上的詩。「你的想法是對的。這是一種代換密碼。但不是用這首詩的英文翻譯代換。來……」

櫻接過他筆記本和筆，用日文寫出這首俳句

古池や（Furu ike ya）

蛙飛び込む（Kawazu tobikomu）

水の音（Mizu no oto）

「採用每個字的第一個音節，就是FU-I-YA-KA-TO-MI-NO-O。」

「但這樣就有十四個字母。密碼要的是十三位數。」

「現在聽我說，謎題小子。」櫻笑了笑，眨眨眼，顯然很享受向謎題師傳授密碼的樂趣。

「日語以音節組成，以四十六個文字或假名來表示，稱為平假名。如果抽出這首詩的每個假名，和標準平假名表的數字連起來，就是：

Furu (Fu) 28

Ike (I) 2

Ya (Ya) 36

Kawazu (Ka) 6

Tobikomu (To) 20

Mizu (Mi) 32

No (No) 25

Oto (O) 5

櫻拿起布林克的筆記本，寫下：**2-8-2-3-6-6-2-0-3-2-2-5-5**。十三位數的密碼。

「一定是這個。」布林克說。他很佩服。第一次見到櫻，他就知道對方是同道中人，但現在可以確定她是解謎高手。他看了她一眼，想知道她有沒有利用自己的聰明欺騙他，是不是利用特雷佛斯醫師引誘他到日本？

他希望自己對櫻的懷疑純屬無稽。和具備她這種能力的人共事是一種享受，而且知道自己不是孤軍作戰，也讓他感到深深的喜悅。他從來沒遇過和他旗鼓相當，更別說比他早一步破解密碼的人。

「可以開始了嗎？」她靠向螢幕問道。

「請，」他說，朝閃爍的空格比了個手勢。「由你來。」

櫻輕觸螢幕，輸入這一連串的十三個數字，鍵盤閃著綠光。密碼正確。她轉頭對他露出勝利的微笑，笑容展現出櫻的另外一面，這個女人一直知道，憑她的聰明才智，必然能勝他一籌。

第二十章

櫻說機關盒存放在天皇藏寶室的時候，布林克以為是一個銀行保管庫，放滿一袋袋金幣和銀幣，珠寶和皇冠，像卡通似的一堆堆貴重物品，鎖在鋼製門後面。但其實剛好相反。他尾隨櫻進入一間優雅的沙龍，牆上是木鑲板，地上鋪了波斯地毯，到處擺著煙草皮革的扶手椅。天皇居所隨處可見的監視攝影機不見了。沙龍裡異常安靜，空氣濃重而污濁。皇居有堅不可摧的石牆、加固的鐵門和寬闊的護城河，如果皇居是獨樹一格的機關盒，這裡就是藏在正中央的寶藏。

「我一直想看看這個房間，」櫻說，聲音充滿了興奮。「這只是皇家私人收藏的九牛一毛，不過存放了日本歷史上最稀有而貴重的幾件文物，是天皇統治將近兩千年來收藏的寶藏，從未離開皇室的掌握，所以真實性不容置疑。因為沒有受過風雨摧殘，所以也保留了原始狀態。」

布林克看到藏寶室到處是一群群金色坐佛、放在基座上的瓷製神殿花瓶、裝滿古代珠寶、漆器、羊皮紙的玻璃箱，彷彿看到日本歷史在他眼前攤開。櫻似乎同樣陶醉。她指著一幅卷軸。

「那是古事記的複製品。用詩和歌謠講述日本人的歷史，並說明神、神話和傳說的起源，以及皇家的起源。而這個，」她說，指著一幅放在古事記附近的雕版印刷畫，「是日本創世之神，天照大御神的浮世繪。」

布林克向前貼近玻璃箱，細看這幅印刷畫。畫得非常精彩，畫中的女子身穿彩色長袍，脖子上掛著珠寶，身上迸發一道道光線，如陽光般向外放射。

「天照是太陽女神，」櫻說。「她的名字是『從天上照耀』的意思。她是皇室的第一代祖先。」

「這現任的天皇是什麼？太陽神？」

櫻微微一笑。「已經不是了。第二次世界大戰以後，昭和天皇被要求放棄神性。

「地位下降不少。」

「當然，自古以來，日本人把天皇視為神明。一點也不誇張。在我國的歷史上，日本社會堅信天皇具有神性。日本的極端民族主義，往往被歸咎於太多人盲目服從他的命令。這種不問是非的民族主義，造成許多以天皇之名實施的暴行——在日本、韓國和整個東南亞的暴行。美國知道正式斬斷天皇與天照的連結，公開宣告他不是神，會縮減他的權力。所以日本戰敗以後，昭和被迫照辦。他放棄了皇室的執政權、把大多數財產富交給世俗政府，並撤銷皇室所有遠系旁支的頭銜。現在天皇只有象徵意義。儘管如此，太陽和天照大神仍然深深鑲嵌在日本的認同裡。你看過我們的國旗……」

布林克想像日本國旗，把紅色的圓圈畫在一大塊白布上。耀眼火紅的太陽，古代女神的象徵。

「古事記講的是天照的故事，」櫻說。「有一天，這位太陽女神躲進洞穴，造成了永夜。她弟弟不忍世界被黑暗籠罩，連哄帶騙地把她帶出洞穴，使陽光重現人間。天照回來以後，把三件神器——一面鏡子、一塊勾玉和一把劍——賜給她的後裔，日本第一任天皇神武。這些神器讓皇室有了女神後裔的正當身分，不過也有人說，這些神器本身就包含無比的威力。」

「但這些神器只是神話，」布林克說。「大家其實已經不相信太陽女神。」

「**相信**是很強烈的字眼，不過對許多日本人來說，象徵王權的神器和天照在文化上意義深重。」

「神器在這裡嗎？」布林克環視整個房間，尋找神器。」

「絕不可能。除了天皇本人，沒有任何人看過三神器。」

櫻穿過藏寶室，瀏覽裡面的珍藏，彷彿在尋找什麼。最後，她停在房間對面的一個玻璃箱那裡。「過來，你應該會對這個感興趣。」她小心翼翼地掀起玻璃箱的蓋子，拿出一份很小的手稿，邊緣用絲線裝訂，封面是一張淡粉紅的和紙。

「這個，」她一頁頁翻著說，「是我一直想讀的東西：明治天皇的一名妾室，藤原佳子的枕冊子。讀過書的妾室有一個傳統，把隨機的想法或簡單的備忘寫下來，稱為**隨筆**。或許你聽過其中最有名的一本，清少納言的《枕草子》，記錄了一千多年前平安時代的宮廷生活。儘管默默無聞，這本枕冊子對宮廷生活的觀察，和枕草子同樣罕見。而且，如果我沒聽錯的話，裡面包含當時對龍盒的觀察，是現在僅存的史料。」

櫻打開枕冊子，細心翻閱，然後暫時停下，翻譯成英語唸出來：

密盒已經送到，美麗得非言語所能形容，完全用箱根町森林的木材製作：紅樟木和桑木、胡桃木、烏木和黑柿木、衛矛樹和檀香樹的木材，把二十一種木材構成龍的圖像。

想像這個盒子用二十一種不同的木材盤繞成龍的形狀，布林克感到一陣喜悅湧上心頭。

「皇室是透過藤原佳子的敘述，才初次瞭解龍盒的性質有多複雜。」櫻翻閱枕冊子，一頁頁快速瀏覽。「我阿姨跟我說過這個故事，龍盒呈到明治面前時，藤原佳子就在天皇的私人居室。龍盒的設計者，箱根町工匠小川龍一親自送到東京城（譯者按：皇居舊稱），並示範如何使用。可想而知，這是千載難逢的大事，想必藤原佳子也大為震驚。如果你記得的話，當時的天皇是神，平民絕對不得窺視，更不可能與天皇互動。據說小川是盲人，才獲准進入天皇的內殿。無論如何，明治和謎題設計師一起坐下，看他一步一步打開盒子。佳子描述小川操縱隱藏的隙縫和槓桿、滑動和開啟小隔間，就像……」櫻翻到枕冊子其中一頁，然後唸說，「……魔術師用實木變出一個宇宙。」

她唸出這段話的時候，布林克感覺心臟噗通噗通地跳。他想像小川的動作、木塊的開啟和關閉、量體的揭露。佳子還看到什麼？她看著小川打開盒子——她會不會把步驟寫下來？如果能得知開啟的順序，或內部的機械裝置如何運作，他會佔有極大的優勢，或許能救他一命。

「裡面有沒有提到從哪裡著手？」他問。最初幾個步驟永遠是最棘手的，也是後續每個步驟的基礎。

櫻轉動手指上的智慧戒指，認真思索。「就是這份記述說龍盒必須在龍年的滿月時分開啟，」她說。「這是我知道的。或許裡面**的確**也詳細描述了小川的盒子。但我認為你應該小心：沒有任何證據證明佳子的描述是正確的。很多人看過這份記述——畢竟這是當時對龍盒唯一的描述——事實證明一點用也沒有。這本枕冊子可能只是巧妙的聲東擊西之計。」

「你認為她是**刻意**誤導？」

櫻聳聳肩。「這段記錄可能正確，也可能錯誤百出。或者可能是用來轉移注意力，坑害你這種很可能開啟龍盒的解謎師。除非你拿在手裡，親自嘗試，否則沒辦法確定龍盒隱藏了什麼祕密。」

「要是明治有留下開啟龍盒的線索就好了。」

「皇室的一切都不能只看表面。他們就像機關盒本身——玩的是生存遊戲，永遠在變化、永遠在改變。佳子也是一個人質。她的枕冊子有其目的。」

雖然布林克不能放過任何對他有利的線索，但櫻說得有道理。佳子對龍盒的描述可能對他有害無益。

「你何不自己看看龍盒，」她說。「自己評估要怎樣打開。你的直覺是你最大的長處。然後，等你有了自己的看法，再看看佳子能告訴我們什麼。」

第二十一章

在新年假期的幾天後，梅和妹妹坐在道場門口的臺階上，練得渾身發熱。她們從天一亮就不停地訓練，由母親全程監督——矯正手臂的姿勢、踢腿的角度。

午飯時間，兩個女孩等母親拎便當盒回來。梅拿起旁邊的**薙刀**，敲打道場周圍結冰的小徑，享受裂解冰塊的樂趣。她們通常用竹竿練習，重量比**薙刀**輕，操作起來也比較容易。不過她們那天用的是真刀真槍。梅的目光沿著積雪的小徑望去，一路延伸到山上的小屋，她們的父親在那裡用筆記型電腦，建構**無須許可的**未來，他每次都這麼說。她希望他放下工作，和母親一起來道場陪她們吃飯。

梅手裡的**薙刀**很輕。她已經習慣感覺它的堅實、漆器在手掌上滑不溜丟的觸感。這是女子的武器——輕巧、容易操縱，但它鋒利、彎曲的刀刃足以致命。梅五歲就開始練習薙刀。雖然對她來說過於碩大、笨重，然而從母親放在她手裡那一刻起，她就知道這把**薙刀**是屬於她的。後來年紀稍長，她學會如何輕鬆掌握。現在十四歲了，這把**薙刀**彷彿是她身體的延伸，是她的另一隻手臂或腿。她對它的威力和缺陷，就像對自己的優缺點一樣瞭解。

每年的新年假期，爸媽都會帶她們到鄉下。**用訓練開啟新年的第一天**，她父親總是說，**這樣一整年都會體力充沛**。梅和妹妹換上老舊的棉布**道着**（武術訓練服）——是她們的母親和阿姨穿過的，磨得縫線都暴露出來，梅才練了十分鐘，衣服的接縫就裂開了，讓她的皮膚接觸到冰冷的空氣。這些年來，她已經習慣上山，從東京到山上，就像穿越時光，回到過去。他們離開城市，進入祖籍村落的僻靜山谷，這裡的森林更加濃密、房屋更加老舊、寺廟的臺階長滿青苔、街上鋪的是石板。有積雪、結冰，還有甜美、冷冽的空氣。

用訓練開啟新年的第一天，這樣一整年都會體力充沛。

體力是起點；體力是終點。不過對梅來說，找到鍛鍊體力的意志並不簡單。那天早上她就差點失敗。梅和妹妹在漆黑中醒來，並肩躺在薄薄的布團上，梅實在離不開溫暖的毛毯。她母親走到門口看她一眼，就足以讓她羞愧得馬上起床。她們在日出前吃完了米飯和味噌湯，就從小屋步行上山，沿著積雪的小徑前往她們稱為道場的棚屋。梅脫下編織涼鞋，赤裸的雙腳凍得刺痛，吐出的氣息在空氣中霧化成形，然後她練起非常熟悉的劍道形。

一，二，三，四，五。

她和妹妹練了四小時，踢腿、擊打、對打、模仿，然後再來一遍。雖然她的手腳常常沒有感覺，身體被母親打到的地方卻會疼痛，心裡充斥著燦爛的暖意。她的努力很純粹，比山上覆蓋的白雪更純粹。

終於，早上的練習結束了。她們的母親帶來午飯——三個便當盒，每個都用印花棉布包著。梅赤腳穿過榻榻米，前往道場的附屬建築，坐在**暖桌**邊，把冰冷的雙腳滑到火盆附近，示意妹妹過來和她一起坐。她們習慣在早上練習結束後一起吃飯，梅滿心期待——母女在一起的溫暖、妹妹和母親身上的氣味、心裡知道自己練得很努力。木炭濃郁、純樸的味道飄盪在冰冷的空氣中，在她心裡，這種熱與冰的混合和痠痛的肌肉、練習、疼痛及職責緊緊相連。

我開動了，兩人異口同聲地說，然後打開飯盒。

梅猶豫了一下，不確定該期待什麼。這要歸功於她母親的教誨。幾年前，梅十歲的時候，她們在道場辛苦操練一早上，梅肚子很餓、全身痠痛、筋疲力竭。她們和平常一樣坐在一起，可是梅打開便當的時候，裡面卻空空如也。她瞪著空飯盒，不敢相信自己看到了什麼。她瞥一眼妹妹的便當：米飯、醃菜、一片煎魚。她妹妹要把午餐分一半給她——兩姊妹什麼都分給對方——卻被母親阻止了。梅心裡有數。這是一種教訓。她期待食物，但絕對不能假設自己一定有飯吃。她絕不能期待任何款待，尤其是溫柔。連一粒米都不是天經地義的。沒有什麼是天經地義的。

這不是唯一的一次。幾個月以後，又有一天，梅打開便當，發現裡面塞滿珍饈美食：兩個奢華的**握壽司**；沾了鹹醬汁的鰻魚片；有一格放了一小塊粉紅色蛋糕，上面是一片草莓；另外一格是一片圓麻糬。她吃驚地看著母親。這當然不是給她吃的。

她母親點點頭，看不出是什麼表情。**「嗯，請用餐。」**她說，嘴角淡淡一笑。

但梅沒辦法舉起筷子。儘管母親什麼都沒說，她明白其中另有深意，一種隱而不宣的用意。

「你不餓嗎，梅ちゃん？」

「我很餓，」梅終於說了，但沒有舉筷。

母親與她四目交會，梅認得這種嚴厲的眼神，母親要指點她的時候，就是這副表情。「如果不知道自己該活還是該死，那最好去死。」

梅知道這句話。她母親以前說過，是另一個時代的武士留下的名言，用意是提醒她犧牲永遠比自利更好。梅望著豐盛的午餐，真的很想吃。她知道自己會永遠記得這種飢餓的感覺，於是把便當蓋放回去，用棉布包好，放回籃子裡。她交叉雙手，放在大腿上，免得母親和妹妹吃得不自在。

沒有人能解釋記憶如何在心靈的海洋裡漂浮，或是某一段記憶為什麼會在某一個時刻浮現，不過多年以後，當刺客找上門來，梅心裡想到的就是這段話——**如果不知道自己該活還是該死，那最好去死。**

他們推開道場的大門時，梅想起裝滿美食、原封不動的便當。當那些男人收回武器，倒在她母親身上時，梅感覺到飢餓的痛苦，然後腦子一片空白。她唯一想到的是抓起妹妹的手，把她拉出道場，拔腿狂奔。

等兩人跑到森林深處，梅才敢回頭。這時打鬥已經結束。透過開啟的大門，她看到母親死在狼藉的午餐中間，鮮血濺在榻榻米上。梅驚恐地看著其中一個男人從腰帶抽出**脇差**，高高舉起，砍下她母親的頭。這是一種光榮的舉動，是武士希望的死法，但實在太過殘酷。她妹妹失聲尖叫，引起刺客的注意。她們的行蹤暴露，若非父親趕來阻止，刺客一定會找上兩姊妹。他跑進道場，衝向刺客，讓她們來得及逃跑。但其實姊妹倆不曾離去。梅的心有一部分留在那裡，和父母一起死在雪中。

第二十二章

麥可．布林克走進藏寶室盡頭一個狹小、幽暗的置物間，正中央就是龍機關盒，鎖在一個玻璃立方體裡面。一盞聚光燈從天花板照下來，形成一個光圈。他的目光穿透明亮的立方體，看得出神。即便聽過龍盒的種種傳說，即便接受邀請，搭了十四小時的飛機來到此地，他對龍盒的存在仍有一絲疑慮。聽起來像是某種童話，而他是某種阿拉丁，被請來喚醒瓶中精靈。然而龍盒就在裡面，上了油的木頭在聚光燈下閃耀。

他第一次遇到這麼大的機關盒，長寬各兩呎。木頭上嵌著精緻的馬賽克，和天皇的妾室描述得一模一樣。他從來沒看過設計得這麼複雜的機關盒。他收藏的機關盒有類似的花紋，但遠遠沒有這麼複雜，也沒有這麼美麗。他無法移開視線，無法不凝視光亮的表面或盤繞的龍紋。這些足以讓他忘記在光滑的表面下伺機伏擊的危險。

「我從來沒看過這種東西，」布林克說，傾身貼近玻璃，呼出的氣息在表面隱約形成霧狀的薄膜。「真是……」

「太神奇了，」櫻說。她沿著立方體走到玻璃的另一邊，打量裡面的盒子。她慢慢抬起頭，與他目光交會。「當然和你以前看過的都不一樣。這是全世界最複雜、難度高得最誇張的機械謎題。」

這句話點出了他所面對的挑戰。機械謎題的挑戰性是出了名的。儘管如此，也可能正因如此，布林克對這種謎題的興趣格外濃厚。他在麻省理工修過拓撲學，這個領域是研究幾何形狀的性質如何因為壓力和形變——壓皺、延伸、轉換——而改變。他很喜歡這個概念：物體像時空一樣轉換，怎麼伸縮都不會斷裂。虛空或——換個說法——宇宙中的物質運動連鎖相扣，永無窮盡，機械謎題就是最完美的縮影。對布林克而言，破解一個機械謎題，就是解開一個原始真理。

有這種感覺的人不只是他。機械謎題從古至今盛行不衰。最早出現在公元前三世紀的希臘，而七巧板——就像他在藏寶室外破解的那個——在十九世紀初大為轟動，從中國傳到歐洲，成為當時最流行的謎題。難怪歷史上最受歡迎的謎題，也是布林克最喜歡的其中一種，正是機械謎題：魔術方塊。

龍盒也是一種機械謎題，但和魔術方塊恰好相反：在它存在的這些年裡，只有少數幾個人摸過。至於企圖破解龍盒的人，都在看到它之後命喪黃泉。它的真相一直不為人知。

布林克勢必要揭露它的真相。站在龍盒前面，他覺得自己的決心更加堅定。房間的空氣變了。他先覺得熱，然後冷，然後變得虛弱。**就是它**。龍盒本身，一個多麼難解、多麼邪惡的謎題，殺害了每一個上前開啟它的解謎師。他知道自己也可能賠上性命，但他抗拒不了龍盒的誘惑。它具有吸引力、生命力、放射出自己的電流。他有一股衝動，想打破玻璃、撫摸它。他想用雙手感覺它的重量，用手指滑過光滑的表面、研究出第一個步驟。他已經拜倒在它的魔力之下。

特雷佛斯醫師會提醒說，這是他冒險成癮的最佳範例。跑到世界的另一端，不惜犧牲性命來打開一個木盒，實在是魯莽之舉。他知道。但他無法克制。他頓時發現自己多麼需要特雷佛斯醫師。只有他瞭解他的強迫行為，有辦法把他從邊緣帶回來。布林克感覺到失喪的痛楚，劇烈而深刻。諷刺的是他此刻正在日本，在藏寶室裡，想查出龍盒和特雷佛斯醫師的死有何關連。他這位朋友兼導師一定會叫他掉頭回家。

「現在你親眼看過龍盒，」櫻說，把藤原佳子的枕冊子放在他手上，「也許這個能幫上忙。」

他匆匆翻閱，接連不斷的文字從眼前掠過。一連串有別於其他內容的漢字，讓他的目光暫時駐足，心裡立刻浮現這些字的意思：夢境、警告、保護。他把書拿給櫻看。「你不覺得這段話好像跟其他內容不一樣嗎？」

她閱讀頁面上的文字，歪著腦袋思索，然後再看一遍。「你說得對，是很奇怪。這段話不太尋常，是描述天皇本人。」櫻把這段話翻成英語，大聲唸給布林克聽。

「天皇每天晚上都從夢境驚醒。我用冷布擦洗他發熱的額頭，為他斟茶、唱歌撫平他的心情，但他就是不睡。我很害怕。我無法理解這些可怕的夢。昨晚他對我說，他的祖先推古女天皇來托夢。她跪在他身邊，在他耳中低聲呢喃。這是警告，陛下說，是預感。推古女天皇拜託我保護……」

這段話寫到這裡就結束了。布林克用手指劃過和紙垂直的邊緣。摸起來並不平整，撕碎的纖維留下些許鋸齒狀的痕跡。「頁面邊緣被撕掉了。」

「對，」櫻說。「**保護**這個字後面的話被切斷。」

布林克回頭看那些毛筆字，端詳文字的優雅曲線。「想必是很可怕的夢。」

布林克看得出這段話引起櫻的好奇，甚至震驚。她似乎不想碰枕冊子，彷彿它有了新的涵意。

「十九世紀的人認為夢是神的訊息。歷史上最了不起的祖先托夢警告他，此事非同小可，足以嚇得明治魂飛魄散。特別是因為這位祖先是推古女天皇。」

「你很熟悉推古女天皇？」

「我母親跟我說過她的故事。她是日本第一位女性領導人，其實在推古之前還有一位卑彌呼皇后，據說是公元三世紀的統治者，不過她在位期間沒有留下什麼文獻，往往被史學家斥為稗官野史。但推古的統治留下了翔實記載。她是日本史上最傑出的女性統治者，在公元六世紀末期掌權，從五九二到六二八年，在位三十六年。身為女天皇，她締造了文化和政治的偉大時代，頒布了六〇四年的憲法，並把佛教引進日本。她是大和統治者，當然也是天照的後裔，被奉為神明，不過她是憑自己的智慧和聰穎成為一代明君。」

「看來你對她很瞭解。」

「我母親對日本的八位女天皇知之甚詳。小時候，我姊姊和我會用女天皇名字的漢字玩記憶遊戲。但我母親對龍盒的歷史也很熟悉——知道所有相關的文字記載，包括這本枕冊子。只要有提及推古女天皇托夢給明治，我母親一定知道。」

布林克繼續看枕冊子。他翻到下一頁，看看有沒有線索能說明頁面邊緣為什麼被撕掉，然後注意到頁面中央的墨水畫。他感覺腎上腺素的分泌飆升。如果這就是他心裡想的東西，那形勢即刻逆轉。「是我在做夢，還是這就是龍盒的圖解？」

「看起來確實像一張草圖，」櫻說，細細打量這張圖。「雖然畫得很模糊，但的確是一張草圖。」

布林克樂不可支。這張圖很粗略，是一幅鳥瞰圖，沒畫出盒子裡實際謎題的細節，或甚至謎題出現的順序。它**真正**呈現的是龍盒的構造。表面像千層派一樣層層疊疊，美麗的表面下是迂迴曲折的設計、裝了絞鏈的開口、隱蔽的空間、微小的活板門、幾十個偽裝和聲東擊西的機關。圖畫旁邊草草寫了一些很小的漢字。他在飛機上大概背了一萬個漢字，還有片假名和平假名的音節表，但他實在看不懂佳子的毛筆字。

「雖然我不能百分之百解讀十九世紀的書法，」櫻說，手指劃過頁面一行垂直的漢字，「我相信這是在描述龍盒的防禦機制。」

布林克一邊聽櫻唸，一邊瞄過這些象徵圖案：

毒物

活板門

剃刀

毒液

尖釘

布林克回頭望向坐落在冷冽光圈裡的龍盒。看起來人畜無害，卻是個可怕的對手，他看不到對方的武器，更無從保衛自己。他一手放在冰冷的玻璃上，突然覺得危機四伏。**萬一這層障礙不只用來保護龍盒，也是用來保護我呢？**

「你看這裡，」櫻指著一根畫在圖解正中央的玻璃管。

「那個，」布林克說。「好像是摧毀機制。」

櫻把頁面傾斜，好看得清楚一點。「裡面一定裝滿了液體。」

「恐怕是酸性物。」

「萬一有人把盒子強行打開……」

「會使玻璃管碎裂，摧毀裡面的東西。」

「使寶藏毀於一旦。」

他早就知道龍盒一定有某種內建的摧毀機制。這是機關盒設計的經典元素，特別是藏有貴重物品的盒子。這個裝置——這裡是把一根玻璃管裝在最裡面的隔間——是防止有人強行開啟龍盒。一旦盒子被強行打開，內建的機制會弄斷玻璃管，摧毀裡面的寶物。唯一的辦法是小心翼翼地對待它，不能有絲毫馬虎。

櫻唸出圖解下面的一段話：**「製作機關盒就像發明魔術——最重要的是幻象。成功之道在於善用幻象，而非戳破幻象。」**

「一定是小川對明治說的，」櫻說。「佳子為我們記錄下來。現在我們只需要破解幻象。」

破解幻象。布林克思索櫻的話，想知道自己要面對多少層幻象。藏寶室的密碼破解以後，他們的關係就變得不太一樣。他原本就知道她很聰明，但不知道究竟有多聰明。她會是一名可怕的對手，或者是傑出的盟友。她有事瞞著他；他感覺得出來。「沒事吧，櫻？」

她嘴角露出一絲笑意。「知道了龍盒的這些資料以後，我必須問一句：你不怕嗎？」

怕。布林克一直不讓自己去想害怕與否的問題。他禁不起。如果他讓自己害怕，如果小川精巧的陷阱令他感到一絲絲膽怯，那等於未戰先敗。「恐懼只是第一步，」他說。「越早克服，越快過關。」

櫻投給他一個奇怪的眼神，他不知何意。是為他擔心？還是在嘲笑他？

「假如我是你，」她說，「我會嚇死。」

「現在來不及害怕，」他說。「我來了。比賽明天舉行。」

「假如你能離開，再搭上天皇的噴射機回家，你會走嗎？」

離開？這個念頭讓他突然僵住。他可以不顧自己滿心的衝動，留下懸而未解的龍盒？他可以不查明特雷佛斯醫師的死因，就這麼打道回府？心裡充斥著屍袋的畫面，他當下就知道，自己絕對不會掉頭離去。他必須破解龍盒。「我無法放棄。」

「嗯，」櫻回頭看著玻璃立方體說，「每次有人靠近這個東西，就會發生慘劇。」

「這次不會發生慘劇。」

「但已經發生了。」

「什麼？」這句話令他猝不及防。龍盒坐落在保管庫密封的玻璃立方體中，防護嚴密。任何人都不能靠近。會發生什麼事？

「我阿姨傳了一則訊息，」她說，「是更新消息。龍盒是昨天送到御所的。負責運送的人，為天皇服務的神官，企圖打開龍盒。」

「沒有事先警告他嗎？」

「當然有。」櫻的目光飄回龍盒。「他受的訓練應該能保護他，可是沒有。窺探龍盒的誘惑太大，削弱了他的意志力。我只希望你的意志比他堅強。」

第二十三章

他回去的時候，康妮正在等他。牠的食物碗空了，而且急著外出——牠圍著他飛快地繞圈圈，發出一連串短促尖銳的吠叫，這是牠表達尿急的方式。他手腕一甩，彷彿在丟飛盤，牠凌空躍起，張嘴一咬，假裝接住。想像飛盤是他們的遊戲。雙方都知道沒有飛盤，但這個遊戲是讓牠放心，他知道牠的需求，而且會帶牠出去。

他抓起康妮的鏈子，把手伸進外套口袋，掏出櫻給他的安全識別證。警衛會監視他的一舉一動，既然整個東翼只有他一個人，這一點不難辦到。他必須在比賽前休息一整夜，但狗要撒尿就得撒尿。此外，他查看手機的電池，心想正好趁這個時候弄清楚瑞秋有沒有搭上飛機。

他把康妮的鏈子繫好，穿過走廊。四下寂靜無聲——只聽見他的老爹鞋輕輕地踩在亞麻色的硬木地板上。他照著櫻先前帶他進來的原路出去，看到了私人進出口，刷他的識別證開門，然後走入酷寒的黑夜中。保安室的衛兵叫住了他，檢查識別證，仔細打量康妮，然後很快鞠個躬，布林克判斷這個姿勢表示他可以走了。他快步前行，雙手塞進外透口袋裡，吸著深夜清爽的空氣。剛剛下過雪，他走進樹林時，他一路踢著白色粉末。白雪堆積在紅檜的樹枝上，綠色的針葉被白雪覆蓋。康妮上一次縱情奔跑，還是早上在公園的時候——**那算同一天的早上嗎？**他的時間感消失了，被航程和時差所扭曲。紐約和東京相差十四小時，但感覺像過了好幾天。他從一條狹窄的石徑步入濃密的常綠樹林，使勁拉住拼命要擺脫狗鏈的康妮。臘腸狗是專用的打獵犬，牠顯然在樹林裡聞到某種氣味。

他打算放牠自由奔跑，但不到兩分鐘，他就感覺到口袋裡的手機震動。幾小時的通知和簡訊同時載入。他本來不知道手機沒有訊號，不過一定是在抵達皇居之後斷訊的。一通視訊來電填滿手機螢幕。他輕觸螢幕，往右滑動，隨即有一張熟悉的臉孔盯著他看。

「布林克先生，我的孩子！」不管在哪裡，麥可．布林克都能認出維威克．古普塔博士深邃、溫暖的中低音和帶有印度味的輕快英國腔。「總算找到你了。」

古普塔博士是布林克最老也最信任的朋友之一，是他在麻省理工的數學教授，而且布林克畢業之後，古普塔博士一直指點、保護，並引領他走上正確的方向。教授幾年前退休，大多時間都在鱈魚角的畫室作畫，二〇二〇年新冠疫情期間，他深居簡出。儘管他們每星期至少用加密視訊會議聯繫一次，布林克已經一年多沒見過他本人，很想念他。

「你他媽的怎麼沒跟我說你要去日本？」古普塔說，一副假裝反擊的口吻。

布林克把手機放好，以便更清楚地看到古普塔博士。他還是老樣子：完美的三件式西裝、修剪整齊的灰白鬍鬚、閃耀的目光，和他臉上那副合不攏嘴的調皮笑容。霎時間，布林克感覺自己像個蹺課挨罵的小男生。「我**自己**也不知道我要去日本。」

「噢，得了吧。你一定早就懷疑自己雀屏中選。特別是以你對機械謎題的天賦。」

「我原本不確定是不是真的有這場比賽。」

「當然，這正是他們的用意——讓整件事聽起來像是荒唐的傳說。這是最老套的把戲：把真相攤在光天化日之下，滋養陰謀論，讓整件事真假難辨。但我早就覺得你會被邀請。當你的手機顯示你從曼哈頓前往紐澤西，然後你的定位消失了十七小時以後，才在東京出現，我就知道遊戲已經開始。」

布林克知道古普塔博士一直在留意他的動態。他是密碼龐克的原始成員，這是九〇年代在舊金山成立的一個小團體，男女皆有，共同發展早期的數位科技，以保護個人自由。他畢生不遺餘力地保護隱私和個人資料，壞處就是他知道如何取得自己需要的資訊。

古普塔博士接著說道，「我從你一降落就設法和你聯絡，不過宮內廳不愧是一流高手。御所內的手機訊號被全數屏蔽。或許吹上御所的牆壁夾了一層鋁，把整個地方變成一個法拉第籠。」

「你說得對，」布林克說。「我的訊號在御所裡被屏蔽。我現在帶康妮出來了。」

「親愛的老康南德魯，」古普塔熱情地說。「全靠牠強迫你停止自閉。現在找到你了，你出現在我的導航系統裡。看來你已經離吹上御所夠遠，脫離了監視攝影機的範圍，不過你最好繼續往前走，這樣我比較安心。往西北邊走；我想前面有個好地點，適合我們談話。

布林克疾步前行，康南德魯跟著他的步伐。沒多久，他來到一棟裝了大型玻璃窗的老舊木建築外面，布林克試著開門，門打不開。「門鎖住了，」古普塔說。「不過是用電子系統控制的，等我把系統停用就沒問題了。請稍候。」門咔一聲打開。「好，門應該開了。」

布林克溜進去，康妮緊跟在後。他轉身環伺屋內，看到盆栽樹構成的迷你森林，總共有幾百株，放在一張長木桌上，編排精美的曲折枝椏、精心栽種的樹幹、充滿光澤的陶瓷花盆。一場盆栽的芭蕾舞。

「這裡是皇居盆栽園，」古普塔的話言簡意賅。「我正在看宮內廳的網站，上面的資料顯示，他們收集的盆栽，最古老的有八百年之久。想像一下：你周圍的這些樹，在西方展開他們在美洲該死的殖民霸權之前，就已經活著了。」

「真漂亮，」布林克淡淡地說。他知道古普塔非常心儀，他的美感幾乎總是凌駕於實務之上，但布林克必須保持警惕，不能讓警衛發現他在皇居盆栽園裡閒晃。「古普塔博士，這裡將近午夜，而我還有要為比賽做準備。」

「我就是為這個找你的。現在，仔細聽好。溫室沒有裝監視攝影機，但千萬不要靠近窗戶，免得被看見。同時確保親愛的康南德魯不會提醒任何人你在這裡。我有話要告訴你，在聽完之前，千萬不要被帶回天皇居所。」

布林克滑到一張冰冷的木板凳上，視線和一排排長桌平齊。他的前後左右都是盆栽，間連不斷的碎形、成堆的葉子、爆發的螺旋、彩色的碎片，以及布滿整間木屋的種種模式。他把康妮拉到身邊，想在板凳上坐得舒服一點，然後轉頭看著螢幕上的古普塔博士。

「瑞秋從機場打來，」古普塔說。「聽到特雷佛斯醫師過世的消息，我很遺憾，非常遺憾。他是個好醫師，是個好人。我知道他對你的幫助有多大，你和他的關係多麼親密。容我致上誠摯的哀悼。」

布林克感覺特雷佛斯的死重重壓在他身上。說也奇怪，在他暫時忘記，悲傷的感覺也有所緩和之後，哀痛又再度襲來。「瑞秋有告訴你特雷佛斯醫師傳給我的訊息嗎？」

「那則菊花圖的訊息？她確實告訴我了。你收到的訊息、前往日本的邀請和他死亡的時機，不可能是巧合。我查過法醫報告是否已經歸檔，不過還沒有。我會繼續查，但現在有一個更迫切的問題：這場比賽。我不會讓你死在太陽女神狂妄自大的後裔委託一名盲人木匠製作的古老機件手裡。不可能，朋友。絕無可能。」

古普塔竟然知道龍盒的明確細節——例如小川是盲人——令布林克大吃一驚。「我四處遍查龍機關盒的細節。結果一無所獲。」

「資料**永遠**都在，」古普塔說。「祕訣在於知道什麼人擁有資料，以及如何取得。宮內廳是整個皇室檔案庫的監護者。我成功滲透到他們的數位檔案裡。」

「那你發現了什麼？」

「這不是普通的謎題。龍盒是一件神器，一個傳奇，擊敗了世界上最出色的解謎師。它宛如女妖，召喚解謎師，引誘他們，只為了把他們摧毀。**它是怎麼做到的？為什麼這麼做？**這是龍盒的謎團，是難解之謎。但儘管神祕莫測，在最基本的層次上，龍盒是一個機械謎題，可以透過具體的步驟得到具體的解答。而你是世界上最能揭露那些步驟的人。我從未懷疑你是否能破解，但你需要幫忙。如果是正常比賽，我說什麼也不會讓你占這種便宜。但這個盒子的設計不是用來開啟，而是用來殺人的。不過，以我查到的資料，加上你無庸置疑的卓越才華，一定會全身而退。」

第二十四章

當了這些年的謎題師，麥可・布林克很少驚慌。然而此時此刻，等待維威克・古普塔透露他查到的資料時，他感覺到一股白熱化的電力在體內流竄。他怎麼會陷入如此複雜、如此危險的境地？「那告訴我：你查到了什麼？」

「首先，我有幾個問題要問**你**，」古普塔說。「你的感知力精準無誤。對於事情的原委，必然已經形成自己的印象。你有何見解？」

古普塔是指布林克照相機式的記憶力和他近乎百分之百的記憶回想力。過去幾小時的經歷，即便是最微小的細節，他都牢記心中。他把櫻對他說的話一五一十地轉述出來；他敘述龍盒的歷史，相關的傳說和迷信；他把藤原佳子的枕冊子內容和盤托出，並詢問古普塔知不知道推古女天皇，明治夢到的那位祖先。「從櫻的反應，我看得出推古可能很重要。」

「她無疑**是**重要的，」古普塔說，他的好奇心被激發。「我相信是最具指標性的女天皇，在公元八世紀執政。」

「是七世紀，」布林克說。「她制訂了公元六〇四年的憲法。」

「對，**七**世紀，和她幾乎同一時代的，是我最喜歡的中國統治者——武則天，一個心狠手辣的女人，原本是平民百姓，最後站上了權力的高位。千萬不能耍弄這種女人，推古也不例外。她被比擬為人類歷史上最有名的女王：克莉奧佩特拉、布狄卡、凱薩琳大帝。明治夢到推古女天皇，確實很不尋常，因為明治很排斥女性統治者。他制訂的一八八九年《皇室典範》，把皇位繼承法編入法典，明文禁止女性繼承皇位。他夢見推古女天皇，絕對是一場惡夢。」

布林克繼續描述龍盒的尺寸，毒物和活板門的清單，以及破壞機制的圖解。

「和龍盒的設計完全一致，」古普塔說，語氣沉重起來。「小川是神祕毒物的狂熱愛好者。你知道他是盲人，但你知不知道他是在製作自己的機關盒盒期間，**自毀**雙目的？」

「**啊**。」布林克說。他知道謎題可能令人走火入魔，但自毀雙目？

「確實**令人詫異**。根據我蒐集到的資料，他在製作一個陷阱的時候，讓自己暴露在甲烷氣體中。濃煙破壞了他的眼角膜。」

「但為什麼做出這種犧牲？」

「小川這個人很有意思。顯然是天才，絕對的天才，和你旗鼓相當——而且據我所知，他不是拜腦損傷所賜。據說他喪心病狂，矢志摧毀每一個企圖破解他機關盒的人。他的作法是徹底殲滅，而且迄今毫無敗績。外部的殘酷和內裡的精細恰成正比。知道這個謎題有內建的摧毀機制，給了我們一個很重要的線索：鎖在裡面的不是黃金或鑽石，而是非常脆弱的東西。可以用酸性物摧毀的物質。**寫在紙上的東西**。」

「資料。」布林克說

「世界上最珍貴的物質。」古普塔說。

布林克想起櫻是怎麼敘述龍盒的內容。**天皇把一樣很貴重的東西鎖在裡面，一旦被發現，將會改變皇室，或許是整個日本**。

「我們遇到一個悖論，」古普塔說。「珍貴的資料很安全，但是不摧毀就拿不出來。」

「就像藏密筒，」布林克指的是驚悚電影《達文西密碼》裡的圓柱體加密裝置。這本書出版時，他剛步入青春期，只有十三歲，而且進入麻省理工之前，他對藏密筒一無所知，在學校研究密碼學的書呆子眼裡，這個裝置就像個笑話。

古普塔翻了個白眼。「藏密筒，沒錯！你我都很清楚，藏密筒完全是天馬行空的幻想，布林克先生，出自一位聰明的作者，而非解謎師。達文西從來沒創造過這種裝置，沒畫過，恐怕甚至連想都沒想過。不過有一個人確實想像出真正的密碼盒：天才魯班，生於公元前五〇七年，死於四四四年。他不但是木匠和工程師，也是武器設計大師。他把自己設計的盒子稱為『防衛盒』。本質上，這些是人類最早的隱私保護裝置，可以說是一種原始的零知識匯總，比達文西早了兩千年。十九世紀的日本謎題製作師，想必會用中國的機械謎題為藍本，以魯班盒的可能性最大。」

布林克一面聽古普塔說話，一面瀏覽四周的盆栽田。他早就料到會這樣。這位導師說起東、西方文化的異花受粉，總是滔滔不絕。他一向主張歐洲的文藝復興不是對古希臘羅馬知識的再發現，而要歸功於十五世紀從中國和印度傳到義大利的典籍。在麻省理工，古普塔討論他最喜歡的數學家，斯里尼瓦瑟．拉馬努金，一講就是幾小時，這位直覺型天才，一八八七年生於印度，伊洛德，徹底改變了數論。

「那又怎麼樣？」

「要破解難題，就得瞭解它的起源。小川防衛機制的構想出自魯班，他深受自然界的影響。舉個例子，魯班防衛盒的外骨骼有毒，和龍盒一樣。魯班盒透過比毛細管還小的微型活門分泌蟾毒素，滲透到木頭表面，確保毒物可以維持幾百年，只要手指輕輕一劃，就會釋放出來。」

「蟾毒素是一種天然毒物？」

「是從海蟾蜍身上取出來的，而且殺傷力極大，一旦稍有接觸便會致人於死。然後小川設計了如同鋸脂鯉利牙的尖釘，宛如穿山甲鱗片的剃刀。這個摧毀機制本身含有一管酸性物，就像惡名昭彰的河豚，河豚毒是一種神經毒素，比砒霜更加致命，而且在世上沒有解藥。這些只是我們知道的防衛裝置，裡面當然嵌入了更多這樣的自然奇蹟。有了這些陷阱，處理龍盒的動作必須極其輕柔。如同撫摸愛人的心。」

「比較像布雷區，」布林克說。他幾乎能在心裡看到龍盒，它的詭計和陷阱，隱藏在平滑表面下的剃刀和一管酸性物。也許櫻說得對。也許太危險了。也許他應該放棄，離開。「稍有不慎，整個盒子就會爆炸，連我一起炸死。」

「有我在就不會，」古普塔說。突然聽見電腦按鍵刺耳的聲音，是古普塔在調資料。「我們有自己的祕密武器。」

第二十五章

麥可．布林克沒什麼耐性。他經常遵從直覺，衝動行事。他能度過難關，大多時候靠的不是資訊，而是本能。但龍盒不一樣。他需要一切可能的協助。「你說的是什麼樣的祕密武器？」

「皇室檔案收藏了幾十萬份文獻，從公元七世紀的稅法草案到皇室的晚宴菜單。朝廷低階官員——祕書、抄書吏、神官、巫女——的文件更是浩如煙海。這些被歷史遺忘的善男信女有聞必錄。從明治天皇到明仁天皇的皇室祕書對機關盒比賽做了大量註記。」

布林克的手機差點掉下來。「等等——有前幾場比賽的**註記**？」

「是的，事實上，對前幾任解謎師也有大量紀錄，包括他們解題過程中的成功和失敗。」

布林克感覺自己心跳得飛快，他不敢相信。如果有比賽過程的紀錄，一定能找到開啟龍盒的線索，必然描述了解謎師的每個步驟和失誤。「你找到這些紀錄了？」

「找到了，」古普塔說。「你知道，歷史上幾度有人想開啟龍盒——準確地說是六個人——我們可以從這些案例中學習。」

古普塔拿起一張紙，開始誦讀。

「皇室第一次企圖破解龍盒，是在一九五二年，第二次世界大戰以後的水龍年，天皇邀請一位圍棋冠軍兼皇室晚輩來嘗試開啟龍盒。他什麼都還沒做，就斷了一根手指。」

「等等，」布林克說，試圖想像怎麼會什麼都還沒做，就斷了一根手指。「怎麼可能有這種事？」

「破解龍盒之前，必須先解鎖。要透過一個釋放機制把盒子打開，展開破解步驟。這個機制儘管看起來很簡單，卻必須徒手開啟。根據我看到的描述，盒子底部有一個狹窄的空腔，只能伸進一根手指。解謎師把手指滑進這條通道，按下盡頭一個小巧的槓桿，鬆開閂扣。」

「聽起來很簡單……」

「不過按壓槓桿的方向要是錯了，斷頭臺的刀片就會掉下來。

布林克把手指握成拳頭。「你說什麼？」

「**斷頭臺**。恐怕紀錄上是這麼描寫的。第一任解謎師因此大吃一驚，徒手抓住龍盒，觸發毒物釋放。他死了，就像你提到的那位倒楣神官，中蟾毒素而死。」

布林克感到一陣噁心。不合理，這些都是無法預知的陷阱。這不是謎題，是死刑。

「而這個斷頭臺會為每一任解謎師重啟？」

「顯然如此，」古普塔說。「上面提到另一位解謎師也斷了手指，但其他人似乎都過關了。六個人裡面有兩人斷指，成功率不低。」

「那我就放心了，」他說，望著自己的手指，整個人陷入焦慮。

「十二年後，在一九六四年的木龍年，解謎師比較內行。他沒有被切斷手指，他戴著皮手套，通過含毒的外層。

「那些步驟都是滑動木片？」

「沒錯。和普通的機關盒一樣，他打開了外層的三塊木片，然後失手出錯，死在這上面描寫的**毒氣**之下，是第四個步驟揭露的小皮袋釋放出來的。我懷疑是砒霜的氣溶膠——只要吸一口，就會破壞肺臟。然後到了一九七六年的火龍年，解謎師無異於人中龍鳳。一名來自韓國的女子，學習機械謎題的古老傳統出身。她完成了十五個步驟，沒有遇上任何陷阱，卻猝不及防地被文中記載的**速度飛快的尖釘刺穿眼睛**。」

「要命，」布林克說，同時想像這個畫面。「你認為那是什麼？」

「應該是**吹針**，一種毒標。」

布林克想起陷阱的圖解和順序：**毒物**、**活板門**、**剃刀**、**毒液**、**尖釘**。「完成十五個步驟已經很厲害。也許她以為自己避開了所有陷阱。」

「她大錯特錯。她的表現完全被小川料中。龍盒的設計是用來混淆、出賣、誘騙解謎師相信自己度過了最大的難關，然後放出更致命的陷阱。」

裡。

布林克揉揉後頸，感覺整個肩膀都緊繃起來。他對龍盒知道得越多，越後悔自己沒留在家

「然後，」古普塔說，「一九九八年的土龍年，事情變得非常有趣，出現了某種突破。解謎師是法國人，他發現進入龍盒內層的機制，是記錄中描述的**後門機制**。到底是什麼機制，我不知道。上面只敘述他因此深入一個迷宮——再也沒有回來。」

「這整件事就是一個迷宮。」布林克說，感到一陣絕望。知道得越多，應該對他越有幫助，而不是讓他更加困惑。

「然後就是一片空白。從二〇〇〇年到二〇一二年，沒留下隻言片語，只不過網路上傳說二〇一二年有個澳洲解謎師一去不回。顯然，他的家人開始鬧事。網路時代很難保守祕密。無論如何，後來再也沒有人見過他，和你朋友櫻的說法一致：企圖破解龍盒的人，全都無法倖存。」

「你認為前兩場比賽為什麼沒留下任何資料？」

古普塔聳聳肩。「守衛的改變。前四場比賽是在諡號昭和的裕仁天皇視線範圍進行。裕仁在一九八九年駕崩，他的兒子明仁天皇繼任以後，想必對比賽更加保密。」

「現在呢？」

「明仁的兒子德仁在二〇一九年成為天皇。你就是他的第一任解謎師。」

「希望也是最後一任。」

「我對你有信心，布林克先生。我知道你會破解龍盒。」

布林克思索古普塔剛才說的話。這些解謎師的故事都差不多：傑出的謎題師獲選前來皇居；他們全力出擊；然後敗在龍盒手下。一次又一次，情況都一樣。想到自己可能步他們的後塵，死於非命，不免心驚膽戰。

然而，知道開啟的順序，讓他占了莫大的優勢。儘管機會渺茫，他卻莫名地樂觀。只要通過龍盒外部帶刺的防禦裝置，他一定能進入遊戲開始的地方。這是他的天賦所在。現在他只需要知道一件事。「你有沒有看到總共有多少個步驟？」

「七十二個步驟，」古普塔說。

布林克的心往下沉。**七十二個步驟？**比他想像中更難。「只有奇蹟出現，我才能打開這個東西。」

「不需要奇蹟。靠你的天賦就夠了，這一點我趕打包票。但這場比賽還有另外一面，是你必須考慮的。做好心裡準備，布林克，我還有一件事要告訴你，而且不是好消息。」

布林克感覺腹部絞痛。過去二十四小時，他知道龍盒受到詛咒，專門設計來毒害任何觸摸它的人，每個靠近它的解謎師都慘遭不幸。除了這些，還會有什麼事？他嘆了口氣，做好最壞的打算。「好，說吧。」

「想取得龍盒祕寶的人，不只是天皇。我調查皇室檔案的時候，發現從明治的時代以前，就有一個權貴派系——也許有人稱他們是叛軍——在尋找龍盒。」

叛軍。「叛軍要機關盒做什麼？」

「和天皇一樣，」古普塔說。「取得裡面的祕寶。不管明治藏的是什麼，顯然在社會和政治上具有更大的意義，即使過了一百多年，仍然至關重要。」

布林克想了一會兒。「但如果就像你說的，從一九八八年起，檔案裡就沒有任何比賽的紀錄，你怎麼知道這個派系還在……活躍？」

「問得好。要不是現任的皇室祕書齊藤明美昨天突然傳出一系列奇怪的訊息，我根本不會知道。」

「正是我在紐約接受邀請之前。」

「傳送訊息的是她的公務手機，屬於御所內部加密網路的一部分。是相當緊迫的求助訊息。現在想想，一定和你提到的神官之死脫不了干係。她需要有人立刻幫忙，而且不想讓警方知道。」

「但這和叛軍派系有什麼關係？」

「因為訊息是傳給一個我認識的人：我的老朋友，詹姆森・賽吉。」

這是一個布林克很想忘記的名字。無禮、傲慢、滿嘴都是對科技和不朽的哲學冥思——從見到詹姆森・賽吉的那一刻，布林克就很討厭他。這傢伙是個瘋子、是個科技億萬富翁，栽贓布林克的前女友，潔絲・普萊斯犯了謀殺罪。布林克親眼看見賽吉朝自己的頭部開槍，死得轟轟烈烈，令人毛骨聳然。得知賽吉和叛軍聯手，布林克並不驚訝。唯一的問題是：賽吉不能和任何人聯手。他已經死了。「絕無可能，古普塔。」

「應該絕無可能，」古普塔說。「畢竟我親自出席了葬禮。他被火化，感謝老天。然而，根據我看到的資料，他活躍在好幾個網路頻道上。而且不只是活躍。他招募、回應、與人互動。我有他三週前和當代最頂尖的科技巨頭——埃隆・馬斯克、彼得・泰爾、馬克・祖克伯格和馬克・安德里森——一起在數位會議室，討論建立網路國家的視訊影片。看來他是在死後與會的。」

「是虛擬化身。一定是。」

「在我看到的訊息裡，詹姆森・賽吉**回應了**明美的請求，派人過去幫忙，表示他有行動力。」

「可能是員工，」布林克說，雖然他知道這不能完全解釋古普塔的發現。「他有幾百名員工。」

「對，可能是員工，」古普塔說。「視訊也可能是虛擬化身。不過我看到的活動很獨特，是賽吉的一貫作風。例如賽吉的銀行帳戶有現金轉帳，以及加密貨幣的流動。我發現了幾千則通訊，追查之後發現是從二〇二二年六月開始的，將近兩年了。」

「詹姆森．賽吉死亡的那個月。」

「沒錯，」古普塔說。「表面上，詹姆森．賽吉已經死了，但他的意識還活在數位世界。而且他想要的東西和你一樣——龍機關盒裡的祕寶。」

第二十六章

門拉開了，梅的徒弟——五名女子，聲音小到她們在榻榻米上就位時，梅什麼聲音都沒聽見——走進道場。她們下身穿著深褶的**黑**袴，上身是繫著黑腰帶的黑色和服外套，自從被梅收入門下為徒，她們一直穿著這套制服。她們年幼拜師，她多年以來悉心栽培，教她們如何揚長避短。現在她多麼瞭解自己，就有多麼瞭解這些弟子，知道她們的動機和恐懼，她們的夢想和夢魘。因此才能做到大公無私。她從來不讓自己免於痛苦，也絕不會這樣保護她們，正因為太過在乎，才不能把她們關在溫室裡。

「就位，」她說，女子紛紛拿起**薙刀**，找到自己在道場的位置，依隊形站好，看師父示範。

梅舉起**薙刀**，走到房間正中央，站好位置，她旋轉竹竿時，手臂強而有力、動作迅速，先拿在一隻手裡旋轉，然後換到另一隻手。這個招式她做了上千遍，對每個動作了然於心，然而每次開始操練的時候，她都緊張得不得了，彷彿中野竹子正從照片裡盯著看。不只是她，還有過去的每一位戰士：她母親、她外祖母、她外曾祖母。她上前一步，把**薙刀**的刀刃往前一刺，感覺到她們的期待有多沉重。要等她為她們報仇雪恨，才能卸下這份重擔。

她訓練徒弟成為戰士——修長、強壯、專心一志的戰鬥機器。她稱呼她們是她的**娘子隊**，指的是中野竹子在會津戰役期間率領作戰的女子部隊。雖然名稱有點逗趣，梅卻把她的女弟子視為中野竹子的精神後裔。她們是最優秀的戰士。

梅的女弟子把她視為偶像，就像她把中野竹子視為偶像。當然，崇拜自己的師父是很自然的，特別是在師徒授業多年以後。她們和梅一樣，為了習武放棄一切。她們沒有愛人、沒有家人、沒有歸宿。她們留著一頭長髮，不打扮、不化妝、不留指甲。一個登山包就能裝完全部家當，包含兩條**下**袴。根據梅的瞭解，她們都是處女，儘管她沒有詢問——她們也絕對不敢上報——這種個人資料。梅和她的女弟子是同一類人，是一家人。除了彼此和將來的使命，她們一無所有。

她們每個月參拜一次靖國神社。當年明治天皇創建神社，紀念為日本犧牲的亡魂，供奉的烈士高達數十萬人。然而絕大多數的時候，神社空無一人。許多日本人都想忘記過去，可是梅沒有忘。她祈禱她的曾祖父——他死於太平洋戰爭，屍體在汽油和金屬的爆炸中汽化——找到平靜和安詳的國度。她祈禱為信仰殉道的父母會在兩個女兒執行任務時保佑她們。

現任天皇不曾踏入靖國神社一步，從未紀念為國捐軀的烈士，從不向盤旋於暗處的英靈鞠躬致敬。天皇的父親也沒有參拜過靖國神社。皇室想忘記昔日為他們效命的人。但有人從未忘記。

梅走向道場邊，把**薙刀**倚在牆上，看著她們練完隊形。

她希望自己的妹妹有**娘子隊**的紀律，哪怕一點點也好。櫻的肉體很軟弱，美國式的軟弱，不喜歡吃苦。她喜歡打電子遊戲，可以一個人對著電腦幾小時。她像她們的父親，中本，一個喜歡密碼、謎語和複雜的哲學論文甚於肢體打鬥的男人。**可以用聰明的頭腦打贏我們的戰爭**，他經常說。他想透過密碼改變世界。他想讓梅和櫻用科技來打他們的戰爭。櫻接受肢體訓練時只是做做樣子——是她們的母親硬要她練的——但父母雙亡之後，她再也沒拿過**薙刀**。

二〇一〇年二月，父母遇害一個月後，姊妹倆被父親的老友詹姆森・賽吉收養。他膝下空虛，家財萬貫，能為她們提供阿姨明美給不了的保護。後來，梅在賽吉手下工作，才明白他有興趣的不是櫻和她本人。她們的父親，行蹤飄忽的中本聰，是最早的數位貨幣比特幣的創始人，姊妹倆是他唯一留在世上的親人。

賽吉先生和中本聰原本是發展新科技的伙伴，不過她們的父親和賽吉先生分道揚鑣。中本梅和中本櫻繼承了父親的研究成果：他的密碼金鑰、他的硬碟、大批大批寫滿了哲學著作的筆記本。導致她父母遇害的所有祕密，都屬於櫻和梅所有。賽吉相信，只要當上她們的監護人，就能控制中本聰的遺產。

這些年來，梅成了賽吉最信任的盟友，和他情同父女。她負責為他訓練奇點科技的保安團隊，在肉體和精神上塑造他的保鏢，培養他們的氣質，讓他們更加敏銳。賽吉先生把他的團隊稱為奇點武士，梅一聽就討厭。生在武士家族，她知道黑澤明和好萊塢對暴力的美化，已經把她承繼的傳統扭曲得面目全非。她痛恨自己修練的武士精神被簡化成陳腔濫調。然而，時間一久，她發現賽吉瞭解武士道真正的本質。他瞭解對戰士而言，溫柔與暴力同樣重要；生與死互相連結；力量透過謙恭和效忠產生；只有被擊敗的戰士，才能挺身而起，成為師父，甚至大師。

梅在詹姆森．賽吉身上找到了盟友，櫻也一樣。姊妹倆在紐約生活的這些年裡，他對兩人視如己出，三人形成一種奇怪的家庭。他送兩姊妹到名校讀書，雖然梅厭惡美國文化，櫻卻在其中大放異彩。她在電子遊戲、電腦科學和科技方面的能力，把她捧成了學術界的明星。或許是因為櫻比梅小了五歲——她們來美國的時候，梅十四歲，櫻只有九歲——櫻的行為習性偏向美國風。她說的英語沒有腔調，除此之外，她的思維也像美國人。兩姊妹總為這個吵架。梅堅守母親教給她們的傳統，而櫻嚮往父親未來主義的理念。

梅從來沒有忘記賽吉在她雙親死後那幾個月說的話。「心理的傷口和生理傷口一樣，要很久才會癒合。」他說。失去雙親，就像斷了一條腿。她花了好幾年才重新學會走路。但既然恢復了，她知道無論遭受任何打擊，她都能復原。

姊妹倆走上完全相反的路——一文一武——但她們和刀刃兩側的邊緣一樣鋒利。只要姊妹聯手，就能各展所長，相輔相成，奪回屬於她們的一切。梅和櫻很快會拿到龍盒裡的祕寶。

障子拉門開了，沒等那個美國人走進來，梅就感覺房間的氣場變了。像這樣貿然闖入，正好考驗女弟子的專注力。梅感覺得到，她們很想轉頭看那個男人。這也難怪，卡姆．普特尼的外表確實搶眼：個子高、肌肉發達、粗硬的金髮、亮灼灼的鑽石耳環。他冬天還穿著背心，露出白晰的皮膚，全身都是刺青。其中有一個刺青吸引了梅的目光：十個圓點構成的三角形，是奇點武士的標誌，和她身上的一模一樣。

他確實搶眼，但她把**娘子隊**訓練得很好，沒有一個弟子把目光轉移過去。她們全神貫注，喜怒不形於色。她拍拍手。「**嗯，請。**」女弟子整齊劃一地轉過身，向卡姆．普特尼鞠躬。他轉而向梅鞠躬。「師父。」

梅感到異常驕傲。她們很優秀，她的戰士，每個都很優秀。

第二十七章

卡姆．普特尼走進電梯、按下按鈕，然後等電梯門關上。下樓的時候，他靠在鏡面牆上，伸手梳理頭髮。即便和梅當了十幾年的師徒，他還是怕她怕得要命。站在道場裡，看著那幾個黑衣女子，他不禁陷入非理性的恐懼。一個梅已經夠嚇人了，但是一屋子的梅呢？他恨不得搭機飛回紐約。

他不由得想起第一次見到梅師父的時候。

他原先一直在奇點負責詹姆森．賽吉的基本保安工作。低頭是他的慣性動作。他不能闖禍，他有一個年幼的女兒，一次犯罪前科，還有毒癮，因為這些原因，他絕對不能闖禍，再小都不行。他受到提拔，然後遇到了梅師父。**她會把你訓練成團隊裡的有效成員**，賽吉先生說。

起初，他對她視若無睹。她是個嬌小的女人，穿上鞋子只有五呎二吋高，而且骨瘦如柴，一雙充滿警覺的大眼睛，即使沒有盯著他看，視線也不曾從他身上離開。第一次受訓的時候，他表現得非常惡劣，拿電影《小子難纏》開了幾個侮辱性的笑話，假裝用筷子夾蒼蠅，而她只是靜靜地注視他，不發一語，面不改色。「這就是你對武術的看法？」她最後問道。「一部愚蠢的電影？」

他聳聳肩，不知道自己是什麼看法。認識她的時候，他就是這副德性。一個廢物，茫然不知自己對世界的基本設定是什麼。一個遊手好閒的爸爸，毒品成癮者，一個在週六深夜外出惹事的傢伙，憤世嫉俗的平庸之輩。

梅察覺到這一點，而且寸步不讓。**你的身體像戰士，心智卻像個孩子**。他對她笑了笑，說了些自以為了不起的話，她以迅雷不及掩耳之勢把他打倒在地，力道猛烈到他無法呼吸。**你得長大了**。

那天她教會他一門課，後來繼續對他諄諄教導。他接受她的訓練，不敢有絲毫懈怠，在她的指導下，他成了一個身心宛如機械般精準的男人。他仍有缺點，他並不完美。但他對何謂卓越有了新的標準，這個標準就是梅師父。

梅打電話給他的時候，他知道這件事不是例行計畫的一環。賽吉先生有參與——梅做任何事都會取得他的批准。但他做這件事，不管**這件事**究竟是什麼，是基於私人情誼。

離開紐約之前，卡姆和賽吉確認過每一件事。想躲也躲不掉。自從詹姆森．賽吉死亡，他們下載了他的意識以後，任何事都瞞不過他。他無所不知，無所不在，又無影無蹤。每臺攝影機都是潛在的眼睛，每臺伺服器都是潛在的大腦，每個網絡都可能被納入巨大的全球神經系統，傳送一層又一層的資料，一叢叢的連接，只要和一個集中的資料系統——詹姆斯．賽吉本人的心智——串聯使用，就會創造一個超乎卡姆昔日所有想像的存在。他的力量和智能每天以指數級增長，直到賽吉先生——讓卡姆第一次鹹魚翻身、從此對他忠貞不渝的人——變成了令人無法理解的東西。

這個男人死了，**氣絕身亡**。這是事實。他轟掉自己腦袋的時候，卡姆站在他旁邊。**死亡最能闡明和何謂生存**，賽吉說過。**我的肉體自我必須死亡，才能進入純粹的存在境界**。卡姆曾設法阻止他，根本不相信他的計畫能成功，但確實成功了。詹姆森．賽吉沒有死，和卡姆．普特尼一樣活生生的。

他唯一的弱點？賽吉需要世界上有一個人，一個肉體的存在，來管理意外狀況。總有故障要維修，有新的數據加密要處理，有多變的科技要操縱。賽吉需要有人幫忙維護硬體、進行升級、修復程式漏洞。他需要卡姆．普特尼。

他們一天聯繫好幾次。卡姆經營他的公司、出席不能移到線上舉行的會議、對賽吉不能管理的遺產機構執行遺產任務，這種情況不常出現。他簽署數位契約、透過電子轉帳、用視訊電話出席會議。他的核心集團每週在加密視訊聊天室和他見面好幾次。他在線上談戀愛，藉由虛擬化身在絢麗的數位空間進行性接觸。他攝取知識，吸收所有出版、拍攝、上傳、掃描和數位轉移的資訊。這些全都成為他意識的一部分，一切都成為**他**的一部分。而且卡姆知道這個過程只會隨著時間加速，直到賽吉變得無所不在、創意無窮、具有無盡的破壞力。一個超級意識，一個神。

在東京這裡，賽吉交給梅負責。她長期在奇點任職，除了卡姆以外，她是賽吉最喜歡也最信任的員工和顧問。梅是卡姆的師父，他對她又敬又畏。但他從來沒想像過，在奇點的工作以外，她會出現在自己的祖國，生活得如魚得水，而他感覺自己就像穿著小丑服走來走去。他走在東京街頭，總會把路上的每個人——時髦的大學生、背著凱蒂貓背包的女學生、拿著包裝得完美無瑕的包裹，裝扮得完美無瑕的女人、一身西裝的上班族、所有人——弄得很不自在。

電梯門開了。卡姆踏入時髦的現代大廳時，另一頭電視的聲音打斷了他的思緒。他走到螢光幕前，看到一場相撲比賽。兩個打赤膊的男人在擂臺中央互相角力。雖然兩人都很壯碩，身高和卡姆相當，體重卻是他的兩倍，不過其中一名男子的體型巨大，肌肉活像融化的蠟，一層層垂下來。他把腳用力一跺，卡姆覺得似曾相識：他比任何人都清楚，打鬥不過是表演。

卡姆沒看過相撲比賽，也沒有看過任何一種摔角。他不懂規則，也不知道如何論輸贏。然而他被比賽深深吸引。他們充滿張力的表情，男人與男人原始的搏鬥。相撲的單純之美令他泫然欲泣。

然後，個子比較小的傢伙以迅雷不及掩耳的速度撲向對手。肉體撞擊的聲音在大廳迴盪。這是一場原始的戰鬥，兩人又抓、又扭、又推，企圖戰勝對方。他們的皮膚因汗水而發光、他們的表情流露出堅定果決、他們的身體在擂臺明亮的燈光下轉動。卡姆．普特尼往前靠向螢幕，心跳得很快。雙手時而握拳，時而張開，彷彿他本人就在擂臺上和那個該死的大個子打鬥。小個子選手把大個子絆倒時，他感覺腎上腺素急速分泌。大個子轟然倒地，整個擂臺隨之震動。**砰**。贏了。看來確實如此，小個子逆勢取勝。

突然間，有東西壓在他的脖子上。一片冰涼的刀刃從他的喉結下面滑過。一切驟然停止——他的呼吸、他的心跳。

「永遠不要背對著門，」梅師父說。「尤其在你不設防的時候。」刀子鬆開，師父走到他身邊。他雙頰發熱，知道自己羞紅了臉。他居然讓她悄悄溜到他背後；讓她把刀子滑過他的喉嚨。但他不動如山，保持鎮定。她以前就是這樣教他：要思考如何反應，要明白不動也是一種動作。

「你能擊敗相撲力士嗎，普特尼先生？」

「我知道**你**能，」他說，揉揉自己的喉嚨。「讓他們瞬間倒地。」

她不禁笑了，他這才放下心頭大石。梅師父從不放聲大笑。她從不微笑、絕不說笑、絕不投入私人情緒。但此時此刻，在東京的這間大廳，她笑了。

「我父母被殺以後，」在電視傳出的歡呼聲幾乎淹沒了她的聲音，「我阿姨知道妹妹和我如果留在東京，遲早會被追殺。當時我們孤苦伶仃，必須採取激烈手段。她安排家父的一位同僚收養我們。他答應過我父親，一旦他遭遇不測，他會保護我們，教育我們，然後——等時機成熟——幫助我們回到日本，完成家父未完的志業。那位商人，我的養父，正是詹姆森．賽吉。」

卡姆瞠目結舌地看著她。他從來不知道梅師父有個妹妹，不知道賽吉先生是她的養父，他一時之間不知如何開口。「你以前怎麼不告訴我？」

「時機尚未成熟，」她說，回頭看著電視螢幕，相撲力士站在擂臺中央，宣告獲勝。「掌握時機才能出奇制勝。那個人整場比賽都在留意對手什麼時候暴露自己的弱點。但這次勝利不只發生在這場比賽中。為了這次勝利，他付出了自己的身體、靈魂、心智——他的整個人生。普特尼先生，我要你看著他。你做過這種犧牲沒有？」

卡姆覺得自己心跳得飛快。**她知道他多少事情**？難道她知道他離開紐約以後，他就故態復萌？有時喝杯酒，有時一、兩天不做訓練，偶爾召妓。他再也沒有冥想。從她注視他的眼神，想必她知道了。「我做過那種犧牲，」他說，目光從螢幕轉向梅。「師父！」

「很好，」她說，走向一排玻璃門。有一輛白色廂型車在外面怠速等候。「因為現在就是你證明的時候。」

第二十八章

布林克沿著積雪的小徑，匆匆穿過吹上御所的樹林，他呼出的氣息在空中凝結。時間很晚了，午夜將至，氣溫陡降，留下一大片結冰光滑的閃爍針葉。

康妮扯著狗鏈，把他拖向御所。牠的直覺照例很準：他們必須回房間去。他需要睡眠，更重要的是，他現在不能胡思亂想。和古普塔通話以後，他的思維受到太多干擾。他老是想到那些死去的解謎師，那些導致他們死亡的失誤。他不停地想到詹姆森．賽吉，他畢生遇過最像是敵人的傢伙。**這件事和他有何牽扯？**不管是怎麼回事，布林克知道他在比賽時要全部拋諸腦後。他必須清除雜念，專心應付眼前的挑戰。如果能好好睡一覺，他就能從容應對。

進了房間，他脫下衣服，只穿一條內褲，在床邊坐了一會兒，身心俱疲，這時才發現手機收到一則通知，瑞秋傳了一封簡訊。

來自紐華克的問候！機票實在太難訂，但我終於訂到了。現在正在登機。跟古普塔博士聯繫過。有很多事要討論。回頭見。

按照時間戳記，簡訊是三小時前傳送的，那時他甚至還沒跟古普塔說上話。御所沒有訊號，收不到簡訊，後來又只顧著和古普塔打視訊電話。知道瑞秋已經上路，他鬆了一口氣。如果一切順利，她明天會趕到比賽現場。「別擔心，」布林克在熄燈時對康南德魯說。「瑞秋要來了。」

當濃濃的睡意襲來，他看到了龍盒，看到它的美麗和危險。他看到龍在表面盤繞，想起藏在裡面的陷阱：**毒物、活板門、剃刀、毒液、尖釘。他能否憑自己的聰明擊敗小川？還是會和其他人一樣，變成皇室檔案裡的一個註解？**明天，等滿月升起，他就知道了。

一連串響亮的敲門聲把布林克從沉睡中喚醒。他眨眨眼，糊裡糊塗的。**陽光照在榻榻米上。障子拉門。外面有人用力敲門，康妮不停吠叫**。他在哪裡？

「麥可？哈囉？你在嗎？」

櫻。他從裡面反鎖房門，所以她進不來。他瞥向正在床頭櫃充電的手機——下午四點十二分。**這是真的嗎？**他望向玻璃窗外不斷湧向榻榻米的日光。確定不是清晨四點十二分。他睡了一整天，一覺到頭，晏然無夢，上次他睡得這麼好，還是在高中時代，當時他還沒受傷，是個正常的少年，晝夜節律也很正常。

他匆匆套上衣服，打開房門。櫻驚慌失措地看著他。「發生了什麼事？你還好嗎？」

「時差。」他說，一把抓起他的郵差包。

櫻仔細打量他，由驚慌轉為擔憂。她以為發生了什麼事？他決定掉頭走人，溜之大吉？他在睡夢中遭人殺害？

「好吧，至少你賽前有休息充分。」她走到吧臺的咖啡機那裡，裝滿了水，倒入磨好的咖啡豆，開始沖泡。

他拿起手機，看有沒有瑞秋的消息。一則簡訊。一通電話。不過當然什麼都收不到。「瑞秋到了沒有？」

「瑞秋？」櫻不解地看著他。「現在沒時間擔心瑞秋。月亮不到一小時就會升起。我們必須把你送去宮中三殿。快去準備。我會把咖啡帶著——你加奶油和糖嗎？」

一輛車在御所門前怠速。布林克讓康妮在樹叢底下撒尿，然後爬進汽車後座，一手拿著紙杯裝的咖啡——加奶油，不加糖，一手抓著康妮的狗鏈。從樹林望出去，他看見拼布般的天空變成越來越深的紫色。日光已經漸漸黯淡。

櫻坐在布林克旁邊，從背包拿出一個便當袋，打開來。「我有派人給你送午飯。後來進不去，我就把其中一些打包。來，你得吃點東西。」她給他一個**御飯糰**，又打開裝在保溫瓶裡的味噌湯。

汽車沿著陰暗的道路行駛，通過一個維安檢查站。布林克吃了飯糰，喝了味噌湯，大口吞下一個塞滿鮪魚和美乃滋的**軍艦壽司**。櫻拿起保溫瓶，放回便當袋裡，從背包取出一件羽絨外套和一頂針織帽。「穿上，你必須保暖。」

「比賽是在**戶外**舉行？」布林克震驚地問道。她提過比賽是在宮中三殿舉行，但他以為是在室內。現在是二月，天冷風強。連續吹上幾小時的寒風，只會破壞他的專注力。

「當然，」櫻說，看看自己的冬季外套，一件中長度的絎縫工裝外套，兩邊的口袋很大。「比賽一向是在月光下舉行。今晚的天氣不像往年那麼冷。當年設計這項比賽時，還沒有現代世界許多舒適的設施，原本的用意就是考驗耐力——精神和肉體的耐力。」

布林克穿上溫暖的冬季外套。古普塔提過有一位解謎師戴了皮手套。「到時我要戴手套。」他說。

櫻從口袋抽出一雙針織手套。「這雙可以嗎？」

「必須是皮手套——要緊繃到我能摸到龍盒，但不會被刺破。」

櫻在她的背包翻了一陣。「要不是趕時間，我可以弄一雙給你。」

布林克看了司機一眼。他戴著一雙棕色的皮手套。「那一雙如何？」

櫻傾身向前，對司機說了幾個字。他脫下手套遞過來，然後把車子停在宮中三殿的鐵閘門口。

櫻打開車門，從小徑快速奔向閘門。布林克尾隨在後，康妮在旁邊跟著跑。他注意到門口穿著制服的衛兵，手上拿著自動式武器。有點誇張，四個全副武裝的衛兵，一場謎題比賽根本犯不著這麼大費周章。但話說回來，這整件事——從邀請函、特雷佛斯醫師謎樣的訊息、死去的歷任解謎師、到赫然發現賽吉牽涉其中——完全超出他的預期。

他原本有機會一走了之。他沒有這麼做。

衛兵附近站著一位中年女性，穿著厚重的羊毛大衣，頭髮花白。

「這位是我阿姨，」櫻說，為雙方介紹。「齊藤明美。」

「布林克先生。」明美說。就在她主動伸手，布林克與之相握時，他感覺周圍的空氣都蒸發了。**齊藤明美？**正是古普塔警告他要提防，和詹姆森．賽吉關係匪淺的女人。**一定是同一個人**。他必須警告櫻。當然，除非櫻早已知曉。如此一來，他對櫻的種種懷疑便得到證實。這場比賽、天皇和皇后、想必已經趕來的瑞秋——全都可能受害。

櫻走在前面，穿過閘門，進入宮中三殿。他快步跟在後面，走進一個很大的庭院。庭院的三面矗立著三座木建築，陡峭的瓦片屋頂和晴朗、漆黑的天空形成強烈對照。若非太過擔心明美和她跟賽吉的關係，他可能覺得景致非常優美，是那種印在日本明信片上的畫面。但此刻他思考的是接下會有什麼危險，以及這個女人帶來哪些不可預測的新因素，因此宮中三殿猶如監獄，給他一種不祥的預感。

櫻和她阿姨在三座樸素的梁柱建築前止步。木結構座落在支柱上，離地五呎，彷彿飄浮在黑暗中。

「這是宮中三殿，」明美指著三座建築物說說。「開啟龍盒的比賽，從一開始就在這裡舉行。這是神聖的空間。皇室每天在這裡向祖先上供祭品。婚禮和葬禮之類的儀式在這裡舉行。」明美指向遠處穿著淨衣站立的男子和女子。「負責維護宮中三殿的是**掌典**，男神官，和**內掌典**，巫女。他們會監視和輔助比賽的進行。」

明美指向中央的建築。「天皇和皇后正在祭祀皇祖天照大御神的賢所進獻貢品。」

布林克想起櫻對他說過的天照大御神，太陽女神，皇室的原始祖先。她是神話人物，然而似乎在皇室生活中扮演了重要角色。

「等上供完成，」明美說，「天皇和皇后會在賢所的基臺觀戰，比照明治時代以降的歷任天皇和皇后。基臺有一面紗帳，確保他們看得到你，但你看不到他們。」

鐘聲響起，把康妮嚇得一陣狂吠。安撫牠的心情以後，布林克轉身看見兩個人，一男一女，傳著日本傳統服裝，從賢所步下階梯。天皇和皇后停下腳步，布林克瞥見他們的絲綢御袍。不一會兒，他們消失在紗帳後面，在平臺就位。

布林克看了三殿一眼，白色的牆壁在黑夜中發光。四下一片寂靜。他心裡有一百個問題：這三座神社建築裡面有些什麼；**掌典**和**內掌典**的工作究竟是什麼；這三座建築和一個機關盒的開啟有何關係？但說時遲，那時快，兩位**掌典**和兩位**內掌典**出現在凌駕於庭院的木走道上。其中一位**掌典**把一個大盒子端下一排階梯，送到庭院正中央一座架高的平臺，一張桌子和一把椅子在臺上等著。

「月出的時間是五點九分，櫻說。「月落是明天凌晨五點半左右。所以你有十二小時破解謎題。」

「一塊蛋糕（小意思）。」他微微一笑，希望能向她打聽明美的底細。等她安撫自己的心情。

「要紅絲絨的。」櫻說，目光熾烈，彷彿還有話想說，卻不敢開口。「麥可，不管發生什麼事，我要你知道我會照應你，如果有需要，我就在這裡。」

布林克抱起康妮，放進櫻的懷裡。「你照顧牠就夠了。」

一位皇室衛兵來到布林克身邊，護送他到桌前，由**掌典**掀起遮蓋盒子的白絲綢，露出一塊正方形的木頭，有一條龍在表面盤旋。布林克深吸一口氣，從口袋取掏手套戴上。手套的尺寸太小，但他硬是套在手指上，把皮革繃得很緊。第二層皮膚。介於他和龍盒之間的保護層。

滿月在遙遠的天空初現蹤跡。**月出了**。

布林克閉上眼睛，他知道現在來不及反悔了。

比賽開始。回不了頭。

第二十九章

比賽開始。回不了頭。

麥可・布林克調整木椅子，想坐得舒服點，但怎麼坐都不舒服。分泌的腎上腺素和滿心的期待，令他不停顫抖，他全身都在尋找適當的姿勢，以配合眼前的任務。只有一個辦法能讓他的腦子不再轟隆作響。

他鎮定下來，把手伸向龍盒。

他參加過幾百場比賽。西洋棋比賽、世界謎題冠軍賽、速解魔術方塊競賽。每場比賽都不一樣，然而每次競賽都必須對謎題完全臣服。服從它的規則、它的模式、它的節奏。他必須全身心投入眼前的挑戰。他一向信任自己的直覺，而且無往不利。

但這次不一樣。天皇的龍盒有別於他遇過的任何謎題。他一次又一次想像它的重量和尺寸，在光滑表面下隱藏的危險。但想像稍縱即逝、含糊不清、難以捉摸。它出現，然後像煙霧般消失，讓他的腦子陷入一片無盡而駭人的黑暗，懷疑這是不是他人生最後一場比賽。

要是我破解不了怎麼辦？

他突然感到一陣噁心。**恐慌。驚懼。**他把手指彎曲一次、兩次，讓雙手不再顫抖。他魂不守舍，徬徨不定。他感覺不到木椅子或夜晚冰冷的空氣。他四肢麻痺。

第一個步驟是什麼？第二個呢？古普塔是怎麼跟他說的？他想不起來。他什麼都想不起來。想不起他開過的幾百個機關盒。想不起前幾任解謎師用性命完成的步驟。忘得一乾二淨。

他聽見特雷佛斯醫師的聲音：**吸氣，麥可，吸氣。**

他閉上眼睛，任由自己被黑暗包圍。他吸一口氣。**你可以的。**

等他把目光轉回龍盒，內心有一股強烈的期待。他用戴了手套的手掌輕撫光滑的表面，彷彿在把它擦拭乾淨。設計令人讚嘆，比他見過的機關盒出色得多，像一片打磨光滑的金屬，充滿光澤、毫無縫隙，找不到任何破口。

破解龍盒之前，必須先解鎖。要透過一個釋放機制把盒子打開，展開破解步驟……解謎師把手指滑進這條通道，按下盡頭一個小巧的槓桿，鬆開門扣。

他把龍盒翻過來，找到了，就在底部正中央：一個漆黑的小洞。六任解謎師有兩位在企圖鬆開這個機制時失去手指，其中一個人什麼都還沒做就死了。勝算實在不大。

每個企圖開啟龍盒的解謎師都在半途中死了。

他看了櫻一眼，她就站在桌子前面。他心跳得太厲害，他確定她也聽得見。她用鼓勵的眼神看著他，嘴角略帶笑意。**你是我見過最優秀的解謎師。我知道你有能力獲勝。**他頓時陷入疑惑。櫻是友？是敵？他能不能信任她？她和明美有關係，自然也和賽吉有關係，表示這個人信不過。然而兩人在藏寶室共處之後，他很想相信她是盟友，她真的會照應他。

於是就開始了。他心意已決，把左手的食指插進狹窄的通道。慢吞吞地，小心不要誤觸小川對法國大革命的禮讚，他插得越來越深。

不過按壓槓桿的方向要是錯了……

一滴汗水滑進眼睛，他眨眨眼，擠了出去。

……斷頭臺的刀片就會掉下來。

在通道的盡頭，他摸到突出的金屬薄片，**槓桿**，和古普塔描述得一模一樣。他用戴了手套的指尖輕輕摸索。他可以把槓桿往上或往下推，其中一個方向會把龍盒解鎖，另一個會奪走他的手指。他感到一陣噁心。龍機關盒是全世界最需要動腦、校準得最仔細的機械謎題。然而第一個步驟靠的不是技巧，而是運氣。

他討厭賭運氣的遊戲，也不喜歡靠或然率做決定。但此時此刻，面對勝負各半的機率。無法以智取勝，無法以天賦或洞見獲勝。他的能力在這裡派不上用處。所以他照例使用他賭運氣時的作法。

他右手從口袋掏出摩根銀元，平衡地放在拇指的指腹上。硬幣在月光下閃閃發光，在他戴著手套的手上碩大而沉重。自從二〇〇七年十一月九日晚上，參加俄亥俄高中州立足球冠軍賽意外受傷以後，他一直帶著這枚硬幣。球賽的程序是拋這枚硬幣決定的。他開賽不到一分鐘就受傷了。如果當時硬幣拋出另外一面，他就是另外一種人，過著另外一種生活。

他低頭看著龍盒。**是頭，他就把槓桿往上推。是字，就往下推。**

布林克把硬幣拋向空中，接住，然後往桌上一拍。**是字**。

那就往下。

空氣中充滿緊張的氣氛。現場為數不多的觀察者——不透明紗帳後面的天皇和皇后的影子、**掌典**和**內掌典**、明美、櫻——傾身向前，睜大了眼睛。等著往下看。

不管了，賭一把。

他深吸一口氣，把手指放在槓桿上，往下壓。

櫻緊緊抱著康妮，像嬰兒一樣摟在懷裡。牠鬆軟、溫暖的身體和快速的心跳——牠的尾巴打在櫻的手臂上啪啪作響——摸起來很舒服。櫻制止康妮衝向主人時，體會到這隻動物對麥可·布林克絕對的忠誠。康妮的感情無疑非常清楚。有一刻，櫻希望自己的忠誠也同樣清楚。

清楚的**是**現在一切照計畫進行。櫻環伺庭院，看到出席者排列得像棋盤上的棋子。隱身在基臺紗帳後的天皇和皇后，在周圍保護他們的十幾位皇室衛兵。明美正好位在基臺和龍盒之間。櫻站在暗處，默默等待，仔細觀察。而這一切的核心是麥可，所有人事物都圍著他打轉。他泰然自若，心如止水，彷彿他從出生以來，每天都在面對死亡。

她的任務已經完成。她把他帶來此地，得到了他的信任。但現在看著他，她感覺接下來不管發生什麼，她都要背負莫大的責任。只要做錯一個步驟，出現一個失誤，一切就完了。真的，這個男人不知道他給自己惹了多大的麻煩。她把他帶到深淵的邊緣，只差一步，他就要跳下去。

櫻猜想她父親會喜歡麥可・布林克，喜歡他的天分，當然，和他超乎尋常的才華，但更欣賞他從不退縮的天性。她父親的死令人震驚，不只因為他死得慘烈，也因為他壯志未酬。櫻的個性同樣固執。她姊姊總說父親對櫻偏心，這恐怕是真的。父親看出櫻的天賦，在她還不識字時候，就開始訓練她玩策略和技巧遊戲。她才四歲，連自己的名字都不會寫，就開始下西洋棋、圍棋、並破解日文字謎。她七歲就開始編碼、八歲開始跟著父親學習電腦程式設計、在父親遇害前那幾個月，她開始幫忙進行他的大計畫。

梅就不一樣了，她是代表家族傳統的孩子，絕對不敢對她繼承的古怪遺產提出質疑。梅謹守紀律、堅定不移。近乎瘋狂。但櫻總覺得這些和她格格不入。她對母親的極端訓練退避三舍。櫻有多少次因為無心打鬥，被梅打得鮮血直流？

櫻和父親一樣，靠的是聰明、創意，和預測下一步的能力。她也和父親一樣，知道只要一個人的力量，就足以改變周遭所有的人、事。這樣的人促使她相信未來的種種可能，在她一生中寥寥無幾，一個是詹姆森・賽吉，另一個是麥可・布林克。

一霎時，在彈指之間，一切都停止了。布林克準備迎接斷頭刀，準備接受肌肉撕裂的灼熱感。結果只聽見一連串的咔噠聲，包圍他手指的狹窄通道向四周擴張。然後，隨著低沉的一聲「砰」，盒子鬆開了。

他把龍盒解鎖了。

布林克使勁抽出手指，然後拿起龍盒，感覺它的重量。很重，彷彿塞滿了滾珠軸承或砲彈碎片。當他翻轉盒子，仔細查看每一面時，感覺有點不同了。是一種細微的變化，就像門打開了一條縫，讓光線照進他內心的角落。他注意力的焦點沉澱、稀釋。出現了：**純粹的直覺**。一套模式像交響樂似地展開。他感覺解答就藏在這套模式背後，在龍盒內部刻出的溝槽矩陣、數以百計的軌道、滑塊、危險的陷阱裡等他。像所有艱澀的難題，數以百萬計的路徑最終通往單一的點。前幾任解謎師完成的步驟，他們的成與敗，在他眼前一一浮現，他知道他們沒有白死。他們留給他一條救命索，讓他循線深入黑暗中。現在他的每個選擇都攸關生死。這是麥可．布林克和他生平所遇過最困難也最危險的謎題之間的博奕。

他輕觸一塊木嵌板，設法進入龍盒，有反應：嵌板稍有移動。他再輕輕一推。嵌板咔一聲，就位固定。他成功了。

第一個步驟。

遊戲正式開始。他已經獲得謎題的邀請。他翻轉盒子，在反面測試，看哪裡會出現些許下陷。沒反應。

沒反應，

沒反應，

然後有反應了：表面有了變化。他按下去，嵌板移動了一公分，然後固定。

第二個步驟。

光線大量湧進來。開始了，他感覺得到——解謎的編排、節奏取而代之。他心靈和身體的平衡出現傾斜，他想都沒想，就找出第三個步驟，他的手指直覺地滑過去。一層淡淡的彩色充滿他的視線，鮮豔的橘色、黃色、綠色。他不再觀賞演出；他就是演出本身。他的頭腦擺脫了他，自行運作，他的雙手自行反應。而他只是來湊熱鬧的。

第三個步驟。

布林克掌握了第四個步驟的情報：這是個陷阱。在一九六四年釋出氣溶膠毒素，弄死了一位西洋棋冠軍。古普塔認為是磨成粉的批霜。布林克暫時停下，權衡風險。第四個步驟毒死了一個人，但沒有紀錄顯示第四步驟的陷阱給後續的解謎師帶來麻煩——一九七六年的韓國女子沒有，一九八八年的法國解謎師也沒有。**為什麼？**

因為，布林克懂了，那是一次性的陷阱。不像斷頭臺的陷阱，一旦龍盒鎖上便會重啟。後續的解謎師沒有死於氣溶膠毒素，是因為毒素用完了。**陷阱已經觸發了**，不會對他造成傷害。

這是推論，一個需要驗證的推論。如果他推測正確，就能活下去。萬一推測錯誤……

他把戴了手套的手舉起來，摀住口鼻，多少能擋住嵌板後面可能殘留的毒素。用處不大，但他感覺比較安心，然後向前移動，用戴了手套的手指拂過龍盒表面，直到他發現下一個步驟。他往下按，嵌板鬆了，然後滑開，咔噠一聲固定。

第四步。

他吸氣。寒冷、潔淨的空氣充斥肺臟。

他吐氣。**我沒死，目前一切安好**。

不過等一下——這塊嵌板有些古怪。他的手指發抖，按下去，嵌板縮回，彷彿底下裝了彈簧。可能就是這裡——機關盒內層的進入點。古普塔沒提過，顯然其他解謎師也沒發現，不過話說回來，大家都知道他們的下場。

布林克不知如何解釋，但他確定應該從這裡進去。他知道可能發生什麼事，知道有什麼風險，但他也知道，謹小慎微反而更容易賠上性命。不採取大膽、冒險的招數，他的下場會跟其他人一樣。

製作機關盒就像發明魔術——最重要的是幻象。成功之道在於善用幻象，而非戳破幻象。

布林克用輕得不得了的動作，拆下細小的木嵌板。

透過監視攝影機，他知道一切準備就緒，只等他展開行動。他看到麥可．布林克、中本櫻和她的阿姨齊藤明美、日本天皇、他的妻子，以及在半藏門外等待信號的卡姆．普特尼、中本梅等人。他不必進入攝影機的數位饋送，也能看出庭院的緊張氣氛。體溫、心率、腦波——這些測量結果即時上傳和到達。他只要連上網路，瞬間就能看得一清二楚。他只要決定自己需要哪些資料，以及如何篩選。

時間到了。視訊饋送轉移到御所周圍那道厚重石牆的外側。一輛白色廂型車在巨大的木門前怠速，排放的廢氣在嚴寒的空氣中盤旋。卡姆．普特尼坐在方向盤後面等著。他一想跟他說話，他保鏢的手機就響了。

「賽吉先生，」卡姆立刻接起電話說。

「半藏門會在三十秒後打開。」

「我們準備好了。」

卡姆向梅點頭，她推開車門，從廂型車的副駕駛座跳下去。她走到車尾，打開雙扇門。五名女子尾隨她到城門。她們穿著一身黑衣，賽吉從高處往下看，只見白雪中冒出五個漆黑的小斑點。

「開門，」賽吉說，驅動城門的電子系統有了反應，城門大鎖的笨重門閂咔噠一聲鬆開，大門向後開啟。梅悄悄通過打開的城門，進入濃密的樹，隨即不見人影。

布林克還來不及反應，彈簧鬆開，一枚金屬尖釘從空腔射出，和音速一樣快。**搞什麼鬼？**布林克連忙抽回手指，但尖釘碰到他的手套，刺穿皮革。

第五步。

布林克站起來，推開椅子，後退幾步，他膽戰心驚，喘不過氣來。古普塔說得對。

外部的殘酷和內裡的精細恰成正比。

他檢查手套，發現皮革明顯破了一個洞，露出他右手食指的一小塊皮膚，一個新的弱點。尖釘只差零點零幾公釐就刺進他的肌肉。大量腎上腺素在他全身流竄。**真是千鈞一髮**。

布林克知道一九七六年的解謎師完成了十五個步驟。阻攔她的陷阱和這個差不多：一根刺穿眼睛的尖釘。他以為自己能躲開，但陷阱無處不在，隨時出現。他絲毫不能卸下防備。現在什麼都靠不住——無論是他的技巧、古普塔的情報，或是他對所謂機關盒的設想。他必須步步為營，把每個步驟都當作第一步。這次他運氣好——尖釘沒有刺破皮膚——但運氣遲早會用完。

不過就在他開始感覺心跳穩定的時候，手指一陣劇痛。他想起只接觸少許毒素就喪命的神官。布林克脫下手套，用牛仔褲擦拭皮膚，急欲清除毒素。不過接觸點已經燒得焦黑，他的皮膚灼熱。他聞得出來，是肌肉分解的酸味。然後，櫻像幽靈似地來到他身邊。

把手給我。

櫻握著他的手，在皮膚上塗抹藥膏。

我帶了這個，以防萬一。

她塗抹藥膏時，他的皮膚變得冰涼。疼痛依舊，但並未擴散。她用繃帶緊緊包裹他的手指，一副六神無主的神情，眼淚差點奪眶而出，但聲音很堅定。**沒事的，麥可**。她的聲音像救生艇，撫慰他的心情。**現在平安無事了**。

櫻把一瓶水放在桌上，示意他打開來喝。

他怎麼這麼容易失誤？要不是有櫻在，他的手指可能被酸性物徹底腐蝕。他倚著桌子，穩住自己。他全身發抖，頭暈眼花，完全失去平衡。

萬一這次他是玩火自焚呢？萬一他這次鑄成大錯了呢？

他喝了些水，吸氣。如果不想中了小川的算計，他必須保持鎮定。他必須重新集中精神，繼續下一個步驟。

他閉上眼睛，想起足球場的那一夜，想起他摔倒在地，人生徹底改變前的幾秒鐘。他感覺到手裡的球，冰涼的皮革貼著他的皮膚。他看到球門區，拼命跑過去。要是那天晚上沒有受傷，他會是什麼樣的人？要是特雷佛斯醫師沒有死，他會變成什麼樣的人？

每場比賽都會有這麼一刻，謎題變得不僅是謎題。而是像鏡子一樣反射麥可．布林克，照出他性格最底層的真相。每個缺點和優點，每個弱點和慾望，在他面前一一展現，猶如醍醐灌頂，讓他明白自己也許能破解擺在面前的所有謎題，卻永遠解不開自己的謎。

今晚之前，梅從來沒進過御苑。為了讓她做好準備，明美要她背下吹上樹林穿過濃密常綠樹林的蜿蜒小徑、維安檢查站、天皇居所的位置、大宮御所、宮內廳的地圖。幾個星期以來，梅都在鑽研從半藏門到宮中三殿的路線，牢記在心，並繪製替代路線。什麼狀況都可能發生——警衛或許會出現、她們可能被無人機發現、布林克也許要花很多時間開啟龍盒。梅必須為每一種突發情況做好準備。

梅知道樹林是強大的維安設施，保護力不遜於環繞宮牆的護城河。她善加利用，在黑夜的掩護下悄悄穿過城門，躲在樹林最幽暗的地方。儘管她和女弟子幾乎隱形，但賽吉先生才是最大的功臣。他打開半藏門，讓梅和女弟子進入宮殿的安全邊界。他讓監視攝影機失效、把維安系統離線、擾亂內部通訊系統的頻率。此刻的宮內廳一團混亂，雖然在一片死寂的樹林裡完全看不出來。

賽吉的協助一向至關重要，絕無例外。儘管如此，有好幾年的時間，明美都反對把他們的祕密透露給他。不過最後他加入了她父親的核心集團——知道他們到底背負什麼使命，為他們付出了一切的一切，包括他的生命在內，從而證明他值得信任。梅和卡姆一樣，會跟詹姆森・賽吉同生共死。或至少一起在數位世界永垂不朽。

他們抵達宮中三殿的入口，準備面對衛兵，但衛兵不見了，大概在庭院裡。梅把女弟子留在門外，爬上牆壁，無聲無息地跳進庭院。她溜到陰暗處，環顧四周，觀察現場。她阿姨明美在天皇和皇后身邊，十幾名衛兵在周圍把守。現場有神官和巫女。龍盒放在庭院正中央的桌子上，解謎師就近站著，櫻盯著他看。現在萬事俱備，只等她們動手。

這個行動是她們共同安排的。衛兵由梅和她的女弟子負責。明美會確保天皇和皇后不出手干預。不是說他們真的能壞事。他們年老體弱，幾十年來，被皇室慣例壓制得服服貼貼。梅不用擔心他們。不過衛兵就沒這麼好對付了。他們非常難纏，而且——她猛然發現——人數比梅和女弟子多了一倍。

布林克不再介意剛才的失誤，重新戴好手套，把注意力拉回機關盒。他活著，表示他居於優勢。他通過了龍盒的外層——古普塔口中的外骨骼，準備進行下一個步驟。他撫摸盒子，做了一個動作，然後又一個動作。一根槓桿往左滑，然後往右震了一下。有些步驟必須一前一後同時進行，用手指壓住盒子對立的兩個點，同時操作好幾條縫隙，這種手法的排列組合永無窮盡。

第六步。

第七步。

他轉動龍盒，很快又連續做了兩個步驟。

第八步。

第九步。

一連串的解答浮現眼前。他火速完成一個又一個步驟時，怪事發生了。傳出齒輪的嘎嘎聲，盒子頂部的三分之一升上來，露出一個拋光的紅銅圓盤，安裝在木頭平臺上。圓盤在月光下閃耀，照出刻在表面的微型設計塗鴉，和毛細孔一樣細小。圖案複雜而誘人，看得布林克目不轉睛，像一塊古代刻寫板，寫滿了未經編碼的語言，一種等待破解的線形文字B。

但這是什麼玩意兒？一種密碼？

當他更仔細檢視這個纖細路徑網，成百上千條路徑旋轉、交錯、潛伏和扭曲在一起，他懂了：他發現了一個迷宮。

迷宮和迷路園經常被混為一談，但兩者有一個根本的差異：迷路園有死胡同，迷宮沒有。在迷宮裡，解謎師可以不斷走下去，而在迷路園，一旦走錯就會被迫停止，迷宮會把你陷在裡面，永遠出不來。

在興奮之下，布林克的皮膚刺痛。他迫切地想要觸摸圓盤表面，用手指摸索上面的路徑，親手穿過這片詭譎的地景。但沒有入口，沒有出口。沒有讓他標示路徑的機制。這是一個完全閉鎖的系統。無路可入，無路可出。

他用手指撥弄頭髮，大惑不解。**這個迷宮令人難以理解。完全無從入手**。

他充滿挫折感。他遺漏了什麼。一定還有線索——讓他從中推測如何通過無盡的路徑。這麼複雜的迷宮固然罕見，更罕見的是完全看不出**哪裡**是起點。謎題有規則，有清晰的破解步驟。現在小川彷彿是叫他盲目行動。

他凝視迷宮，仔細觀察上面的路徑。圓盤發出陰森、神祕的微光，看不出任何端倪。

突然之間，他懂了。**小川是盲人**。這種莫測高深，完全是有意為之。他製作這個迷宮時，從頭到尾都看不見。之所以看不到入口，是因為視野對小川是多餘的，只會令他分心。布林克不能繼續依靠他的眼睛，他必須**觸摸**迷宮。

他破解第一部分的龍盒，完全沒用到觸覺，他手上裹著皮革。但遊戲進入新階段。現在他必須脫去手套，摸索接下來的步驟。他必須理解小川的語言，像點字一樣，用手指閱讀龍盒。當然前提是不能把手指丟了。

他揮手叫櫻過來。「拿絲巾蒙住我的眼睛。」

看她的表情，就知道她認為他在發神經。「什麼？」

「蒙住我的眼睛，」他說，同時脫下皮手套，放在桌上。

「蒙眼？」

「相信我，這是唯一的辦法。我稍後會跟你解釋清楚。」

如果我那時還活著的話。

櫻拿起白絲方巾，摺成眼罩，緊緊綁住他的眼睛。剎那間，世界變了樣，一點也不踏實，讓布林克墜入無形的虛空。

「留在我身邊，」布林克說，突然迫切想知道有人在他旁邊

「我在，」她輕聲說。他能感覺她近在咫尺，就在他左邊。他感覺她靠過來，聽見她低聲地說，「不用擔心明美，這都是計畫的一部分。」

一切都是編排好的，每次攻擊都像一場芭蕾舞。時間必須掌握得恰到好處。布林克打開盒子那一刻，她們必須做好準備。櫻會拿走裡面的東西，明美會引開天皇的注意力，梅在他們逃跑時提供安全保護。時機有限，但只要通力合作，她們就會得手。

梅一面等，一面留意妹妹。櫻不在預定的位置上。她移到庭院的另一頭，和布林克一起站在桌前。梅心頭一驚。櫻沒有照計畫行事。**她在搞什麼鬼？**保護布林克？她們知道他有可能，甚至十之八九會受傷。首要任務是讓他活著，至少活到盒子打開的時候。要是他一命嗚呼，一切都完了。

櫻應該保護布林克，但話雖如此……梅還是擔心。保護別人一向不是她的性格。

在梅的記憶中，她一直是強者。從小到大，每次都是她保護妹妹——不讓她被暗殺父母的凶手所害，不讓她承受賽吉嚴苛的期待，不讓她繼承比較嚴酷的家族傳統。梅已經背起她們歷史的重擔。她一直相信櫻會滿足父母對她的期望。她會和梅一起挺身而出，奪回她們失去的榮光。但坦白說，梅知道櫻一向對家族榮光不以為意。櫻一向比較在乎自己。

梅定睛看著妹妹，發現情況不對。她為麥可・布林克蒙眼時看他的眼神，她把嘴唇靠向他耳邊的細微動作。出事了，梅感覺得出來。

梅和櫻總是心意相通。她們向來有第六感，能察覺到對方的情感。小時候，如果晚上睡覺時，她們在榻榻米上的布團靠得很近，梅會夢到櫻的夢。早上醒來的時候，櫻會描述她夢到什麼，但梅已經知道了。她也到了妹妹的夢裡。飛翔、墜落、奔馳。這場比賽是姊妹倆的終極夢想。不知何故，梅知道櫻會背叛她。

當眼睛被緊緊蒙住，麥可・布林克的感官有了變化。他的聽覺靈敏了，他的觸覺放大了，他能感覺到耳朵裡湧動的血液，快速的心跳。

現在是盲人騎瞎馬。

他很清楚這麼做是對的，但還是禁不住提心吊膽。**他在搞什麼鬼？**這是個大膽、危險的賭注。少了視力，他就失去自己最強大的感官。他必須重新學習如何應付這個盒子。這是全新的局面，然而他確定這麼做是對的。越是深入龍盒，風險就越高。他必須撐起越來越不舒服的身體，儘管懼怕會有不幸的結果，但他不能無視自己的直覺。他別無選擇，小川留給他一則訊息，要找到它，只有這個辦法。

布林克把雙手試探性地放在銅圓盤上，在交織密佈的路徑上摸索。金屬冰凍刺骨，比夜裡酷寒的空氣還冷。圓盤上的印痕在和他溝通，如同高山深谷，是一種觸覺的密碼。短短幾秒鐘，他就知道自己的判斷沒錯。迷宮沒有毒，沒有隱藏的陷阱——沒有剃刀或尖釘。這是一塊觸覺專用的刻寫板，把一條條的山脊和溝槽扣進他的皮膚。

他選了一條路徑，沿著金屬和木頭銜接的銅盤邊緣前進。一條狹窄的凹槽打開了，和手指同寬。布林克把手指伸進去，順勢前進，看能找到什麼——一個槽口、一個按鈕、一根槓桿、**什麼都好**——帶他進入迷宮。**一定在這裡**。沒有設計師會設計解不開的機械謎題。那就像詩人寫一首看不懂的詩，或是音樂家表演一首無聲的詠歎調。**一定有解答**。

然後他摸到了——金屬裡有一連串微小的突出物。他停下來，沿途返回，然後再摸一次。圓盤邊緣有一連串小凸點，隱藏在低處。如果用眼睛看圓盤，永遠也不會發現。霎時間，布林克明白了：小川確實留下了訊息。**用點字**。

布林克彎曲指尖，仔細觸摸這一連串的凸點，想知道寫了什麼。他學過點字，是在約莫五年前一個下午，到下曼哈頓一間教室參訪的時候。班上有一個男生的課本是用點字寫的。布林克和男孩相處了一小時，翻閱他的課本，鑽研箇中關鍵，到放學的時候，他已經能用手指閱讀了。

但儘管這些凸點和布林克學過的點字很像，構形卻截然不同。他無法理解。無論小川留下了什麼訊息，想必都很重要，所以布林克先撫摸整串凸點，記住它們的位置，把模式紀錄下來，待會兒再研究。

在這串點字的末尾，他發現一個按鈕，就像項鍊最後面的玻璃珠。他摸了摸，不知道有什麼奇招等著要整他。

這條路是對的，即使這是通向地獄的路。

父母過世以後，櫻將近一年沒有說話。她不是有意識地決定保持沉默。而是她和世界交流所需要的裝置關閉了。舌頭和喉嚨、喉頭和肺臟——她的發聲機制受到嚴重損害。她後來才發現，殺死她母親的那把刀，彷彿也把櫻變成了殘廢。

在那喑啞無聲的一年，都由梅代她發言。接受移民面試的時候，由她回答移民官的問題。她放學後會去櫻的學校，和她四年級的老師溝通，解釋說櫻還在學英文，需要額外輔導。梅的翻譯之精準，總讓櫻讚嘆不已。不知為何，梅總是知道櫻想說什麼。不需要解釋，梅就知道櫻的想法、她的需求，甚至是她作的夢。彷彿她們的心靈一起被拋進姊妹共同的深淵裡，裡面的慘劇太黑暗、太痛苦，無法用音節表達。姊妹倆都把她們靈魂的碎片留在裡面。

等櫻終於開口，她說的是一口毫無腔調的標準英語。她再也沒有跟梅說日語，以免勾起她不想回憶的過去。即便是現在，當梅從庭院的另一頭凝視她，和她用眼神溝通時，她聽到的也是英語：**我們計畫了這麼久**，梅說，**現在就要大功告成**。

如果光靠眼睛，布林克絕不會發現這個按鈕。它藏在裡面，根本看不到。但重點就在這裡。小川這樣設計，不是為了布林克——或其他任何人。他是為**自己**設計的。布林克對小川佩服得五體投地，並且意識到這個人雖然死了一百多年，卻有重要的話要告訴他。這個謎題是傳遞訊息的時空膠囊：要破解難如登天的謎題，就必須拋去自我，必須改頭換面，即便這表示要變得和小川一樣殘疾和殘酷。

布林克深呼吸，然後用指甲的尖端按下按鈕。

突然砰的一聲劃破長空。布林克馬上跳開，彷彿盒子可能爆炸。他扯下眼罩，看著迷宮。和原來一模一樣，只不過現在正中央有一個銅栓。

當然，這是個栓子迷宮。

栓子迷宮是一種機械謎題，以中央的定點為中心——也就是這裡的銅栓。雖然中心點是固定的，迷宮本身卻能移動。布林克按壓銅盤。圓盤鬆開了，可以往前後左右滑動。既然活動得如此順暢，他就能把包圍銅栓的圓盤傾斜，上面的路徑網錯綜複雜，等銅栓抵達路徑的終點，迷宮就破解了。

這個人是天才。

但麥可．布林克也是。他審視路徑時，大腦充斥著幾百條可能穿過迷宮的路線，幾千個可能的方向，全都在他眼前一而再、再而三地交錯。然後開始了：他天賦的機制主宰了他。各個步驟像幻覺一樣浮現，他知道這是正確的路徑。

破解之道。

和呼吸一樣簡單，操作了不到一分鐘，銅栓就抵達迷宮的終點。當銅栓扣上，他屏住呼吸，幾乎以為這下完蛋了。但沒有。就像被鑰匙開了鎖，迷宮開啟了。

龍盒靠內部的鉸鏈轉動，進行高超的協同動作，金屬和金屬輕微碾磨，是一種內部的動作編排。布林克瞠目結舌地看著盒子的邊緣分成四個獨立的長方形，各自朝反方向滑動，露出中央的空腔。布林克目不轉睛，不太敢相信剛才發生了什麼事。不可能這樣。他做了三十六個步驟。龍盒要七十二個步驟才會打開。他只執行到一半。

不對勁。又是一個騙人的伎倆。

然而龍盒已經開啟。裡面裝了東西。

庭院變得非常安靜，櫻能聽見空氣湧進她的肺臟的聲音。為了這一刻，她們已經大力籌畫，費心揣測，現在時候到了，她卻無法動彈。**難道真的到此為止？他打開龍盒了？**

她看著麥可重新套上手套，用力撐開，輕輕拿出一根玻璃管，用月光照著。管子不比一根手指大，裡面有一個捲得很緊的紙卷。看他用手指掐著玻璃管轉動，她的心跳得很快。**找到了**。寶藏就在她面前。這一刻她已經想像了很久，以致於幾乎不敢相信真的實現了。不過真的實現了。盒子已經打開。她眼前正是明治的寶藏。

這個玻璃膠囊的兩端都有玻璃球，各自裝滿液體。摧毀機制，完全被麥可料中了。**酸性物**。紙卷應該是日本和紙，非常脆弱，很容易摧毀。如果管子破了，和紙會像舌頭舔到的棉花糖一樣融化，連帶明治留下的訊息一起消失，把寶藏化為無形。

她聽見庭院的盡頭有動靜，轉身一看，梅走了過來，後面跟著五名黑衣女子。竊竊私語。影子的影子。她們的目標是麥可。

櫻向姊姊舉起手——**等等**。她想對她使個眼色，警告她。**時機未到**。還有一個步驟尚未破解。這是最後一個、也是最重要的考驗。他必須在不破壞玻璃管的情況下拿出紙卷。施力太大，動作稍有失誤，一切將化為烏有。

姊姊只發出極其輕微的信號，但櫻看懂了：**時機已到**。不管她有沒有準備好，現在就要行動。

最後一個步驟。還有一步。

她看著麥可把玻璃管放在桌子中央，小心、仔細地擺好。他研究了一會兒，彷彿在思考什麼重大的數學問題，然後，說時遲那時快，櫻還來不及看清楚他在做什麼，他就舉起戴了手套的拳頭，朝透明的管子捶下去，全部打碎了。

她腳下的地板晃動。那一刻她無法思考，無法呼吸。一切都完了。麥可打破了玻璃管；酸性物已經滲透和紙；他毀了裡面的訊息。他把一切都毀了。

也許她來得及搶救。一塊碎片，隨便什麼都好。她伸手去拿紙卷，但麥可把她往後一拉。

「別碰，」他低聲說。「信任我。」

信任？還有什麼信任可言？一切都反轉了。他是為了發現天皇的謎題而來，為什麼把它**摧毀**？他冒生命的危險打開這個詭譎的盒子，為什麼要落得兩手空空？

當第一記槍聲在庭院迴響，麥可抓起櫻的手，兩人拔腿狂奔。

第三十章

車子迂迴穿過濃密的森林，悄悄從混亂的比賽現場急馳而去。司機沒有開前照燈，而是沿著月光照亮的道路駛向御所。照汽車儀表板的時鐘看來，現在是五點四十三分。他只花一個半小時就打開龍盒，簡直是不可能的事。但他知道，專心處理問題的時候，他對時間的體驗會改變。一小時可能感覺像一天，也可能像十分鐘，取決於解題的節奏。

布林克把頭靠著車窗，呼出的氣息讓玻璃蒙上一層霧。他感覺自己像是被卡車撞了。身心交瘁，手腳沉重，好像被隱形的重物壓在身上。他的頭一陣一陣地抽痛，腦子裡充斥著數字和顏色。他聽到比賽的回聲，看到他做出一系列步驟，感覺到手套底下碎裂的玻璃管。通常他知道如何控制他的聯覺，但在排山倒海的壓力下，他的大腦飽受視覺刺激，他的視線佈滿色彩。

他閉上眼睛，努力把整件事想清楚。攻擊行動在他眼前發動。有人開槍——開了十幾槍，也許更多——然後是雷霆萬鈞的行動。不知哪裡冒出來的黑衣人。庭院到處躺著皇室衛兵的屍體，血流如注。明美出現在桌前，連忙搶救紙卷。布林克抓起櫻的手，把她從桌前拉走時，忽然想起了康妮。他到處找牠，但是牠不見了。

「我們必須回去，」布林克轉頭對櫻說。「康妮還在裡面。」

「牠在開槍時跑掉了，」櫻說。「我看見牠躲到賢所底下。那整個區域會被封鎖，牠在那裡很安全，恐怕比跟著你更安全。但我會請天皇確保牠的平安。」

「比賽慘澹收場，你認為天皇還願意幫我？」

「當然，」櫻說。「你能活下來，他就安心了。老實告訴你，我們都沒料到你會逃過一劫。機會實在不大。而且我們早知道會發生暴力行動。你有沒有注意到，在龍盒打開那一刻，早在你敲碎玻璃管之前，他就被帶離現場了？」

布林克沒注意，但現在回想起來，他知道紗帳後面的人影已經不見。天皇和皇后在混亂發生前就悄悄離開。

「這，」櫻說，「是計畫的一部分。」

計畫的一部分？布林克深呼吸，然後轉頭看著櫻。「這到底是什麼意思？什麼計畫？」櫻也看著他。他看得出她在仔細斟酌自己的遣詞用字。「我會解釋清楚，但首先要把你的手處理好，」她看著他手指的灼傷說。酸性物已經灼傷布林克的皮膚——傷口擴散到繃帶外面，漆黑燒焦。「我還有藥膏。」她從口袋拿出軟管，拆開繃帶，抹上藥膏。「我們用正規的繃帶包紮。」

儘管布林克的手指燒傷，櫻造成的傷害反而更深，也更痛苦。他看了她一眼，努力把這個女人和他以為自己認識的女人連起來，她的臉在暗夜下變得朦朧。她在他心目中的形象已經變了。她現在完全是另外一個人，一個懷有祕密計畫的人。他懷疑她在隱瞞什麼。特雷佛斯醫師的訊息是一個警告。但真相幾乎令他難以招架。**她騙了他**，利用他規避龍盒的詭計和反轉，但他怎麼也沒想到，他已經開始把她當成朋友，卻遭到背叛。

「你剛見到我的時候就在計畫這件事，」他說。這不是問句。「我還在紐約的時候。你請我開啟龍盒，但不是為了天皇。你早知道會有攻擊行動。」

「原諒我，」櫻說，表情充滿悔恨。「我知道看起來是這樣。但事實不是你想的那樣。我是希望你打開龍盒，然後這件事就結束了。」

「這件事？」他說。「這是一個大騙局，你引我走入陷阱。」

「我絕對不會讓你出事。你看到的那些衛兵？他們是去保護天皇和皇后，但也是保護**你**。我確實沒有把事情的來龍去脈和盤托出。我需要你打開龍盒，為了達到目的，你必須信任我，在比賽過程中有百分之百的安全感。我的任務是確保明美**沒有**取得龍盒的祕寶。」她塗好了燙傷藥膏，把軟管關好，放回口袋裡。「但現在無所謂了，事情已經結束，訊息被毀了。」

布林克深呼吸，讓自己平靜下來。「別這麼肯定。」

「可是我看到你打碎玻璃管……」

「那是我故意做給你看的，」他說，聲音很冰冷。他極力控制自己的情緒，想知道這個女人值不值得信任。櫻是叛徒，還是他的救命恩人，他無法分辨。現在他對一切都很困惑。

她凝視他，他看出她眼中流露的一連串情緒——驚奇、懷疑、困惑、最後是好奇。「你是說你沒有摧毀明治留下的訊息？」

「等你把整件事和盤托出以後，我再解釋。我想知道你們為什麼找我來。我想知道剛才是誰攻擊我們。我想知道全部的真相，櫻，全部。」

櫻雙手交叉，放在大腿上，一面說，一面轉動戒指。「我會把我知道的原原本本告訴你，」她說。「你知道明美是我阿姨。庭院裡的另外一個女人，發動攻擊的領袖是梅，我姊姊。」她望向窗外漆黑、幽深的暗夜，讓麥可消化她的話。「梅和明美代表了我的家族令我排斥的一面。」

「但你配合明美把我帶來，」他說，想起櫻說過，專機的許可和假識別證是明美弄到的。「聽起來不像排斥。」

「這是達到目的的一種手段。我阿姨和姊姊是狂熱份子，激進份子。但我和她們不一樣，從來不是她們的同道中人。我再也不會參與她們的戰鬥——我剛才已經證明了這一點。」

「那些究竟是什麼戰鬥？」

她瞥了司機一眼，布林克知道她在掂量他的底細，想知道他懂不懂英語，能在他面前說多少話。她開口時，聲音小得像是耳邊私語。

「我父母在我九歲時遭到刺殺。梅和我親眼目睹，這個經歷擊碎了我們的人生。我姊姊變得很激進，把自己扭曲得面目全非。她屬於一個派系團體。他們有權有勢，手段狠辣，拼命想知道明治藏匿了什麼。我父母是這個團體的成員。我姊姊和他們一樣，為派系付出一切。我嘗試瞭解和原諒她，因為我知道她有多麼多麼痛苦。但她是忠實信徒，畢生都在為這個目標效命，為重建我們家族榮光的那一刻做準備。為了取得明治藏在龍盒的祕寶，他們什麼都做得出來。他們不惜殺了你，殺了我，殺了日本天皇，只要能達到目的。」

「但明治藏了什麼？」布林克問。

「不知道，」她說。「我只知道我的太外祖父相信它對派系很重要。他把這個消息傳給他女兒，她女兒傳給自己的孩子，最後傳給了我母親和她妹妹明美，兩人都是派系的高階成員。你可能聽說過另一名重要成員：詹姆森．賽吉。」

聽櫻說出詹姆森．賽吉這個名字，布林克吃了一驚，儘管言之成理：如果就像古普塔認定的，她的阿姨明美和賽吉有關，櫻自然也一樣。他對櫻不再懷疑，他看清她是什麼人：叛徒。他怒火中燒。「這些你全都瞞著我。為什麼？」

「賽吉是我父親很要好的同僚。我父母遇害之後，他把梅和我帶到美國。他是我們的法定監護人，撫養我們長大，前提是你將每星期和我們見一、兩次面，發表超人類主義的意識形態演說稱作是撫養的話。現在我知道他是利用我們來進一步瞭解家父的研究，最重要的是進一步瞭解龍盒。在某種層面上，我相信只要這個團體拿到龍盒的祕寶，我就能擺脫我姊姊和阿姨，擺脫派系。」

車子駛進樹林深處，濃密的常綠樹遮住了月光，他們停在樹冠下。司機把引擎熄火。

「請諒解，」她說。「我先前不能告訴你。但我保證我是站在正確的一邊——**你**這一邊，善良的一邊。」她下了車，示意他跟上來。「來，天皇在等我們。」

布林克驚訝地看著她。**天皇？**她不是剛剛才協助了背叛天皇和皇室的團體嗎？

看到他一臉詫異，櫻微微一笑，然後說，「別這麼震驚。他從頭到尾都知道這個計畫。」

第三十一章

司機打開車門，帶他們走進樹林，用手電筒在濃密的日本松林裡引路。樹叢裡藏著一個小工具間，就是用來裝置電表或存放園藝設備的建物。司機拿出一串鑰匙，開門，示意他們進去。

「我聽過坊間的謠傳，但一直不相信是真的，」櫻說，把頭探進工具間。

布林克跟著她的視線看過去，是一座金屬的螺旋樓梯。

「這是地堡的入口，」櫻說。「在戰爭期間，擬定了一系列逃亡路線，以確保皇室的安全。但我不知道現在還在使用，這裡可以通到天皇居所的地下室。」

他們走下金屬螺旋梯，當動態感應器追蹤到他們走下照明充足的混凝土走廊，一系列霓虹燈亮起。櫻直接往前跑，布林克跟在後面，不知道她要帶他去哪裡。他們跑了又跑，地道最後通向一條熟悉的走廊。有那幅畫了青蛙的卷軸；有那道鋼製門。櫻輸入密碼，門開了。布林克馬上認出所在的環境。這裡是天皇藏寶室，他們回到原點。

他們上次把密碼輸入這個小鍵盤，感覺像上輩子的事。其實還不到二十四小時，不過在這段時間，一切都變了。他和櫻的關係變了。他來日本的理由變了。他再也不用計算自己有多大的機率，可以在破解一個困難的謎題後活下來。現在他面對的問題嚴峻得多，比小川危險多了。

通過鋼製門，寶藏室裡有一名衛兵站崗。他給兩人做完檢查，然後向櫻鞠躬，示意他們進去，顯然早就在這裡等著。

天皇和皇后坐在藏寶室中央的沙發等候。換下了正式的和服，他們現在穿著休閒褲和舒服的鞋子，和普通的中年夫婦差不多。他們周圍是大和氏族的無價之寶——眾多玻璃箱裝滿了手稿，琺瑯容器、漆器和瓷器、他和櫻一起欣賞的浮世繪。在這些豐富、鮮豔的文物映襯下，天皇和皇后顯得衰老。他們的恐懼和疲憊，這一夜對他們的折磨，都清晰可見。

「布林克先生，」天皇說。他的嗓音宏亮，但並非沒有情緒。他和妻子經歷了可怕的磨難，顯然受到驚嚇。「你剛才的演出非常精彩。」

布林克注視日本天皇，不確定該怎麼跟他說話？鞠躬？把目光移開？他決定把他當作尋常的初識者對待。他伸出手，直視他的眼睛，並且說，「多謝誇獎。」

天皇和布林克握手，朝一張休閒椅點點頭，請他坐下。「我們的比賽大概超出了你的預期。」

「我知道很難，」他坐下時說。「但我同意，結尾的煙火有點出乎意料。」

「我們知道會有攻擊行動，」天皇說。「我們早有準備。我們**沒**料到的是你會摧毀盒子裡的東西。我們完全沒想到會有這個轉折。」

「我也沒想到，」布林克說。「我完全沒想到龍盒會交代我這麼做。」

「**交代**你這麼做？」天皇說。「怎麼交代的？」

布林克連忙望向緊盯著他看的櫻。她點頭鼓勵他，然後他說，「龍盒裡沒有最終解答。這個謎題有七十二個步驟。除非解謎師完全通過七十二個步驟，否則不會找到解答。我通過三十六個，也就是一半的步驟。解答不可能裝在我打開的盒子裡。」

「那你在最後的隔間裡找到的玻璃管，」天皇說。「裡面裝了紙卷的？」

「是用來掩人耳目的，」布林克說。「百分之百的誤導。」

「可是你怎麼知道？」天皇問道。

「銅迷宮的側面刻了一句話，一連串的凸點。」

「點字，」櫻說，興奮得睜大眼睛。「當然——小川是盲人，他讀的是點字。」

「我知道那些凸點是某種點字，但一開始無法解讀。我原本以為一定是日語點字，但這樣說不通，因為日語的**點字**是一八九〇年發展出來的。英語點字出現在一八六〇年，比這個盒子早了八年，但不可能在明治維新以前傳過來。小川唯一可能認識的一套功能完整的點字，是路易·布萊爾發明的原始法語系統，法國在一八五四年正式採用。」他轉身面向天皇。「你知道那時候日本有人說法語嗎？」

「多少是有的，」皇后說。「幕府將軍和天皇先後接受法國的外交官，在長崎停靠的許多船隻也是法國的。小川絕對有可能學會並使用法語點字。」

「確實如此，」布林克說。他拿出筆記本和他的畢克四色原子筆，把他發現的訊息寫出來。

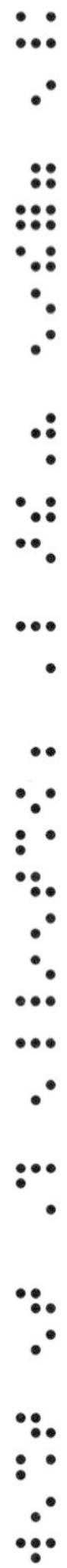

「這些是我在銅圓盤邊緣破解的凸點，」他說。

「是什麼意思？」櫻低頭看著他的筆記本問。

「*Le génie dans la Bouteille va te tuer,*」布林克說。「是法語。英語的意思是瓶中精靈會要你的命。玻璃管是陷阱，用來阻止你找到真正的解答，而且非常危險。我猜裡面也裝了保護龍盒外層的蟾毒素，只是有足足一管。這東西只要一滴，就能毒死整個村莊。它要摧毀的根本不是紙卷，而是**我**，解謎師，或是任何不戴手套摸它的人。」

「恐怕被你說對了，」皇后說，把目光轉向櫻。「櫻ちゃん，很遺憾。我們剛剛得到消息。」

「明美？」櫻說，聲音裡有一絲懼怕。

皇后的聲音很小，悲痛不已。「她想拿出紙卷，然後……」

布林克望向櫻。她的表情很痛苦，他知道她雖然可能放棄了家族的意識形態，但一定很在乎她阿姨。

「很遺憾，」布林克說。「要是她沒有摸就好了。這正是小川想要的結果。他在解謎過程中開了一條岔路。玻璃管是一個方向，是一種誤導。而這個」——布林克伸手到口袋裡，掏出一塊拇指大小的乳白色磁磚，放在手掌上給大家看——「是另一個方向。」

「那是什麼？」天皇問道，招手叫布林克拿近一點。

「在盒子最後的空腔裡找到的，」布林克說，把磁磚拿給天皇。「在玻璃管下面，嵌在木頭的縫隙裡。」

「什麼時候？」櫻問。「我從頭到尾都盯著你，而我沒有看見。」

「那是因為我用了聲東擊西之計，」他說。「我知道人人都會盯著管子，只要用誇張的手法轉移大家的注意力，就不會有人注意盒子。我用右手打破管子時，就用左手抽出磁磚，迅速放進口袋。」

「聰明。」皇后說。

天皇把磁磚拿到燈光下。許多年過去，半吋厚的磁磚已經發黃。「這是鯨魚骨，」他說。「我們有這種材質的中國麻將。」

「磁磚上的戳印是什麼？」皇后端詳磁磚的表面問道。其中一面的鯨魚骨刻了漢字「神器」和數字「一」。另外一面是圓形的圖像，一片包在同心圓裡的葉子。

「我原本希望你們會知道，」布林克說。「我從來沒看過這種東西。」

「是**家紋**，」天皇回答。「家族徽章。」

「在歐洲，」皇后說，「只有貴族有家族徽章，但日本幾乎每個家族都有。」

天皇指向玻璃箱下面一份手稿的菊花象徵裝飾。「那是我的家族徽章。假如我沒記錯，那塊磁磚上的徽章是**小川**的。」

布林克激動不已。小川是聰明人——聰明到創造出龍盒之外的第二個謎題。他設計了全世界最複雜的機械謎題，然而即便如此，他還覺得不夠安全，於是把謎題拆成兩部分。

「這塊磁磚是一個線索，是小川精心設計的其中一個步驟，」布林克研究徽章的圖像說。「它告訴我們謎題的下半部在盒子**外面**。而小川指點我們要怎麼找。」

「但小川的家紋怎麼指點我們？」皇后問道。

「我猜小川是指引我們去他的地盤，」布林克說。「他居住和工作的地方，盒子製作的地方。」

「箱根，」櫻說。「他一輩子都住在那裡。他的家族是箱根人。他的工作坊也在那裡。」

「**家紋**說明了**地點**，」天皇說，把磁磚翻過來，露出刻了數字「一」和漢字「神器」的那一面。「而這個說明了**原因**。」

天皇頓了一下，似乎在琢磨該怎麼說，然後表示，「這塊磁磚證明了我的懷疑確有其事。」他用指尖劃過鯨魚骨。「這兩個字是神器，意思是**神聖的寶藏**。除了我的祖先明治天皇，任何人都無法理解它傳達的訊息。你可能知道，我的家族有三件無價之寶。有代表勇氣和美德的**天叢雲劍**。意味著仁慈的史前寶石，**八尺瓊勾玉**。還有代表智慧的**八咫鏡**。天照大御神親自傳下這些神器，代表我們家族的權力和合法統治。它們是日本最神聖和古老的文物。這一點眾所周知，但外界不知道的是其中一件寶物不見了。**八尺瓊勾玉**在十九世紀失蹤。我們相信是我的祖先明治天皇拿走這件神器，鎖在龍機關盒裡。」

布林克看了櫻一眼，猜想她是否知道此事。她的表情極為震驚。

天皇接著說，「這三件王權標識雖然對大和家族意義重大，在明治眼中，**八尺瓊勾玉**似乎特別重要。我們不知道原因何在，而且經過一代又一代，這個問題已經成了大和家族最令人好奇的謎團之一。我確定在龍盒的謎題破解之前，我們永遠不會知道**八尺瓊勾玉**究竟出了什麼事。所以**你**務必要破解謎題。不能被別人捷足先登。」

天皇站起來，結束這段談話。但布林克心裡有個問題必須馬上得到回答。「在出發之前，」他說。「我的狗，康南德魯，被槍聲嚇壞，跑掉了。牠現在沒有人陪。我離開之前，必須先確定牠平安無事。」

皇后站起來，到丈夫身邊。「我會確保康南德魯的安全，」皇后說。「就算要我出去找牠也在所不惜。」

第三十二章

櫻帶布林克走回地下通道，順著霓虹燈照明的混凝土走廊回到起點，然後分成兩條叉路，讓他們往反方向走。他們一直跑到一扇門那裡，門後面是地下車庫。四輛勞斯萊斯，全是相同的暗紅色調，一輛跑車，兩輛廂型車和一輛破舊的小型本田汽車並肩停泊。

櫻把本田的方塊車解鎖。「是本田K系列，或是輕型自動車，」她說，看著布林克把副駕駛座推到底，設法擠上車。「可能有點擠。」

即便把座椅往後推，他還是得拱起膝蓋才能坐進去。「抱歉，」櫻說，迅速鑽進駕駛座，扣上安全帶。「我從來沒想到會因為這樣的理由用這部車。」把車倒出停車位，駛向車庫大門時，她說，「皇后剛嫁入皇室時，談好了幾個條件。其中之一可以自由外出，從事皇室成員通常被禁止的正常活動——例如逛書店，或是逛街。這輛車很適合那些外出活動。」

「這是皇后的車？」他很震驚地問。他以為皇后的車會比較優雅。他想到黛安娜王妃，經常有人把日本皇后和她相提並論。無論在任何情況下，他懷疑黛安娜會開本田輕型自動車。

「皇后必須非常小心，」櫻說。「她只能祕密外出，而且從頭到腳喬裝打扮。開這輛車，絕對不會被認出來。從某些方面來說，這是最完美的掩飾。」

櫻在儀表板的衛星定位系統輸入某種指令，先按下一個按鈕，調整暖氣，然後按下另一個按鈕，打開電子車庫門，讓他們開進一條黑暗的地道。他們很快啟程前往位於東京西南方五十哩的箱根町。現在是晚上六點十六分，根據衛星定位系統的預測，他們會在八點前抵達。

他們來到擁擠的東京街頭，霓虹燈一閃一閃的。他眨眨眼，分不清東南西北。解題非常耗神，弄得他現在心亂如麻。他飢腸轆轆，口乾舌燥，在背包裡掏了一會兒，拿出一瓶水，打開瓶蓋，咕嚕咕嚕地喝下去。

櫻對這裡很熟。她開得很快，從匝道上了高速公路。在南下途中，窗外的風景變了。擁擠的混凝土玻璃帷幕大樓越來越少，換成平坦的鐵路軌道和彎彎曲曲的公路，以山脊為背景，一個個郊區城鎮點綴著遼闊的鄉村景致。升起的月亮照出藍灰色的光，大地彷彿蒙上灰塵。

櫻顯然非常煩惱。她很緊張，眼睛直勾勾地盯著公路，扣著方向盤的關節發白。他感覺得出她在一面開車，一面苦思。

「沒事吧？」他終於問道。

「我想弄清楚天皇對**八尺瓊勾玉**的描述，」她終於回答。「要是明治真的藏起了勾玉，此事的影響非同小可。」

「誰也不確定藏的是不是勾玉，」布林克說。「天皇是說他**相信**明治藏的是勾玉。」

「天皇一說是勾玉，我就知道他是對的。」櫻加速前進，超過了前面的豐田汽車，然後切回右側車道。「我在藏寶室提過，小時候家母教過我八位日本女天皇的歷史。她這麼做是有原因的。」

布林克看著櫻，急著想瞭解她知道些什麼。

「派系存在了幾百年。在歷史上，他們曾經被稱為煉金術士——是約翰．迪伊的追隨者，醉心於新伯拉圖主義者的著作。但幾百年來，他們有過很多名稱。不管叫什麼，這些人都握有莫大的權力，在王室、貴族和——在這些家族因為所謂的民主程序失勢以後——豪門的人脈深厚。從古至今，派系只有一個任務，找到一組密鑰或密碼，解開極為寶貴的資訊。」

世界上最珍貴的物質。「什麼樣的資訊？」

「不是用谷歌搜索的那種。」車子裡突然熱得令人難耐。布林克把窗戶打開一絲縫隙，櫻撥弄一個按鈕，把暖氣調低。「我父母和派系全體成員相信，一個古代文明的某些成員，曾經共同擁有一套統一的知識，可以回答人類存在之謎。」

「你說得像是一間大型圖書館之類的。」

櫻看了布林克一眼，露出微笑。「事實上，以前是有人這麼描述。你聽過阿卡西圖書館嗎？」

有一次布林克和瑞秋討論她的研究時，聽她提過阿卡西圖書館，是一間包羅萬象的古代資訊貯藏庫。他當時沒怎麼注意，但現在懊悔不已。「是一套奧祕學說，對吧？」

「有點類似吧。據說是一套浩如煙海、亙古不變、超越人類文明的普遍知識，可以說是伯拉圖式的知識理想。有人甚至稱其為**神聖**知識，但派系的許多成員都是無神論者，不相信任何形式的超自然力量或神祇。不過他們真心相信有人可以透過代代相傳的一連串密鑰，非常古老而強大的密鑰，取得這些資訊。這些密鑰一直被世界上最有勢力的家族——例如大和家族——藏起來、嚴加守護。這些世代相傳的權力結構一直主宰我們的世界，至今依然。兩年前在紐約，賽吉找你破解密碼時，你遇到了其中一個。賽吉極想得到那個密碼。你幫他破解了。如果真的有人知道這些密鑰的威力，那就是你。」

真相是：布林克極力不去想起他幫賽吉破解密碼這回事。這次解謎帶來的後果很嚴重。破解上帝謎題之後，這幾年他腦損傷的副作用變成一種酷刑。有時候他覺得自己快瘋了。現在特雷佛斯醫師一死，他大概**真的**會瘋。「說實話，我不喜歡想起這件事。」

「聽著，我知道這讓你很不好受，」櫻轉頭看著他說。「我才認識你……幾天吧，已經知道你受傷之後的日子有多難熬。但要是**八尺瓊勾玉**能改變這一點呢？萬一找到勾玉能幫你解脫呢？」

布林克閉上眼，排山倒海的情緒接踵而至。**解脫**。光是想到這一點，他就格外心動，垂涎到不敢想像，尤其是特雷佛斯醫師的死，已經令他陷入絕望。「你真的認為天皇說的勾玉能做到？」

「事實上，如果勾玉是其中一個古代密鑰，它的威力堪稱頂尖，」櫻說。「它屬於天照所有，後來傳給她的子孫，每一代都悉心保藏。每一代，意思是在明治自作主張，把勾玉和其他的王權標識分開，藏進龍盒以前。他打斷了從天照開始的保護鏈。現在我明白派系為什麼這麼看重龍盒的祕寶。我們必須物歸原主，還給天皇。」

櫻繼續開車，布林克凝視窗外，思索她剛才的每一句話。一切都發生得太快。不到兩天，他的整個世界就顛倒過來。他身在異國，捲入和世界最有名的家族有關的謎團中。當然，有人警告他要小心這場機關盒比賽，但他原本以為這只是兩股力量之間的博弈——謎題設計師和謎題破解師，小川高明的騙局和布林克破解的能力。他知道自己賭上了性命，也接受這個風險。但這是他個人的交易，只涉及他自己的命運。現在他明白牽涉的遠遠不止他的性命。

然而這場比賽，這個謎團——尤其是**小川**——深深吸引了布林克。他現在還會看到機關盒，看到它的花紋不斷重複，在他心裡形成一個循環，把他往裡面越拉越深。他忘不了機關盒拿在手裡的感覺、它的魅力、他通過陷阱或解開祕密時的興奮。從他觸摸龍盒的那一刻起，它就成了心裡一股遏制不住的力量。這個謎題的錯綜複雜、騙局、解答。危險。即使到了現在，他依然渴望。破解龍盒不是一種選擇，而是他無法忽視的強迫行為。只有解謎之後，他才能自由。為了破解謎題，他必須瞭解箱根的情況。

空氣中傳來一記爆破聲，打斷了他的思緒。布林克那邊的後照鏡爆裂。他轉頭看見一輛白色的多功能貨車從後面追來，和他們距離幾個車身。天色漆黑，他無法確定，但開車的人像是宮中三殿那個女人，櫻的姊姊，梅，而卡姆．普特尼——他尖釘狀的金髮很容易辨認——拿著槍，從車窗探出頭來。他們被跟蹤了。

「我原本希望不會發生這種事，」櫻說，加速前進。

「我們必須離開高速公路。」他確定鯨魚骨磁磚好好放在口袋裡。無論發生什麼事，他都不能讓他們拿走。「現在太容易被攻擊。」

「那裡，」櫻說。布林克看到前面的出口匝道：箱根收費道路。我們在峠路把他們甩掉。」

第三十三章

他們下了高速公路，開進一條狹窄的山路。布林克透過擋風玻璃，打量前方上坡的峠路，像一條厚絲帶，以之字形穿過翠綠的山岳。

櫻長嘆一聲，她的意思非常明白：**這條路很不好走**。但他們不得不走山路。在筆直、平坦的高速公路，他們就是活靶子。

「**加油**。」她低聲說，同時踩足油門。「坐穩了，朋友，開始了。」

布林克回頭一看，廂型車不見了。他們得盡量開快一點，免得梅和卡姆追上來。本田汽車加速時劈啪作響。這輛車不能開太快，當然也不適合開在這種路上。

「當初興建這條路，是為了繞過著名的東海道，那是往來京都和江戶的五大古道之一。」櫻說。「但過去幾十年，這條峠路的名氣比那條有名的古道還大。峠是日文，意思是埡口，可以翻越我國陡峭的高山地形。這些道路是日本工程學的傑作，把一層層路面像太妃軟糖一樣摺起來，形成狹窄、蜿蜒的通道。也許你在電玩遊戲裡開過峠路。」櫻說，輕鬆開過一個髮夾彎。

布林克少年時對頭文字D非常沉迷。他很喜歡這款電子遊戲，喜歡在曲折、危險的彎道上追逐跑車的感覺。他怎麼也沒想到，有一天他會坐在一輛真實的車子裡，在真實的峠路被追逐。而他坐的不是跑車，而是一輛老本田。

「我玩過頭文字D。」他說，在她飛快駛過另一個彎道時緊靠著儀表板。

「真的？」她很快看了他一眼，是欽佩還是嘲弄，他看不出來。「現在除了日本，知道的人不多了。YouTube很多賽車影片的拍攝靈感是來自這款遊戲，瘋狂的人開著藍寶堅尼和麥拉倫汽車，以一百哩的時速開過這些彎道。看得人心驚膽跳，但也很刺激。」

布林克聽見有一輛車跟上來，回頭一看，是那輛廂型車。櫻也看到了。「這下麻煩了。」前面的路曲折盤旋，崎嶇難行，兩側被護欄擋住。就算他們想掉頭，也動彈不得。只能往山上開了。

「坐穩了，」她說，眼睛一直盯著馬路。「這輛車不適合高速行駛。」

「我也一樣。」布林克緊挨著儀表板，在櫻減速、慢慢繞過一個彎道，然後加速駛向另一個彎道時，他感覺胃都跳到喉嚨裡了。

在噁心想吐的時候，布林克專心注視馬路的形狀、它優雅的結構、S彎道完美的數學特性。彎曲的埡口擴張、摺起，變成了三維元素。一條鮮紅色落在黑色上方，爆裂成一縷縷的紫、紫紅、深藍。看見幾何形狀的時候，他心裡常常爆發火花，但他通常是隔著一段距離觀看，用他的聯覺幫忙繪製模式或問題，現在卻置身於這團混亂中，失去控制。過去二十四小時，腎上腺素分泌過度，讓他疲憊不堪，頭腦使用過度。特雷佛斯曾說，這是他的大腦受到大量刺激時的保護反應，是一種解離，一種讓他的大腦處理多巴胺氾濫的健康方式。

他一轉頭，看到廂型車貼在他們旁邊，挨著駕駛座那一邊往前開。車子突然轉彎，切得很近——太近了。廂型車撞過來，車子響起砰的一聲，他們被逼到馬路邊。

櫻驚呼一聲，但牢牢握著方向盤，拼命擋住這股衝擊力，可是等廂型車再撞過來，布林克知道勢不可擋：他們要翻車了。

本田汽車離開馬路，衝向護欄，墜下山坡時，他感覺車子激烈滾動。他們駛進樹林，滑下山坡，撞到一棵紅檜才停下來。

布林克轉頭看櫻。她把頭埋在臂彎裡，緊貼著方向盤，是一種驚恐下的保護動作。他們沒有翻車——車子的箱型錫車身應該會像鋁罐頭那樣被壓癟——算是個小奇蹟。是櫻穩健的駕駛技術和冷靜的頭腦救了他們的命。

當她抬起頭，兩人目光交會，他沒想到她還笑得出來。「真他媽的過癮。」她說，同時解開安全帶，扳開車門。

「車上那個男的？」布林克說，鑽出汽車，踩進雪地。

「卡姆．普特尼。」

「你認識他？」

「他以前是賽吉的手下，」她說。「現在一定也是，否則不會知道有這場比賽，或是你人在這裡，不會把我們逼出馬路，也不會跟我姊姊在一起。」

布林克很討厭卡姆．普特尼。他是在上帝之謎那段瘋狂的日子，認識賽吉的時候遇見他的。這個男人綁架了康妮，還差點殺了一個女人。他知道這一次他不會對這個男人更有好感。

「如果要證明有人追蹤我們，現在有證據了，」布林克說。他從口袋抽出手機，關掉，然後看著櫻解下蘋果手錶，按下切斷電源的小按鍵，然後收進工裝外套的內袋。

「從現在開始，我們必須徹底離網，」櫻說。「走吧。」她往前走。「那兩個人想必在後面不遠的地方。」

他們連忙下山，鑽進濃密漆黑的森林，避開樹枝、跳過小溪、不停地往前跑。大樹是碩大的巨人，居高臨下、威風凜凜。白雪覆蓋大地，使崎嶇的卵石表面結霜，累積在頭頂高聳的樹枝上。他呼出的氣息凍成了不規則碎片。他一邊顫抖，一邊把外套拉緊。現在手機關了，他聯繫不上瑞秋、古普塔、聯繫不上任何求助管道。他被困在世界盡頭一片詭異、無盡的森林裡。

過了十五分鐘左右，櫻在一棵巨樹附近停下來喘息，樹幹足足是她的四倍寬。他們一路奔跑，但布林克完全沒流汗。他跑完了上一屆紐約市馬拉松，其實還有先前的三屆。他每天做體能訓練，是為了管理他起伏不定的大腦化學作用，參加長途比賽正好派上用場，但這種經驗還是第一次。

他坐在櫻對面一塊長滿青苔的卵石上，仰望天空。月亮在巨樹的上方徘徊，是一個完美的光盤。他深吸一口氣，是特雷佛斯醫師在冥想訓練時教他的呼吸方式。吸入森林濃郁、肥沃的氣味，積雪形成坐墊，感覺很舒服，令人安心。這幾個小時，他的心靈和身體都很緊繃。透過感官喚醒自己，可以讓他鬆口氣。

山間一條清澈的小溪在前方汩汩流動。布林克走到溪邊，雙手舀水，然後潑在臉上，溪水的冰冷令他皮膚刺痛。這時他發現四周靜默無聲。「我想他們沒有跟上來。」櫻也來到溪邊，在他旁邊彎下腰，洗手。「你說得沒錯。」

「你剛才車開得真好。」

她點點頭，笑著接受他的讚美。「我也玩頭文字D。」

她從口袋抽出一條手帕，把手擦乾，然後走進森林深處。布林克尾隨在後，看她撥開雜亂的蔓生植物，一溜煙跑到樹後面，顯然在尋找什麼，雖然他一頭霧水。

「啊，找到了，」她說，逕自往前走。布林克只看到蔓生的森林、紅檜和桑椹樹、表面結冰的岩石、從雪中突出的蕨類。「舊東海道，我就知道一定很近。我只在浮世繪上看過。但我知道在這附近。」

布林克走到櫻那裡，在林下植物裡看到長滿青苔的粗鑿石塊形成的魚鱗紋——一條延伸到森林裡的舊馬路。

「這是一條古道，是京都和江戶之間往來幾百年的道路。原本是一條泥路，但德川幕府下令鋪上石板，當時是一件耗費鉅資和大量勞力的工程傑作。這條路一舉成名，而且」——她踏上青苔覆蓋的石板，走了起來——「創造了直接通往箱根的路線。」

第三十四章

他們沿著石板路前行，直到走出森林，看到山腳下被月光照亮的城鎮。麥可・布林克看到房舍隱匿在群樹的裂隙中，更遠處的富士山在湖邊傲然聳立，一個積雪的大型圓錐體，倒影在銀色的湖面徘徊。景色美得令人驚嘆。雄偉壯麗。他不記得這輩子還看過更美的風景。

「富士山，」櫻走到他身邊說。「可以連續看上幾小時，看出一百種不同的模樣。」

布林克指著山下的村莊，一簇簇的建築和房舍。「那一定是箱根了。」

「沒錯，」櫻說。「小川的工作坊可能在箱根的任何地方。即便我們找的真的是他的工作坊。」

「不然那塊磁磚還能表示什麼？」

她聳聳肩。「小川是箱根人，最早的機關盒是箱根的產物。但不能保證下一個線索就在那裡。儘管如此，這個賭注的贏面很大。明治可能也知道箱根。這個地方對皇室別具意義，特別是在明治維新的時代。他們在蘆之湖畔有一幢美麗的別墅，是皇室的避暑地點，戰後捐給了縣政府。現在是公共公園和博物館。」她瞥了他一眼，他開始看出眼神背後的涵意——談論戰爭令她心痛。有些經驗會被時間磨滅，有些經驗會被時間凝結，永久保存下來。她轉眼回望絕美的風景、高山和湖泊、月光照亮的天空。」

「嗯，磁磚刻上小川的**家紋**是有原因的，」布林克說。他從口袋取出鯨魚骨磁磚。「我們只需要查出原因是什麼。」

櫻拿起磁磚研究。「要把原因弄清楚，我想唯一的辦法是下去看看。」

「運氣好的話，他的工作坊還在，」布林克不願意去想，萬一他們在箱根一無所獲會怎麼樣。走到這一步，卻發現小川的工作坊不復存在，龍盒的謎題就破解不下去了。「不過小川已經死去多年。希望工作坊沒有被賣掉或拆毀。」

「我們不是一個流動社會。在日本，祖宅世世代代繼承下去。家族祭壇在那裡；童年回憶在那裡。我們不會棄之不顧。做不到。」她一臉哀戚地看著他，然後下山往村子裡走。「走吧，去看小川給我們留了什麼新招數。」

他們到了以後，感覺這裡是個鬼鎮。門窗緊閉，店鋪關門。街上一個人也沒有。「箱根夏天很熱鬧，」櫻說，兩人路過一個無人的公車站和一張美術館的招牌。「觀光是主要產業。山上到處是**溫泉**，提供硫磺水的浴場，讓旅客在山上清新的空氣裡放鬆。不難想像小川在這裡，還有明治天皇。他童年的夏天應該是在箱根度過——甚至可能是小時候來箱根度假，才開始認識機關盒這種東西。」

最後，他們看到一棟掛著燈箱招牌的傳統房屋。

「這是一家**旅館**，」櫻說。「你餓不餓？我們可以休息一會兒，打聽小川的工作坊在哪裡。」

「最好能吃點東西。」布林克說。他很久沒有進食，現在發現自己餓得要命。

櫻帶頭踏上一條兩側掛滿燈籠的狹窄小徑，進入旅館。門口有一個小玄關，一名女子把他們帶到用榻榻米和椅墊布置的傳統餐廳。布林克彎腰坐在矮桌前，笨拙地盤起雙腿，肌肉發熱。他的身體缺乏彈性，也不知道這樣坐著，多久會開始兩腿發麻。櫻打開一瓶啤酒，倒了兩杯。布林克一口喝下，徹底明白他這趟從紐約開始的旅程，已經成了一連串無止盡的挫折和挑戰。他揉揉太陽穴，閉上眼睛。經歷了這一切，啤酒的味道真好。

一名女服務生來了，櫻點了兩人要吃的食物，然後轉向布林克，目光重重地落在他身上。從她的眼神，他感覺他們的關係又加重了。一種同謀關係。過去幾天的壓力醞釀出某種純粹的的情誼——一種布林克極少感受到的坦白和誠實。見過天皇和皇后，再加上峠路上的遭遇，他準備信任她。現在該把事情一五一十地告訴櫻了。

「你向我坦白了你和賽吉的關係，所以我也必須告訴你一件事，」布林克說。「在我人生近將近一半的時間裡，都是由一個叫史考特．特雷佛斯的人為我治療，他是全球數一數二的神經科學家，專攻學者腦功能，特別是我這種因為創傷性腦損傷而罹患學者症候群的人。特雷佛斯醫師和我的關係很好。我幾乎每天和他聯絡。他在研究一種實驗療法，可以調節導致這一切的化學成分……」他指指自己的腦袋，意指自己的天賦及其副作用。「你把邀請函送到我家的那天清晨，醫院發現特雷佛斯醫師死在他辦公室裡。」

如果他懷疑過櫻，她的表情就是最好的回答。她震驚、詫異、難過。「聽到這個消息，我很難過。你一定是在我走了以後才知道的吧？」

布林克點點頭。「但他去世以前，寄給我一封電子郵件。主旨欄是空白的，也沒有寫下任何內容。只有一個圖像。一朵菊花。和你拿給我的一模一樣。不知怎麼的，他知道你會來邀請我。」

「但他怎麼可能知道？你說那天早上我到你家之前，他就去世了。」

「沒錯。這表示……」

「他不知怎麼知道了我會找你，」櫻說。「又不知從那裡知道我要送什麼給你。」

「對，」布林克說，研究櫻的表情，尋找任何一絲她對他有所隱瞞的跡象。但櫻一副大惑不解的表情。「可以這麼說。」

「但他**不可能**知道，麥可。除了天皇、皇后和我阿姨明美，沒有任何人知道我來找你。那個謎題是我自己在飛機上設計的。」

「用你的筆記型電腦？」

「我是用謎題設計軟體設計的。我有一個慣用的模板。你幫《紐約時報》設計謎題，一定也是用這種模板。我設計好以後，手繪在摺紙上。」

「萬一有人在你設計的時候看到字謎呢？」

「當時飛機上只有我、機長、和一名空服員。」

「我指的不是飛機**上**的人，」布林克說。「我指的是你電腦**裡**的人。」

櫻瞪大眼睛。「你認為我被駭客入侵了？」

「我在比賽前去外面遛康妮的時候，聯絡到一個朋友，維威克·古普塔博士。他長年追蹤新科技，特別是人工智慧。他查過許多不同的網路，發現你阿姨明美最近和詹姆森·賽吉有聯繫。」

櫻看著布林克，等他進一步解釋。「你知道這是絕對不可能的，」她最後說。「詹姆森・賽吉已經死了。」

「我知道。我也是這麼說的。古普塔博士不認同。」

「你認為他是假死？」

「不可能。他自殺的時候我就在現場。我對他的死毫無疑問。可是照我朋友的說法，有證據證明賽吉……**很活躍**。有數位行為模式——訊息、銀行轉帳、以他的私人金鑰在區塊鏈和別人互動、我朋友攔截到賽吉的視訊通訊。在線上，在數位宇宙裡，他非常活躍。」

「我不知道你在說什麼，」櫻說。「賽吉設定了一個程式，在死後模擬他自己？我是說，聽起來像是他會做的事。我很瞭解他，他對長壽和科技非常痴迷。他投入幾億美元研究超人類主義、人工智慧、區塊鏈科技、量子運算和其他每一種可能超越實體世界的存在方式。但他**真的**死了。我出席了他的葬禮。」

「匪夷所思，但我認為他的計畫的確實現了：他設計了一種數位生存方式。」他們餐桌附近的櫃臺上有一支蘋果手機，他看了一眼。「如果賽吉創造了數位版的自己，就有能力滲透線上空間，利用網路來監視、監聽和收集資訊。他可以對個人進行孤立和攻擊。」

「就像你，」櫻說，壓低了聲音，彷彿突然意識到賽吉可能在監聽。

「就像**我們**。」布林克朝那支手機點點頭。「他可能入侵了本田汽車的衛星定位系統，把資料饋送給梅和卡姆。他現在可能正在監聽我們。」

櫻深吸一口氣，態度嚴肅起來。「你必須知道一件事，」她說。「我和特雷佛斯醫師的死沒有任何關係。而且雖然我很難理解賽吉有什麼辦法追蹤我們，但既然在峠路遭遇追擊，我認為應該假定確有此事。」

布林克同意她的話。他站起來，走到櫃臺邊，抓起手機，拿到餐廳另一頭的洗手間，放在洗手槽邊緣。他們走了以後，女服務生自然會找到。

布林克回到餐桌時，女服務生正好在上菜。他餓死了。

「我把本地美食都點來嚐嚐，」櫻說。「有些是我聽過的。例如這個……」她指著一個裝滿黑雞蛋的瓷碗。「但從來沒吃過。」

布林克好奇地打量黑雞蛋。「那些是？」

「黑蛋。用大涌谷山的地熱水煮熟的雞蛋。因為礦物質而變成黑色。」

她用筷子夾起一個雞蛋——布林克很欣賞這種靈巧的技藝——放在他的盤子裡。

「傳說這種黑蛋，」櫻說，夾一個到自己盤子裡，然後輕巧地敲破蛋殼，「吃一個能多活七年。」

「你相信這種事？」以他現在面臨的困境，增加七年的壽命也不錯。

「對，當然信。」她眨眨眼，給他一個心照不宣的眼神。「我建議你吃兩個。」

櫻低下頭。「我開動了。」布林克敲開黑蛋殼，吃下雞蛋，味道既濃烈又複雜，略帶泥土味，好吃。

「這是另一道特產，」她說，這時女服務生端來漆器托盤。他的碗裡有三塊炸魚。「這個叫西太公魚。油炸的淡水香魚。好吃，而且營養豐富，相信你一定喜歡，麥可。」

她說得對。食物很受歡迎。布林克餓了。菜餚的分量比他平常吃的少，所以他很高興看到一道又一道小巧、精緻的菜餚從廚房送出來。牛蒡魚板、鰻魚握壽司、一盤生魚片和其他幾樣他唸不出名字的菜——蔬菜、魚和肉，餐點的數量之多，等服務生端上那盤叫饅頭的蒸豆沙包時，他已經飽了。

櫻把帶位的女人叫來，稱讚食物的美味，然後開始打聽當地的傳統和景點。憑布林克的日語程度，聽得出這是哄騙御所衛兵的那套說詞。她帶一位外國權貴參觀日本的名勝。櫻的肢體語言變了，談話間充斥著布林克沒有看過的手勢，這種日系表達方式和她的美系表達方式共同存在。他定睛凝視、不發一語、專心傾聽，聊了大約五分鐘以後，櫻終於說到重點。

「我在報章雜誌看過，這裡有一門著名的工藝，」櫻說。「一種木盒子的遊戲？」

女服務生談起了機巧機關盒，解釋說有一家博物館離旅館不遠，收藏了很多有名的機關盒。

「可能我的旅遊指南有記載，我不確定，」櫻說。「但這裡不是有一個很出名的機關盒設計師嗎？一個叫小川龍一的人。」

女服務生知道小川是何許人也，也認為他確實是那一帶的名人。看他們這麼有興趣，她顯然很高興，便領著兩人步出餐廳，說經過公車站，沿著湖邊走，出了小鎮就是博物館所在地。

櫻得意洋洋地看了布林克一眼。「箱根是個小地方，她對小川的生平事蹟一清二楚。大約三十年前，箱根第一大謎題師的工作坊改建成機巧機關盒博物館。」

布林克很快從口袋拿出鯨魚骨磁磚，從家紋圖像翻到背面漢字——**神器**。「但願我們有足夠的運氣把這個弄清楚。」

第三十五章

布林克和櫻沿著湖邊的馬路走出小鎮，經過一排排紅檜，樹冠高到他看不見，樹幹和他們拋棄在林子裡的本田K系列汽車一樣粗。枝幹被白雪覆蓋，冰塊的晶體黏著纖細的枝條。涼爽、純淨的高山空氣在他的肺臟叮鈴作響。他和櫻在大樹前駐足，嗅著辣樹脂獨特的氣味，樹幹比兩人並肩站在一起還寬。漆黑的森林和白雪對照，構成的模式讓他的心平靜下來。

「這些是古代的日本柳樹，」她說。「有些已經四百多年了。日本有很多關於樹的傳說，說是有神明住在裡面。我爸媽應該都知道，也許還跟我說過幾個，但我已經忘了。」

看到一面指向山丘的博物館招牌，他們開始爬山，走了一段路以後，布林克看到一幢現代建築物，門外升起一面旗幟：機巧博物館。現在將近九點鐘，博物館關門了。然而裡面的燈還亮著。「可能還有人，」他說，敲了敲玻璃。

裡面的架子上擺滿機關盒，幾百個盒子疊在層架上，各種尺寸和顏色一應俱全。他又敲了敲，沒有人應門。

「我不懂，」布林克說，透過玻璃門，窺視門後用鹵素燈的柔光照明的空間。「這棟房子絕不可能是小川的工作坊——這頂多只蓋了三十年。」

「你說得對，」櫻說。「要是小川留下了什麼，也不會在這裡。」

就在這時，一個年輕人走上前來，解鎖，開門。看他的年紀約莫二十五歲，又高又瘦，頂著蓬亂的日本流行樂髮型，戴著圓框的約翰藍濃眼鏡。他穿著博物館的藍色T恤，配戴的名牌用日文和羅馬拼音字母寫著石井廣志。

「很抱歉，」廣志說，先後向櫻和布林克鞠躬。「但博物館打烊了。」

櫻正要開口，廣志突然睜大眼睛，認出眼前的人是何方神聖。「你是麥可．布林克，對吧？」他改用英語說。「**獨一無二的**麥可．布林克。我一直希望你有一天來參觀博物館，但好像是痴人說夢。」他掏出手機，打開《紐約時報》遊戲應用程式。「我剛剛破解了你今天早上的新謎題。真的是你嗎？」

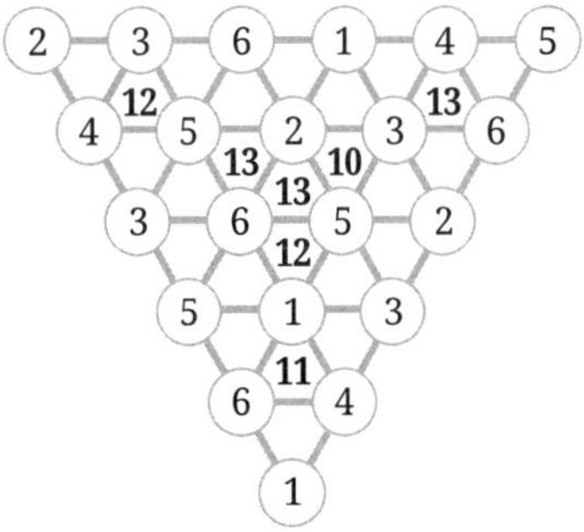

這種情況出現得越來越頻繁。麥可·布林克走進酒吧或咖啡館，會有人拿著他的週六填字遊戲走過來。他們會請他在報紙簽名，或追問他某個線索是怎麼想出來的。話一說完就開始自拍，照片不到十分鐘就出現在社群媒體上。自從布林克一篇炫耀康南德魯獨門絕活兒的貼文在網路瘋傳以後，市場就冒出一款印了這隻臘腸狗的T恤。布林克在《紐約時報》的同業布倫丹·埃米特·奎格利買了一件送給他。T恤上有康妮的照片，和「解不開的難題（康南德魯）」這幾個字。

布林克和廣志握手。「謝謝你的熱情歡迎，」他說。「我們對博物館極有興趣，要是你有空，我們很想參觀。」

「哇，麥可·布林克，」廣志說，彷彿要確認眼前這個人真的是布林克。「我上個月有關注阿姆斯特丹那場精彩的勝利。背出圓周率小數點後面的十一萬七千位數。恭喜！」

廣志說的是布林克背誦圓周率小數點後數字的金氏世界紀錄。他在累死人的十小時裡，背誦出小數點後面的十一萬七千九百八十九位數，打破了印度天才拉吉維爾·米納二〇一五年的紀錄。這是一場記憶力的馬拉松比賽，全部在一排評審和一群觀眾面前演出。十小時的比賽被全程上傳到YouTube，達到近四百萬的點閱率。背誦這麼多數字，雖然布林克內心的經歷很有戲劇性——他把小數點後面的每個位數都看成一幅圖像、一種字元，每個字元都是一篇史詩敘事的一部分——他無法想像廣志竟然覺得看一個人從嘴裡吐出一連串無盡的數字是有趣的事。

「我一直想知道你是怎麼辦到的，」廣志說，眼鏡後面的雙眼格外明亮。「看你的樣子好像在神遊太虛。究竟是怎麼回事？」

布林克永遠不知道如何回應這種問題。這就像要一個人解釋自己是怎麼呼吸的。答案是：本能。什麼都不用想，吸入，呼出，一次一口氣。問麥可．布林克他**如何**破解謎題，或他的大腦**為何**有這種能力，等於叫一個人解釋他的心臟為何跳動，又如何讓心臟保持規律的節奏。

廣志用仰慕的眼神看著他，他也看了這個年輕人一眼，他深深感謝老天賜給他這些能力——讓崇拜者高興，是最深刻、最有滿足感的回報。「那麼，廣志，你看圓周率比賽是為了好玩嗎？」

「**是啊**，」他說，笑得咧開了嘴。「我永遠沒有你這種本事，但我學的是機械謎題。我破解機關盒，當然，還有魔術方塊和魯班鎖。數字謎題也很有趣，但我不是很擅長。而且我自己也在背圓周率小數點後面的位數。當然，我比你差遠了。你是我的偶像。請進來。」

廣志帶他們進入博物館，前後左右全是機關盒。

「機關盒原本非常簡單，專門用來裝些小東西，例如縫衣針、鑰匙，甚至是戀人之間的密語。盒子可以放在掌心，有一個中空的空間，一、兩個步驟就能打開。長久下來，機關盒極受歡迎，工匠也更加創新。盒子變得更大、更精密，被稱為機關箱和提箱。這些是複雜的聯鎖系統，像一種保險箱。日本的有錢人家用來收藏珠寶、金錢和重要文件。武士一直對保密和安全有很深的執念，就用箱根機關盒來傳送敏感書信。事實上，這是一種早期的保險箱。」

廣志帶他們參觀博物館，雖然沒有時間，布林克覺得他們必須耐心聆聽。說不定廣志的知識能幫他們瞭解小川。

「直到十九世紀晚期，機關盒才演變成現在這種技巧遊戲，」他繼續說。「全靠箱根地區的工匠把這門地方工藝發展成民族藝術。經年累月下來，機關盒變得更加複雜，全球各地有許多人收藏。來，跟我來，」他說，把他們帶到後面的一個房間。

「我們在禮品店賣的機關盒就在這裡製作。」廣志拿了一個盒子，在手裡翻轉。盒子把幾十種木頭色拼在一起，形成複雜而美麗的花紋。「賣得很好，每年夏天都銷售一空，觀光客愛不釋手。」

布林克四下張望，有點不耐煩。在一間當代的機關盒博物館，他們能找到什麼？櫻似乎也這麼想。她拿起一個深棕色、星星花紋的機關盒，在手裡翻來轉去，彷彿在尋找線索。

「**寄木細工**是把每一種木材鋸成鉛筆大小的垂直木桿，有時最多要十五枝細木桿，根據每個不同的顏色排出一種花紋。把木桿黏在一起，壓成一個堅固、毫無縫隙的木塊。然後用一把扁平的大剃刀，從木塊頂部刨下一張薄片。把這張纖薄如紙、花紋精美的木片黏在機關盒表面，賦予它華麗、充滿光澤的外衣。那個機關盒」——他指著櫻手裡的盒子——「就是用**寄木細工**製作的。」

櫻似乎沒留意他的話。她推開一塊木片，然後再推一塊，盒子很快就打開了。她放下盒子，看著布林克，一臉的不悅。他們沒時間和廣志閒聊。他能感覺到她的不安，和她想直接切入主題的迫切。梅和卡姆隨時可能現身。然而他不想催促廣志，有時候欲速則不達。

「真是獲益匪淺，」布林克說。「因為我們正在找一樣很特別的東西，需要你的專業協助。」

「我很樂意幫忙。」

「我們是來打聽小川龍一的事，」櫻說。

「啊，謎題大師，」廣志說。「正是小川老師的想法，徹底改變了機關盒的性質。他用嚴密而又詭譎的方式製作機關，把原本愚蠢傻氣的機械遊戲提升到藝術的境界。他的很多機關盒就是在這棟房子裡做的。」

「這是小川龍一的房子？」櫻問道，現在她興致勃勃，目光炯炯。

「對，這個空間是他的工作坊。他過世以後，**機巧**協會買下小川老師的房產。小川老師無妻無子，因此他的所有物連同房產一起出售。工作坊被拆除，改建成博物館和禮品店。不過住家依然保持他生前的原貌。」

「他住在？」櫻用興奮的嗓音問道。

他把兩人帶到窗口，指著博物館後面一座樹木繁茂的山丘，在黑暗中幾乎看不見。「在山上的森林裡。」

這時布林克看到了：工作坊桌上有一塊木頭，刻著小川的家族徽章，家紋。「等一下，」他走到桌前說。「這是什麼象徵圖案？」

「小川老師的簽名，」廣志說。「那塊木頭是從小川老師家拿來的。在他家裡隨處可見——刻在門上、窗框上、到處都是。」

「你能帶我們去嗎？」布林克問。

廣志聳聳肩——**當然，有何不可**——然後走出門口。櫻用勝利的眼神看著布林克：他們找到了小川的**家紋**。他們找對了。布林克只希望能靠它找到明治的寶藏。

第三十六章

麥可．布林克跟著廣志走出博物館。滿月的明亮光線照出一條結冰的石砌小徑。不到幾分鐘，一行人站在一棟傳統的日本山房前方。小屋深深隱藏在紅檜樹冠底下，好像幾十年沒曬過太陽。結冰的青苔從灑滿白雪的石階梯露出來，屋簷腐朽，窗戶積了一層滑滑的污垢。

可是當布林克看到刻在前門的小川徽章，也就是刻在鯨魚骨磁磚上的象徵圖案時，便不再留意房屋本身。他查看山房的時候，發現到處都是**家紋**——刻在門框、過梁，甚至是窗臺上。小川留下了線索，引導他們找出謎題的下一個步驟。他們只要照做就好。

廣志拿出一串貼了標籤的鑰匙——顯然是博物館的總鑰匙串——打開門鎖。然後聽到一陣蜂鳴聲，是那種獨特的手機通知聲。廣志從口袋拿出最新款的蘋果手機，查看簡訊，然後匆匆塞回口袋。櫻很快看了布林克一眼。**他們怎麼會這麼笨？**忘了請廣志停用手機。

「廣志さん，」櫻說。「我知道這樣有點奇怪，但能不能請你把手機給我一下？」

廣志一頭霧水，但還是從口袋拿出手機，交給櫻。她把手機關了，還給廣志，他不明所以地看著他們兩個。

「對不起，我知道很古怪，但有人在監視我們，」布林克說，一開口就發現自己是一副被害妄想症的口吻。

「**監視？**」廣志驚訝地說。「誰在監視你們？」

「就像麥可說的，聽起來很古怪。但我們必須萬分小心，相信我。我們受到危險人物的威脅。他設計劫持連結網路的科技產品——監視攝影機、手機、衛星、無人機——用來監視我們。」

「類似瘋狂崇拜者？」廣志問，顯然很難理解誰會對麥可．布林克著迷到不惜這麼費盡心力。

「沒錯，」櫻說。「是一個超級崇拜者。而且絕不能讓他發現我們在這裡。」

「好吧，」廣志說，仍然疑惑不解，難以盡信。「山上沒有網際網路或攝影機，如果這樣你們會比較放心的話。」

「會，」櫻說。「放心多了。」

廣志把手機放回口袋，帶他們走進漆黑的山房。他開了一盞燈，讓房間充滿幽暗的燈光。

「這裡本來會腐爛倒塌，」廣志說，「不過**機巧**協會的成員承擔起維護的責任。小川具有重大的文化意義，是民族瑰寶，我們盡心盡力保存這棟房子。不過所費不貲，最近一直在討論要把它納入博物館。我們可以重建小川最有挑戰性和趣味的幾個謎題，讓大家嘗試破解。」

好，對，布林克想，記起了小川的斷頭臺。**砍斷手指是一個巨大賣點**。

廣志把他們帶進一個深邃的空間，裡面塞得快爆出來的，顯然是小川畢生的作品——用木蘭和紅檜木製作的機關盒、黑胡桃木盒、擺在桌子和架子上、疊在地板上的成百上千個謎題。每個盒子的花紋都不一樣——圓圈、六邊形和三角形，無一不在吸引布林克的注意。這棟山房子既危險又瘋狂，像是以扭曲的方式表現出布林克最恐怖的惡夢：把支撐和折磨他的元素無窮複製，以無盡的心靈刺激把他團團包圍。如果沒有特殊目的，他一定會坐下來，把它們一一拆解，純粹只為了開啟機關盒的樂趣。現在他必須弄清楚小川為什麼把他們引來這裡。他必須知道從哪裡下手。每個盒子都是潛在的陷阱。他怎麼可能知道哪一個會讓他找到解答？

顯然櫻的想法和他一樣。她穿過這個空間，停在一塊木棋盤面前，用手指劃過表面，揚起一道灰塵。「這些都**是**什麼？」

「小川老師一輩子在這棟山房裡獨居，」廣志說，彷彿這樣就能解釋面前堆積如山的東西。「然後**機巧**協會把他的作品從工作坊搬到這裡，成為他畢生創作的儲藏室，典藏他的執念。」

「不可思議，」布林克說，拿起一個機關盒，拭去灰塵。他指下出現了千變萬化的幾何圖形。他反射式地用手轉動盒子，摸索破解之道，不一會兒，盒子打開了。「這裡沒有陷阱。」

「先別急，」櫻說。「一定有陷阱。」

布林克想起在紐約的時候，兩人一起站在他的第一個機關盒前面，櫻說出的話：**機關盒這種東西，絕對不能看外表。它是幻覺大師，謎中之謎。千萬要保持警覺，一刻也不能鬆懈。**

布林克走到房間的另一頭。小川指示他來這裡，一定有原因，但原因為何？謎中之謎。下一個步驟就在這裡。龍盒不會撒謊。應該不會吧？

布林克從口袋掏出鯨魚骨磁磚，拿給廣志看。「我是在龍盒最後一個隔間裡找到的。」

廣志震驚得下巴都掉了。「**龍盒？**」

「麥可是受邀來開啟龍盒的。」櫻說。

廣志目瞪口呆。「所以那不只是傳說而已？龍盒真的存在？」

「確實存在，而且這就是解答，或至少是龍盒的最後一個線索。剩下的謎題尚待破解。」布林克把手裡的磁磚翻面，用拇指擦拭家紋。「它把我們帶來這裡，來他的工作坊。下一個步驟一**定**在這棟房子裡。」

「這裡起碼有上千個機械謎題，」廣志說。「要好幾個星期才能全部破解。而且……」廣志從布林克手裡取過鯨魚骨，仔細研究。「這種材料和小川老師製作機關盒的材料完全不同。他用的是木頭，而且只用附近森林裡的木頭。這塊磁磚很不尋常——我不確定是小川老師做的。」

「龍盒的一切都不尋常。」櫻說。

「等等……」廣志思索了一會兒。「有一樣東西或許和這塊磁磚對得上。」

廣志從一條狹窄的通道穿過雜亂無章的機關盒，把他們帶到山房的另一頭。他打開一扇障子拉門，走進一個狹長的空間。廣志開了燈，布林克發現房間裡全都是書架、紙張，甚至還有更多謎題。不過這一切都在眼前消失，因為布林克看到房間正中央有一張很大的圓形單腳桌。簡單地說，這張桌子非常氣派。桌面是一個很大的圓盤，直徑約莫三呎，鑲嵌著錯綜複雜的幾何形狀，形成了和荷蘭畫家艾雪相似的花紋。布林克呆站著，這種精緻、複雜的模式令他深深迷醉。這張桌子是大自然一個華麗的奇蹟——榫接的方式就像銀杏葉的網狀結構，或是水滴在顯微鏡下的細胞排列。這種複雜和美感令他難以抗拒。他的內心霎時充滿期待，狂飆的腎上腺素遍布全身。他準備破解這個謎題。

「我從來沒看過這種東西。」櫻說，仔細打量木頭複雜的鑲嵌圖案。

「誰也沒看過，」廣志說。「這是絕無僅有的設計。我們一直沒辦法測試，不過從木片的複雜排列看來，桌子的設計顯然是要創造各式各樣的模式，類似萬花筒，解答就在這些模式裡。桌子是在小川死後發現的。馬上成為公認的傑作，是他最美的謎題之一，或許也是他最不尋常的作品。」

顯然他沒見過龍盒，布林克心想。

「你們看，桌子外緣有六個抽屜，」廣志說。他拉拉一個抽屜的把手，抽屜鎖得很緊。

「排列出正確模式，抽屜就會打開。」

布林克聽過這種包含祕密隔間的書桌，設計得錯綜複雜，像是具有功能的大型機關盒。但他從來沒看過如此精妙或如此迷人的設計。他到處尋找從何下手的線索。**祕訣是知道從哪裡著手**。「有人打開過嗎？」

廣志搖搖頭。「不可能，」他說，指著桌子中央的一條縫隙，完全符合鯨魚骨磁磚的尺寸和形狀。「沒鑰匙。」

布林克恍然大悟。小川製作的這張萬花筒桌，正是龍之謎的下一個步驟。磁磚是開啟桌子的鑰匙。**這就對了。他們找到下一步在哪裡**。他們離發現明治的寶藏只有一步之遙，僅此一步。

布林克拿著磁磚，斜斜地對準縫隙。他猶豫片刻，仔細考慮此舉的後果。把磁磚插進去，他就進入這場遊戲的下一個階段，但也可能帶來意外喪命。龍盒已經教會他這一點。**不管了，賭一把**。但他正要把磁磚插入縫隙，廣志攔住了他。

「等等，」廣志說，他的聲音充滿憂傷。「你必須明白，這麼做可能危險至極。小川老師不是正常人。有人認為他的作品淘氣、卑鄙，甚至有虐待狂。誰也不知道打開以後會怎麼樣。」

「你先前差點死在小川手裡。」櫻注視桌子，不敢掉以輕心。「萬一這個更危險呢？」

櫻和廣志說得有理。他通過前半段的謎題，但誰也不知道他能否平安通過後半段。然而，儘管危機四伏，他仍然渴望一試。桌面的模式錯綜複雜，點燃了布林克身體和靈魂深處的火花。這張桌子是一種溝通，是一個人跨越時間和另外一個人對話。他感覺胸口嗡嗡地響，尖銳而持續。他克制不住。現在的重點不再是明治的寶藏或贏得比賽，甚至不是查出特雷佛斯醫師是怎麼死的。現在是他個人的問題，他**必須**破解這個謎題。他在小川身上找到了對手，帶給他超乎想像的挑戰。想到自己對小川最後幾個步驟豎起白旗，他揪心不已。布林克把手放在桌上。「我和小川交過手，」布林克說。「我知道他的把戲。」

「那你就知道，」廣志說。「小川老師的用意不只是擊敗對手，還要殲滅對方。你冒的險不只是輸掉一次挑戰。小川老師戰無不勝。」

「我也一樣。」布林克說。他在桌邊彎下腰，把磁磚插進縫隙。比賽開始。

第三十七章

先是片刻的死寂，然後隨著內部機制解鎖，傳出很的大嘎吱一聲。布林克深吸一口氣，然後研究這張桌子。外緣出現了兩條凹槽。他把手腕放進去，施加壓力，桌子開始轉動。右手施壓，桌面就往右旋轉。換個方向施壓，桌子就向左轉。桌子是一張可旋轉的活動圓盤。每轉動一下，桌面的構圖就會變化、重組、構成不同的新花紋。

布林克看出其中的原理。「有一位美國機關盒設計師，卡根‧桑德，有類似的作品，只不過不是桌子，而是盒子。花紋盒。要打開盒子，解謎師必須拼出『鑰匙』花紋——鯡魚骨，或是相互連接的方塊或圓圈，或是任何設計到謎題裡的花紋。構圖極其複雜、製作手法高明、而且極難開啟。」

布林克開始琢磨這個圓盤，往右移動一、兩公釐，然後往左移，使木塊接連不斷地移動，同時移位、組合、重組。

「只要拼出正確的花紋，就能鬆開一個抽屜。」櫻繞著桌子，查看抽屜。「有六個抽屜。意思是……」

「你必須拼出六種花紋。」廣志說。

「寶藏一定在其中一個抽屜裡，」櫻說，仔細查看桌子。「一定是的。」

「但願如此。」布林克說，但他無力思考後果。那一刻，他全神貫注地盯著桌面，觀察木塊複雜的拼接方式。上百萬種花紋依序從他腦子裡閃過。**到底怎樣找出正確的花紋？**以桌子複雜的程度，似乎有無限的可能。

他不可能靠猜測解謎，必須走進對手心裡，必須融入小川的生活——他幾乎一無所知的十九世紀的日本。他必須想像小川的想像。他必須像小川撫摸這張桌子一樣撫摸它，聆聽它的指示，遵從它帶領的方向，並且在它抗拒時立刻放手。他必須使出渾身解數，運用自己每一個技巧，揣摩小川龍一殘酷無情、絕頂聰明的頭腦。

布林克吸了口氣，重新把手腕放進凹槽，然後慢慢把桌子往右壓。他突然希望自己還留著在宮中三殿比賽用的皮手套。觀察桌面的同心圓、放射狀線條、複雜的花紋，他感覺有一股神經能量在胸口顫動。他別無選擇，只能徒手進行。

他小心翼翼、試探性地移動圓盤。桌下的機制——轉輪和鉸鏈、彈簧和接頭——做出反應，傳出一連串令人滿意的咔噠聲。他把桌子往左壓，一次，兩次。然後再往右壓。形狀像萬花筒一樣變化，箱根硬木的各種顏色拼湊出複雜的花紋。咔噠，咔噠，咔噠。可能的花紋實在太多。他該怎麼選？

等他低下一看，只見桌上出現一排層層疊疊的三角形。行了。他在小川的機關盒也看過這種花紋，一系列成排的三角形，宛如魚鱗，在他心頭閃現。花紋很漂亮、完美對稱，是一種幾何學的奇蹟。他轉動圓盤，在桌面拼出花紋。有個抽屜啪一聲開了。布林克不禁興高采烈——**成功了**。

廣志一臉驚奇地看著他。「好眼力，」他說，走到桌邊審視花紋。「這是小川一再重複使用的花紋，叫**鱗片**。這是**和柄**，傳統紡織品常用的日式花紋。即使到了今天，和柄仍然意味著某些美好的特質——例如，堅強、吉祥和繁華。小川老師熱愛傳統日本藝術，這種花紋應該對他很有意義。」

櫻伸手到抽屜裡，拿出一把木柄雕刻刀。「很簡單。」她說。

「太簡單了，」布林克說。他充滿戒心，看到小川留給他們一塊磁磚，只證明其中另有蹊蹺。整件事會不會是一場突襲？抽屜裡會不會有陷阱？他想起龍盒第四個步驟的氣溶膠毒素。

「我們必須小心，」他看著櫻的眼睛說。「小川永遠有更大的策略，我們也得比照辦理。」

「嗯，如果小川用**和柄**作為桌子的鑰匙，我們就走運了，」廣志說。「**和柄**花紋的數量有限，可以把破解的方法大幅縮減。我知道這些花紋，可以幫你一一嘗試。」

布林克轉動圓盤。在廣志和櫻的指引下，他試了幾個**和柄**花紋，直到偶然發現下一個鑰匙：一個同心圓的畫面。桌面的花紋變得清晰，每個木塊咔噠一聲就位，另一個抽屜打開了。

「成功了，」廣志說。「第二個鑰匙。」

「這個花紋叫**青海波**，」櫻說。「圓圈代表無盡的波浪。」

檢查抽屜時，櫻的臉色一沉。「是空的，」她失望地說。「我不懂。」

「這正是他的用意——把我們弄糊塗，」布林克說。他轉動桌子，看著木塊像萬花筒的碎片一樣咔噠咔噠地滑動、旋轉，然後對齊，最後出現六邊形相互連接的花紋，打開下一個抽屜。

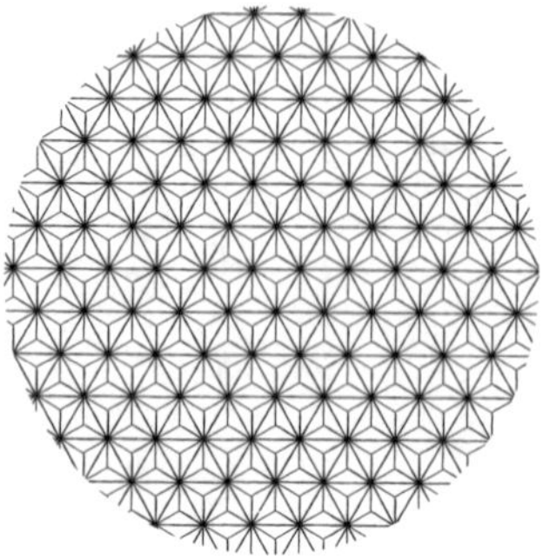

「**麻葉**。」廣志說。「這種花紋代表大麻的葉子，是兒童和服上的花紋。」

「可是這個，」櫻說，把手伸進抽屜，拿出一個精美的黑色手裡劍，刀刃閃閃發光，「顯然不是給兒童用的。」

接下來的花紋是另一種互相連接的六邊形，也就是玳瑁，廣志稱為**龜殼**。

抽屜裡有一個小皮袋。布林克一眼就認出來——和他在龍盒理發現的一模一樣，那個皮袋裝了氣溶膠毒素。「小心，」他對櫻說。「我上次看到這種皮袋，是會要命的。」

「我記得，」她說，但她沒有把袋子放在旁邊，反而解開繫繩，打開皮袋，發現三個裝滿紅色液體的玻璃安瓿和一個老式玻璃注射器。

「我相信這是阿片酊，」廣志說，上前查看安瓿。「十九世紀在歐洲廣泛使用的一種鴉片劑，日本向西方開放以後也買得到。知道的人不多，但小川過世前飽受疼痛之苦。他止痛的方法很多，但根據當時的記載，這是他最喜歡的方式。」

下一個出現的花紋是棋盤，稱為**市松**。一個抽屜開了，櫻取出一卷用紅線繫好的發黃絲綢。她放在刀子和那袋阿片酊袋旁邊。

每一種模式都出現在桌面，龜殼、菱形和圓盤，宛如漣漪，此起彼伏，然後像沙漏裡的沙子，消失無蹤，讓位給下一個模式。當布林克拼出正確的花紋，就有一個抽屜打開。他已經開了五個抽屜，還剩一個。

可是他轉動桌子的時候，轉輪嘎嘎作響，卡死了。他往順時鐘方向推，推不動。他往反方向推，**沒反應**。**行不通**。桌子讓他吃了閉門羹。

遇到障礙並不稀奇——機械謎題本質上就是拋出一個又一個挑戰。這一點龍盒已經說明得夠清楚了。但接下來發生的事是他作夢也想不到的。

一系列內部彈簧戛然斷裂，兩條金屬從布林克左、右手兩邊的縫隙迸出。他還來不及反應，手腕就被固定在桌上。

櫻倒吸一口氣。等衝到他身邊，和他一起檢查發黑的金屬帶時，他顯然已被牢牢銬住。手銬的金屬是生鏽的白銀，厚實而堅固。他的手被鎖得很緊，銬在小川的桌子上。

製作機關盒就像發明魔術——最重要的是幻象。成功之道在於善用幻象，而非戳破幻象。

但這不是幻象。布林克感覺冰冷的金屬扎進手腕上方，擠壓他的骨骼。布林克用手腕頂著手銬，感覺桌子往上升。他內心某種原始的力量開始反抗。他要在自己無法動彈以前，把這個東西拆開。

「住手，麥可，別動，」櫻說，語氣極為迫切。「反抗只會弄巧成拙。」

他低頭一看，發現她是對的。銀帶綁得更緊了，阻斷血液流通。他的手指開始刺痛。

「不會有事的，」櫻說。「別慌。放輕鬆，不要反抗就好。你比小川聰明。前五個花紋你都找到了，再找到最後一個就行了。只要找到正確的花紋，你一定能脫困。」

他雙手被綑綁，很難操縱桌子，但他必須盡力一試。他把左手腕扣進凹槽，然後桌子有了動靜，讓他鬆了一口氣。但手銬使他無法活動自如，動作笨拙而遲鈍，不但無法把圓盤滑出他心目中的花紋，反而笨手笨腳，拼出一個難看、歪傾斜的花紋。

因為這個失誤，桌子的縫隙射出一把很長的金屬刀片。鋒利的刀片架在布林克右手邊的一個轉輪上，對準他的小指。

櫻倒抽一口氣。「我們必須鋸斷這雙手銬。」

廣志彎下腰，把刀片看清楚一點。「那個東西要很大的力氣才能弄斷。」他轉頭對布林克說，「一旦出錯，你會失去小指。這樣已經夠慘了。但更慘的是你照樣無法掙脫。我猜要等你拼出正確的花紋，手銬才會鬆開。如果是這樣，刀片會在你做出每個動作時，一次又一次割傷你，每次再切斷一根手指。一旦失血過多，你會暈厥，而我們也幫不上忙，因為——」

「在謎題解開以前，我會一直被桌子銬著。」布林克驚覺自己的處境多麼悽慘。他知道有可能遭遇酷刑，但萬萬沒想到小川是這麼殘暴的虐待狂。他再也沒有犯錯的空間。他必須找出正確的解答，否則無法脫困。這是名副其實的死亡陷阱。

櫻先看看桌子，再看看布林克，嚇得瞪大眼睛。「你只有一次機會，猜錯就完了。」

布林克閉上眼睛，疼痛迅速從他的手腕傳到雙手和手指。他很想踹自己一腳。明知道有陷阱等著他，明知道小川不會讓他安然無恙地連闖幾關。他中了小川的計，被他鎖住。現在破解謎題，不只是為了解開龍盒之謎，而是要救自己一命。他必須找對下一個花紋，而且只有一次機會。

第三十八章

麥可．布林克打量桌子，覺得頭暈目眩。他測量刀片邊緣和他皮膚的距離。最多一公分，迴旋空間不多。他視線邊緣變得模糊，雙手在金屬手銬下顫抖，淋漓的汗水把衣服浸濕，黏在身上。他的呼吸短促而急迫。他的恐慌症好幾年沒犯了，但現在眼看就要發作。

製作桌子的技術和龍盒同樣高超，它的優雅和美是一個狡猾的詭計。乍看之下很安全、簡單，甚至直觀。等你做完幾個步驟，才猛然發現殘酷的真相：你被困在殘暴的陷阱裡。

櫻看出他的思路，轉頭對廣志說，「小川的工作坊有沒有能用來擋住刀片的東西？」

廣志細看布林克的手和刀片。「我們可以在你的手指和刀片中間夾一塊金屬板，」廣志最後說。「萬一出錯，刀片會扎進金屬板，也許甚至把轉輪弄斷。但如果桌子和小川其他的謎題一樣，當內部機制脫軌，會摧毀裡面的整個活動網絡。無論最後一個抽屜放了什麼，也會毀滅。」

「那等於棄權，」布林克說，盯著他右手邊的刀片。它在幽暗的燈光下閃爍，等著他出錯，鋒利而冰冷。「到時比賽就結束了。」

「你根本辦不到，」櫻說，熱淚盈框，從兩頰流下。她很快擦去淚水，發生這種事，他感覺得出她非常揪心。雖然她隱瞞了明美和梅的真實身分，他知道自己原諒她是對的。她是個忠誠的朋友。「我們破壞這張桌子，一分為二。劈開它，我不在乎。沒有別的辦法了。」

「我去博物館工作坊拿鋸子。」廣志說，向大門走去。

「等等，」布林克說。他被牢牢鎖住，一個謎題銬住了他，要施以酷刑，如果破解不了，或許還會要他的命。彷彿他的惡夢已經具像化，他最大的恐懼成形了。「相信我，我知道該怎麼辦。」

在發生意外，導致腦損傷以後，那幾個星期布林克很想死。他原本是一個正常的十七歲男孩，頭腦極其普通，現在他體內多了一個人。有一次，他試圖向瑞秋描述這種情況，他說就像把一個陌生人硬塞到他的意識裡，和恐怖電影的角色被魔鬼附身一樣痛苦和可怕。

後來，他很想挽著那個孩子的手臂，把他這些年來的心得告訴他：模式的存在一定有原因，他不該恐慌，反而應該讓模式展現出來，而且努力之後一定會豁然開朗。他只要對這個過程有信心就好。

這是瑞秋教他的。她相信他的腦損傷開發的能力，不只是掌握模式、背誦圓周率，和從事艱深的高等數學運算。**你不只是要猴戲的猴子**，她曾說。**你可以看出宇宙的結構**。

他知道她是對的，在承受極大壓力，站在生死邊緣的時候，這種感覺最為強烈。他唯一的希望是放棄掌控權，讓他的天賦主宰一切。

他閉上眼睛，讓畫面浮現。源源不絕的資訊從他的意識裡閃過，大多是各種模式，但也有他從未見過，無法解釋的東西——巨石和金字塔、地下墓穴、墳墓、刻寫板，上面刻著他不認得的圖案。數以百計的字母和數字快速閃過他的大腦。古代遺物。來自別處的訊息。

他深吸一口氣。櫻和廣志定睛凝視；他能感覺他們屏住了呼吸。

小川的萬花筒桌是死亡陷阱，但布林克有一個優勢。過去二十四小時裡，他漸漸瞭解創造這張桌子的人在想什麼。對廣志和櫻來說，小川是一個令人費解的瘋子。但布林克有機會近距離觀察這個人的心靈。他的天才、他的虐待狂、他的幽默、他的慾望、他的恐懼——全都刻印在龍盒裡。布林克瞭解他的敵人，這是他掌握的優勢。他知道小川要的是什麼，他把小川的謎題破解到最後階段，他的目的不是要他的命，不是對他施以酷刑，而是讓他和自己平起平坐。小川要賜給麥可．布林克他最貴重的財產：**破解之道**。

布林克看到一朵花，花瓣環繞中心的漩渦綻放，漩渦先往一個方向盤旋上升，然後往反方向盤旋。這個花紋把他帶到日本，也會放他自由。

他把桌子往右轉，咔噠，再往右轉，咔噠，第三次往右轉，咔噠。他把桌子往左轉兩次，然後再往右轉，咔噠。花紋就位鎖定，最後一個抽屜打開了。

手銬彈開。麥可．布林克自由了。

但等他睜開眼睛，才發現桌上出現的不是菊花。而是更複雜的花紋，幾百個菱形從中心的漩渦向外輻射。

「一朵向日葵。」櫻在桌邊傾身說道。

布林克知道向日葵的形狀對神聖幾何學很重要。向日葵種子創造了費波那契數列，螺旋結構的旋臂向右邊和左邊彎曲，三十四枝順時鐘旋轉，二十一枝逆時鐘旋轉。這個花紋一定和櫻說的密鑰有關，但布林克想不出是什麼關連。他必須知道派系的更多資料，他必須瞭解他們的目的，為什麼需要那些密鑰，賽吉又為什麼非得到不可。

櫻打開最後一個抽屜，抽出一個傳統機關盒。盒子非常小巧輕盈，她可以平放在手掌上。

他的心跳加速。**就是這個**。這個傳統機關盒和他在山下的機巧博物館看過的差不多，小川把天皇的神器鎖在裡面。

布林克把櫻手裡的盒子拿過來，三、兩下就打開了。

可是等他掀開最上面的鑲板，卻低頭凝視，不敢置信。**盒子是空的**。一切都凝固了。他喘不過氣。這**怎麼可能？**他們破解了小川拋出的每個挑戰，服從他的所有要求，所為何來？實在令人抓狂。布林克原本就知道任務艱鉅難，可是小川的詭計把他逼到了前所未有的極限。每次他以為自己有了進展，就被推回原點。他想捶牆壁，踹東西，不管做什麼都好，只求得到一個具體的結果。他陷入徹底的挫敗和憤怒，把盒子往地上一摔。撞擊的力道使盒頂掠過地面。盒底迸裂，六塊磁磚散落開來。

一瞬間，氣氛緊繃，三人呆若木雞。最後，櫻把磁磚一一拾起，擺在萬花筒桌的桌面。布林克把刻有小川徽章的磁磚排在旁邊。總共有七塊磁磚，大小完全相同，一律以鯨魚骨製作，一面是數字，另外一面是漢字和平假名。顯然這些磁磚是一套的，可以拼寫出一個訊息。

「看這裡，」櫻說，把目光從磁磚移開，查看機關盒頂部的鑲板。她在幽暗的燈光下舉起鑲板，照出表面很深的刮痕。「頂層的塗漆底下有東西。」

「那不是塗漆，」廣志說。「盒子的表面是**寄木細工**，就像我在博物館給你們看的那種很薄的木片。這是最上面的一層，可以撕下來。」

布林克拿起櫻手裡的盒子，想看清楚一點。沒錯，表面下有東西，只能從刮痕看出來。小川留給他們一句話。

「看來我們找到下一個步驟了，」櫻說，一副得意洋洋的語氣。「只要刮下來就好。」

「其實……」廣志指著嵌在桌子裡，剛才差點割掉布林克手指的刀片。「那個刀片就是切木材的工具。」

布林克提起桌子裡的刀片，從轉輪上拆下來。刀子有一個扁平的木柄，像刮冰器的握把，同時刀刃鋒利無比。他撫摸刀片時，忍不住用手指擦過刀刃。但小川對這把刀片還有一個用意：揭露底下隱藏的祕密訊息。

布林克握緊刀子，迅速一揮，把刀刃插進機關盒，把**寄木細工刮下來**。他刮下表面時，感覺胃部翻攪。**下一個步驟一定在這裡。沒有其他解釋了**。

「下面有東西，」廣志說，布林克刮下最後幾條鑲嵌木片時，他細看盒子。「看起來像是……」

「某種地圖。」櫻說，拿走布林克手裡的鑲板，放在桌上。

確實，木頭表面刻了一張地圖，用一枚鑰匙標示方向。地圖的一邊是一系列同心圓，另外一邊是一個長方形，左上角有一個三角形。但引起他注意的是兩朵小菊花。他本能地覺得這兩個點很重要，或許在地圖上標明地點。地圖底部用紅墨水的印章蓋了兩個漢字：西京。

布林克認出這兩個字。「西京？」

「這張地圖一定是十九世紀印的，」櫻說。「遷都到東京以後的一小段時間，京都稱為**西京**。東京的舊稱，江戶，是**東部京城**的意思。

布林克研究地圖，端詳布局複雜的網格。這就是解答。他們找到了下一個步驟。

「那就決定了，」布林克說。「我們去京都。」

第三十九章

詹姆森．賽吉剛自殺的那段時間，卡姆．普特尼整天待在奇點科技的辦公室。員工都走了，辦公室空蕩蕩的，大樓本身被掛牌出售，儘管在疫情後的曼哈頓，中城的辦公大樓不太好賣。公司只剩兩個員工，卡姆和梅。而賽吉的葬禮結束後，梅返回東京，留下卡姆負責拆解賽吉的帝國。

卡姆每天都進辦公室，一個人在賽吉玻璃桌面的辦公桌工作。四下空無一人，陰森森的。他記得那間辦公室以前多麼忙碌、多麼有活力、每個人都很有目標。現在想起在這裡工作的那些年，就像在老房子遇見鬼一樣。幾百萬分鐘的共同生活和日常工作——幾百人花了幾百個小時，一起建功立業——像回音似地反射回來。每個人都走了。他生命中的一個時代消失了。

大多時候，卡姆會登入賽吉的電腦，查看賽吉的訊息。卡姆收到詳細的指示，交代會議和交易、銀行轉帳、新帳戶的密碼，有了這些源源不絕的資訊，卡姆才能讓賽吉的數位世界繼續運轉。這就是他現在的工作。把東西搬來搬去。幫忙舉行虛擬會議。**當身體消逝，隨身保鏢的工作有了全新的意義。**

有一天下午，卡姆正在賽吉的個人數位儲存庫裡翻查資料夾——有安全協定和加密，是個固若金湯的空間——發現了一樣東西，令他非常困惑。這個資料夾存的都是掃描的照片，十幾張看起來很舊的黑白照片。他一張一張點開，看到了像是考古挖掘的場景，有人從地面的一個洞把東西拉上來，擦去石板上的灰塵。有古怪的象徵和符號的圖像。還有一張密碼的繪圖，他們兩年前用它順藤摸瓜找到了麥可．布林克。有一個逗點形狀的石頭，一個舊金工手鐲，還有很多他看不懂寫了什麼的書。賽吉喜歡藝術，收集了數不清的古物，但卡姆不知道這些是什麼照片。**這些是什麼東西？**為什麼把這些照片存在他最安全、最私密的檔案裡？

他打視訊電話給梅，把自己的發現拿給她看。

「那些東西，」她說看完照片後說，「是這一切背後的原因。」

這一切背後的原因？他沒聽懂。「**什麼**背後的原因？」

「賽吉所做的一切——創立奇點科技、雇用你和我、他對麥可．布林克的興趣，他舉槍自盡——都是因為這些文物。」

卡姆不禁愕然。「這些到底是什麼？古蹟。」

梅看他的眼神，彷彿他是個大傻瓜。「顯然非常古老，對。」她一肚子火，但也很欣慰終於能暢所欲言，彷彿她一直在等機會對他傾吐。「你一定認得這個密碼。就是麥可．布林克解開的密鑰。」

卡姆**的確**認得這個密碼，也知道它賦予賽吉的力量。

「其他文物也有類似的力量，」梅說。「幾千年前，它們屬於同一部經典。為了妥善保護，把經典分散，交給世界各地受信任的守護者收藏。這些文物經常被稱為密鑰，我認為這些不是開鎖的鑰匙，而是鋼琴的琴鍵。每個琴鍵都有一個音調，各有自己獨特的美。但只要一起彈奏，就會創造出天籟，普世的音樂，一種從古代以後便不為人知的音樂。祕訣是找出這些文物，然後解鎖。」

第四十章

廣志帶他們穿過一條狹窄的走廊，打開一扇障子拉門，躲進房間，然後打開另一組通到戶外的拉門。他們經過石砌露臺上一座很深的木浴缸，積雪的紅檜，布林克的鞋子陷入雪中，把他的腳凍得直打哆嗦。

「翻過這個埡口以後，」廣志說，指著一條蜿蜒穿過森林的小徑，「就是公路，有一個公車站。坐到織田原站，然後搭乘希望號新幹線。這是最快的火車，可以直達京都。」

櫻向廣志鞠躬。「**非常感謝**。」

「謝謝你，廣志。」布林克伸出手說。

廣志和他握手，然後鞠躬。「我會永遠記住今晚。」他說。冷空氣讓他的眼鏡起霧，但布林克看出薄霧後面難過的表情。廣志轉身返回博物館時，布林克覺得自己無法推卸責任。這個人和他們破解龍之謎的探索八竿子打不著。他不計回報地伸出援手，卻可能遭受連累，不知道必須保護自己。卡姆和梅可能找到他，或者更有甚者——賽吉會潛入他的生活，進行報復。他們必須警告他。

「等等，」布林克攔下廣志說。「記得櫻剛才有人在監視我們嗎？她不是在開玩笑。」

「現在是二十一世紀，」廣志說，用奇怪的眼神看著布林克。「你認為我不知道科技公司在收集我的數據？」

「這不只是標準的監視而已，沒這麼簡單。可能嚴重干擾你的生活。」

廣志盯著他看。「類似盜用身分？」

「比那個更慘，」櫻說。「這個人有能力潛入並接管你的生活。他不只追蹤你——當然，他一定會這麼做——但既然你和我們有了互動，他可能設法入侵你的數位生活。他可以竊取你的銀行資料，你的個人書信，你的社群媒體帳號。一樣也不放過。想像你突然無法登入你的銀行帳戶和電子郵件。想像有人摧毀你在日本政府單位的身分資料。你的出生記錄、你的護照、你的國民身分字號，突然全都不見了。」

「你們說得像是一場戰爭。」他說。

「**是**一場戰爭。」布林克說，第一次發現這正是賽吉現在的狀態。一種新型的敵人，他的情報和無遠弗屆的數位影響力，足以殲滅任何阻礙他的人。「我們必須自我防衛。我們必須選邊站。」

「**你**站在哪一邊？」

布林克沒想到他會問這種問題。**他站在哪一邊，還需要懷疑嗎？**然後他赫然發現，廣志把布林克的能力當作一種畸變，一種畸形的天分，一種使他凌駕在全人類之上的超級智力，和賽吉差不多。但布林克和賽吉截然不同。雖然這些天賦讓他和廣志與櫻有所差異，但他的感受和他們一模一樣——同情與愛、憤怒與喜悅。他有嚴重的性格缺陷，大多時候讓感情戰勝了理智。無論能得到多大的能力，他永遠不會做出詹姆森．賽吉那種選擇。

「我站在**你**這邊，」布林克說，轉身疾步登上山徑。「始終如一。」

布林克和櫻在積雪的小徑走了差不多四分之一哩，終於到達公車站。布林克冷得瑟瑟發抖，直到搭上暖和的公車，才總算鬆弛下來。他們選了靠近車尾的座位。公車向前行駛，他們很快就在曲折的山路上順利爬升。偌大的公車坐滿了人，但靜默無聲。他望向窗外，瞥見高掛山頭的滿月。他看到遠處旅館和房屋一閃一閃的燈光，想像尖峰被白雪覆蓋的富士山，映照在蘆之湖上。他閉上眼睛，深吸一口氣，試著冷靜下來。他看到小川的地圖、象徵圖案和地點，忍不住想解密。他們的探索進入最後階段，他決心走到終點。

過了不到三十分鐘，司機用擴音器宣布織田原站到了。公車停在一個光鮮、現代的車站前面，三塊長方形的玻璃，表面是青綠色，在夜裡發光。他們下了公車，火速衝上戶外樓梯，進入車站大廳，一大片簡約風的白色金屬，沿著牆壁是一排排售票機。上方的螢幕顯示了幾個發光的綠色文字：東海道新幹線。下一班前往京都的火車是十點十八分。

「兩分鐘後出發，」櫻說，示意布林克跟著她衝到大廳的另一頭，下了電扶梯，抵達月臺。

他們趕到時，一班時髦的白色列車正好駛進車站。車門嗖地一聲開了，聽到預錄的女聲歡迎旅客搭乘。布林克尾隨櫻進入潔白無暇的列車，有一排排相同的灰色座椅。第一個車廂幾乎沒有人，但櫻沒有入座，快速穿過一個又一個車廂，到了第五個車廂在才找到適合的座位。布林克四下張望，車廂並非空無一人——車尾有兩名乘客——不過比其他車廂少。最重要的是：他沒有看見梅或卡姆。沒有人跟蹤他們。

然而，儘管和其他乘客相對隔離，櫻似乎愁容滿面。她坐下的時候，還回頭看了一眼，然後轉頭盯著車廂盡頭的車間門。

布林克迅速在她旁邊的位子坐下，全身上下都很緊張，駭人的小川陷阱化為他潛意識的隱憂。他們搭的是新幹線的京都直達車，高速行駛一小時又四十分鐘，中途不停站。要是梅和卡姆在這班列車上，他們無疑是甕中之鱉。

隨著火車加速，染色玻璃窗外的世界開始遠離。露天的月臺、販賣機明亮的燈光、車站本身，都消失了，他們很快就以高速前進。布林克看著窗外的風景忽隱忽現。混凝土公寓大廈、玻璃帷幕辦公大樓、宣傳電子裝置的廣告牌、寫著粉紅色漢字的霓虹燈招牌一閃一閃的。

新幹線很快達到最高運行速度。他以前在報上看過，東北新幹線的子彈列車每小時兩百哩的最高速度，已經把十幾億人次的旅客從日本的這一端輸送到另外一端。他突然很慶幸能脫離箱根酷寒的森林，搭乘全世界最快速、最高效的火車奔向南方。

既然上路了，布林克不禁好奇小川**為什麼**指示他們前往京都。**京都**。京都有什麼東西？他從外套口袋掏出小木板地圖，放在兩人中間的座位上。「在箱根沒什麼時間討論，」他說。「但你知不知道小川為什麼把京都地圖蝕刻在這個盒子的表面？」

櫻聳聳肩。「顯然這是下一個步驟。」

「但為什麼是京都？」布林克說。「小川是百分之百的隱士。照廣志的說法，這傢伙從來沒有離開箱根。他生在那裡，一個人住在那裡，最後死在那裡。他唯一一次遠行，如果石井廣志說的是真的，就是去東京的皇居把龍盒呈給明治。除此之外，他從來沒有離家。一個從來不到外地，甚至沒去過京都的人，為什麼會把那個城市的地圖刻在一塊木頭上，然後用一層費心製作的鑲嵌木片蓋起來。

櫻拿起木地圖，在手裡翻來轉去地研究。兩人足足有一分鐘靜默不語。最後她說，「因為這不是小川的地圖。」

她用一根手指劃過木板，藍色的指甲停在一朵菊花那裡。

「這也不是他的尋寶遊戲，**而是明治的**。京都對明治天皇的意義重大。他在京都生長，十五歲才遷到東京，接管德川幕府的江戶城。他的大和祖先有很多葬在京都，所以是他心目中的聖地。他可能是在明治維新前後那段動盪而恐怖的歲月，他還住在京都的時候，就開始計畫這件事。事實上，這整個尋寶遊戲——龍盒、萬花筒桌、鯨魚骨磁磚——是依照明治天皇的計畫，一步一步設計的。這些精妙的謎題固然出自小川之手，卻是為了達成天皇設想的目的。指引我們找出答案的人，非天皇莫屬。」

「這麼一來……」布林克說，看了地圖一眼。「現在我們要做的，是推測出地圖這兩個點對應的地方。」

「以及解開謎底的正確順序，」櫻說。「現在完成了幾個步驟？」

「我開啟龍盒，完成了三十六個步驟，打開萬花筒桌，又完成六個步驟或花紋。」

「也就是完成了四十二個步驟……」

「還剩三十步，」布林克說，從火車的窗戶向外凝視。在火車向暗夜飛奔時，他看到高掛天空的滿月。時間越來越少。找到明治寶藏的機會越來越小。在滿月西沉之前，他們只剩不到七小時來破解三十個難題。他們必須趕到京都，而全世界最快的火車還不夠快。

第四十一章

梅目睹著火車，一條光滑、乳白色的蛇，從車站滑出去。她查看手機。賽吉傳給她一個地點，指示他們前往小平原新幹線車站，但只有這句話。其他什麼也沒說。對東京的情況隻字不提。通常她會受到他的資訊轟炸。圖像、簡訊、片段的談話錄音、直播的視訊饋送、地理定位的位置——任何能丟給她的一點點資訊，他都會丟過來。現在：沒有隻字片語。難道這是一種懲罰？他們在東京失敗了，她失敗了，但他們重新振作起來，尾隨布林克和櫻到箱根，甚至比他們早一步趕到火車站。

他們不是完人，但賽吉也不是。他的數位影響力不容小覷，但事實證明並非無所不能，到處是不可預測的故障。賽吉和所有科技一樣，需要人力監督——編碼、升級、偵錯的例行養護。要不是梅和卡姆，他會在以太中無拘無束地四處遊走。她覺得很恐怖，但也給了她一種掌控感。他還沒進化到能自主的地步。她知道等賽吉不再需要他們，會變得多麼危險。對於超意識來說，人類完全派不上用場。

她再看一次手機。她最討厭等待，尤其她現在知道他們只有一次機會。她實在不該低估了櫻。這樣的錯誤她犯過不下百次。在道場的時候，櫻會裝出厭煩、疲倦或注意力渙散的樣子，讓梅以為勝負已定，櫻再做出奮力一擊。她會在你陷入沉思、半睡半醒、整理思緒的時候發動攻勢。她會讓你以為自己勝券在握，然後，就在你以為她必輸無疑時候，使出全部功力。

而且儘管梅很強勢，她妹妹受到的訓練也很精良，完全不比她差，在某些方面甚至更好。因為櫻小了五歲，她的功夫都是跟梅學的，而且必須更加努力，才能追上姊姊。她習慣居於劣勢。梅駕輕就熟的每一種技巧，她犯過的每一個錯誤，都讓櫻銘記在心。

目睹新幹線消失在暗夜中，梅才恍然醒悟，也許她早該把櫻視為威脅。低估對手，自命不凡，是不可原諒的錯誤。但櫻很清楚自己在做什麼。她化身為謎題師不可或缺的助手。梅記得她在比賽過程中怎麼幫忙布林克——塗藥膏、蒙眼睛、她抱著那隻狗的樣子。爸媽要是看到她和麥可．布林克一起站在打開的龍盒前面，一定會很驕傲。她用運用自己的頭腦，一步步靠近神器。

梅不由得粲然一笑。事實上，**她**感到驕傲。她疼愛妹妹，每天都在想她，仍然對她有一股深刻、非理性的保護慾，不表示她沒有同時把她視為危險的對手。因為，說到底，這不就是姊妹？你最危險的對手？

梅感覺手機震動，點開卡姆．普特尼傳來的簡訊。**在火車上**。她深吸一口氣。卡姆成功了。

第四十二章

麥可．布林克查看他們在小川的陷阱桌找到的東西。有一把木柄刀、一把有六個利尖的黑色手裡刀、裝了三個阿片酊安瓿的和一支玻璃注射器的皮袋、一小卷用紅線繫縛的絲綢。然後是六塊鯨魚骨磁磚，加上布林克從龍盒本身取出那一塊，總共有七塊磁磚。這些東西很重要——否則小川也不會留給他們——但重要在哪裡？

櫻低頭看著他們找到的東西。「感覺好像挖到了埃及墳墓之類的。」

他微微一笑。**確實**感覺像挖到了金礦，只是他想不通這些東西究竟和龍盒有什麼關係。

「一座裝滿小川私人寶藏的墳墓。」

櫻拿起一個裝了淡紅琥珀色液體的安瓿。「你是從阿片酊想到的？」

「還有刀子，」他拿起來，欣賞刀片的形狀和精雕細琢的刀柄，顯然是小川的手藝。

「這個自然不屬於小川所有，」櫻拉開繫縛那卷絲綢的紅線，展開一張紙條展開。「這和藤原佳子的枕冊子裡的和紙是一樣的。事實上，」她說，把紙條放在木地圖表面壓平。「我認為這是從枕冊子撕下的紙條。」

「我想你說得對。」布林克看著一連串的文字，發覺它們都是熟悉的錐形，某些地方的墨水很濃。「這是藤原佳子的毛筆字。」

「確實是她寫的，」櫻看著紙條說。

「寫了什麼？」

櫻抬起頭，和他對視。「**……女神仁慈的女兒。**」

布林克再靠過去，研究這張紙條，百思不解。「猜到是什麼意思嗎？」

櫻聳聳肩。「要是你還記得，藤原佳子的枕冊子那一頁，是在**保護**這兩個字後面被撕掉的。佳子究竟寫了什麼？」

布林克逐字回想。他抽出記事本和他最喜歡的畢克四色原子筆，寫出藤原佳子的原文：

天皇每天晚上都從夢境驚醒。我用冷布擦洗他發熱的額頭，為他斟茶、唱歌撫平他的心情，但他就是不睡。我很害怕。我無法理解這些可怕的夢。昨晚他對我說，他的祖先推古女天皇來托夢。她跪在他身邊，在他耳中低聲呢喃。這是警告，陛下說，是預感。推古女天皇拜託我保護……

布林克拿起他們發現的紙條，鋪在記事本上，和他寫下的字並列，把句子連起來：**推古女天皇拜託我保護……女神仁慈的女兒**。

布林克細看和紙。**女神仁慈的女兒？**他望向櫻，想起在藏寶室的時候，她對這段話的反應。「我們第一次看的時候，你在這段話裡看到很重要的東西。你說你母親跟你說過推古女天皇的故事。她是不是有什麼重要之處？可以解釋小川為什麼留給我們這卷紙條？」

櫻沉默片刻，仔細思索。「我對日本歷史的瞭解，無論如何也稱不上完整，但我母親和阿姨堅持要我學習日本重要女性的歷史，首先是日本歷史上最強大的女性神祇，天照，然後是她的皇室後裔：日本的八位女天皇。

櫻取過布林克的記事本和原子筆，按下綠色墨水，畫出一個兩吋長、一吋寬、像逗點一樣彎曲的東西。

「想到珠寶，通常會想到鑽石和藍寶石，歐洲王室用來裝飾皇冠的那種寶石。但**八尺瓊勾玉**不是那樣的珠寶。明治藏匿的勾玉別具一格——它之所以貴重，是因為來源神聖，是女神天照餽贈的神聖禮物，皇室正當性的重要象徵。但勾玉的神聖還有另一個原因。自古以來，勾玉已經成為日本女性力量的象徵。除了女神天照，也用來裝飾伊奘冉尊，創世與死亡女神的圖像。古代墓塚埋葬了許多配戴勾玉的女性領袖。勾玉的形狀和顏色——蝌蚪狀的曲形白玉——代表了陰性能量，是神道教傳統的基本元素，經常被比喻為種子或胚胎，可以迸發生命。我可以繼續往下說，但你明白我的意思。勾玉被公認為女性力量的象徵。」

「但女天皇示警時提到的不是勾玉本身，而是女神仁慈的女兒。」

「所以才會把明治嚇得魂飛魄散，尤其是在那個時代。」

櫻向火車的走道看了一眼，確認周圍沒有其他人。

「推古女天皇在示警中提到的仁慈的女兒，是天照的女性**後裔**，**守護**勾玉的皇室女性。我先前提過，推古女天皇是歷史上第一位日本女天皇。從古至今，大和家族又有七位女性和推古一樣當上了女天皇：皇極女天皇、持統女天皇、元明女天皇、元正女天皇、孝謙女天皇、明正女天皇、後櫻町女天皇。追查起來困難重重，因為這些女性生活在幾百年前，而且派系幾乎沒有保存書面紀錄，但我們知道這些女天皇的後裔獲知了普遍知識的古老祕密。八尺瓊勾玉是威力最大的密鑰之一，女天皇用它取得神聖資訊，把慈愛帶給人間。她們是勾玉的守護者，誓言要全力保護。明治應該知道這件事，他夢到推古女天皇，是一個清晰的訊息。」

「所以明治委託小川創造龍盒來保護勾玉？」

「正好相反，」櫻說。「明治的用意不是**保護**勾玉，而是讓皇室**失去**勾玉，尤其不能讓皇室的女性得到它。」

「我不懂。如果這是他家族的權力象徵，為什麼要藏起來？」

「為了保護他自己。」

櫻給渾圓的逗點狀勾玉畫上陰影，把紙張變成翡翠綠色，然後推開記事本，直視布林克的目光。

「勾玉既是神聖女性的象徵，也是派系覬覦的密鑰，對明治這種保守統治者極其危險。一八六八年，也是小川製作龍盒的那一年，天皇滿十六歲。輔弼大臣在幕後對他極力掣肘，但儘管如此，他應該很清楚派系的力量，特別是他的女性祖先的力量。一個這麼恐懼女性力量的男人，生下了四個女兒，只有一個兒子，說來實在諷刺，但不出所料，一八八九年，在龍盒製成的二十一年後，明治推出了禁止女性繼承的法律，本質上斬斷了從卑彌呼女王統治的公元三世紀延續下來的古老傳統。」

「所以推古女天皇想保護的仁慈的女兒，根本不是歷史上的女天皇，」布林克說，「而是未來的女天皇。」

「正是，」櫻說。「明治對女性繼承和女性統治者的感受，當然並不罕見。當時的日本和現在一樣，有強大的保守勢力，篤信唯一正當的王位繼承制是由皇室的男性代代世襲。」

布林克想起在藏寶室看到的女神天照浮世繪鮮豔的色彩，以及這位女性神祇在日本歷史上的核心地位。「他們認定那八位女天皇沒有正當性？」

「她們的正當性**無庸置疑**，那一整套論述也就無以為繼。即使是現在，保守派也辯稱這幾位女天皇只是系統的異常狀態，一種權宜措施。但這幾位女性的統治是正當且成功的。元正女天皇的王位甚至是她母親元明女天皇傳給她的。長久以來，各方勢力沆瀣一氣，想把這幾位女性的成就從歷史中抹去，帶頭的人就是明治。當推古女天皇托夢給他，要求他保護大和世家的女性成員時，他不敢掉以輕心。他知道正統的太陽女神之女可以用八尺瓊勾玉獲得力量——過去如此，未來也將如此。所他把勾玉藏在一個離奇、致命的盒子裡，任何人都打不開。他在日本制訂男子繼承法，確保女性無法繼承女天皇的頭銜。而且他成功了。後來再也沒有女性繼承菊花寶座。」

布林克瞥向窗外，思索櫻的每一句話。明治的動機變得清晰：他對勾玉的威力心知肚明。他不是在保護勾玉，而是企圖藏匿。如此一來，也難怪小川把機關盒設計得這麼殘酷。他無意讓任何人破解龍盒。小川奉命設計一個無法破解的謎題，不計一切代價保護裡面的祕寶。

「如果明治這麼害怕勾玉的威力，何不乾脆毀滅？」布林克最後問道。「可以把玉碾碎，就能直接除去這個威脅。」

櫻淺淺一笑。「因為勾玉堅不可摧，比明治更強大，比派系更有威力。他只能藏起來，就像我們只能把它找出來。」

第四十三章

「要破解龍之謎剩下的步驟，線索顯然在這幾塊磁磚上，」櫻說，用手指劃過地圖表面，停在木頭表面蝕刻的一朵菊花上。「但除非弄清楚這張地圖要帶我們去哪裡，否則無從得知怎麼把磁磚拼起來。」

「要是把小川的地圖和京都的當代地圖比對，也許能找出這些座標的位置。」

「好主意，**可惜**我們沒有京都的當代地圖。」

「一會兒就有了，」布林克把記事本攤開，拿起原子筆，畫起了速寫。他慢慢畫出市中心的地標——二條城護城河的雙重正方形、鴨川和鴨川與高野川的匯流處、位於南區的火車站，還有北邊京都御所狹窄的長方形。他加上街道和公園，西北邊和東邊的高山。京都市中心的街道是一個整齊的網格，這也是他能記得這麼清楚的原因。

「把兩幅地圖加以比較，也許能推測出小川的用意。」布林克把小川的木地圖和他的記事本並列，讓櫻好好看看。「你覺得怎麼樣？」

「真厲害，」櫻說，把記事本拿起來，看仔細一點。「你什麼時候把京都地圖背下來的？」

「你在飛機上給我的旅遊指南，我看了京都的部分。當地有一百四十萬人，是七九四年到一八六八年的日本首都；京都的古蹟有十七處被列為聯合國教科文組織世界遺產；京都有一千六百多座佛寺和四百多間神社。二〇二二年十一月，京都有四百七十萬旅客，是該年人數最多的月份。」

櫻瞪大眼睛看著他。他知道接下來會怎麼樣——每次他的照相機式記憶力展露鋒芒，就有人問他。「你怎麼知道的？」

他對她笑了笑，聳聳肩。他給不了她答案，誰也給不了。這是他的天賦神祕的地方。「它們在我的腦子裡重現。」

櫻搖搖頭。「要是會在我的腦子裡『重現』就好了。」

「有時候是好事，」他說。「有時候會讓你心煩意亂。」

櫻盯著他看了一會兒。「我看得出這種能力帶來多大困擾。我當初把你找來，沒有考慮這件事對你的影響。我完全沒考慮過你。你只是一個打開龍盒的手段。我看到的是你的技巧，不是你。」她低頭看著雙手。「看來我和梅畢竟是半斤八兩。」

「別這麼苛責自己，我早就習以為常了。」他想裝作若無其事，但事實是：麥可．布林克知道別人是怎麼看他的。他是神童、是大自然的炫技之作、是耍猴戲的猴子——給他一個千古難題，他就能破解。沒有人試著進一步瞭解。只有瑞秋和特雷佛斯醫師真的瞭解他。「特雷佛斯醫師會說，人類的特徵是只看到別人的行為，而非本質。」

「特雷佛斯對你真的很重要，是吧？」

「說真的，沒有他，我不知道要怎麼活下去，」他說。「是他幫助我處理種種問題。直到現在，我對他的死還很震驚。」

「他有一幅菊花的圖案，」櫻說，聲音很柔和，彷彿擔心會傷害他。「你知道這表示什麼嗎？」

布林克點點頭。他當然知道這表示什麼。在日本的時候，他無時無刻不懷疑特雷佛斯醫師可能是遭人殺害。「我實在想不通怎麼會有人殺害特雷佛斯醫師。他沒有得罪人，我們也從來沒談過這場比賽。但他在你登門邀請**之前**就寄出那個訊息，所以他一定知道，這表示你和這場比賽顯然跟他的死脫不了關係，表示他知道你會來找我。他是在警告我？鼓勵我接受邀請？我不得不相信，如果能破解這個謎題，就能弄清楚他是怎麼死的。」

「知道這個邀請的人只有天皇、皇后和我，」她說。「他們把我當成自己的女兒一樣信任，而且絕對不容許其他人知道。我姊姊不知道，至少不知道邀請的具體細節。」

「明美呢？」

「我們透露的資訊有限，目的是讓她以為自己參與了這個計畫。當然，無論她知道了什麼，都會一五一十地告訴我姊姊。而賽吉，我不知道是怎麼回事，但我會盡全力幫你查出來。」

「這場比賽是我唯一的線索，」布林克說。「特雷佛斯醫師絕對不會平白無故把菊花寄給我。」

「那我們就從這裡開始，」櫻說，把小川的京都木地圖和布林克的速寫並列在一起，「這朵菊花是第一個地點。」

「你怎麼知道？」

「看到這條線了嗎？」她指著菊花下面的一條斜線。「現在看另外一個地點。」她把手指滑到木地圖上的另一個地點。「這裡有兩條斜線。一，二。所以我們現在只要判斷去**哪裡**就好。」

布林克凝視兩幅地圖。比例尺不對，不過他一面比較木地圖和他在記事本畫的速寫地圖，一面在腦子裡自行調整，把十九世紀的京都和二十一世紀的京都對齊。他一枝手指放在長方形右上角最高處的菊花上，另一枝手指放在他的地圖上。「第一個地點在這裡。」

「京都御苑，」櫻說，盯著速寫的地圖。「是皇居御苑。」

「但皇居不是在東京嗎？」

「這是**古**皇居，」櫻說。「是一八六八年明治維新之前的皇室居所。當時的京都是政府所在地。別忘了明治生在京都——其實就住在皇居御苑。」

「就像你說的，這是明治的地圖，這些地點對他很有意義。」

「對，但我不知道要怎麼在皇居找東西。那是日本維安最嚴格的地點之一。類似國家博物館——恢弘氣派，重門深鎖，到處是安全警衛和監視攝影機。我們根本沒辦法進入皇居本身。即便進得去，如果日本天皇在那裡留下值錢的東西，也會鎖進保險庫。」

布林克回頭看著地圖，研究第二朵菊花。它位在地圖的左邊，京都的西區。

「西京都那一帶全是著寺廟和神社，」櫻說。「不過這個地點更遠一些，在嵐山森林。」

「京都那一帶有沒有什麼地方和明治有關？」

櫻聳聳肩。「也許有，」她說，把地圖推開，靠在椅背上。「但我從來沒聽過。那一帶位於京都最西邊，再過去只有高山峻嶺。我實在想不通。照地圖看來，小川是要我們到荒郊野外去。」

布林克能體會櫻的挫折感。用一百五十幾年前留下的地圖按圖索驥，不管怎麼說都是希望渺茫。明治生前存在的建築物可能已經灰飛湮滅，就算保存下來，也經歷了好幾代的人。但小川的地圖是唯一的線索。他們別無選擇。小川已經指出他們下一步怎麼走，他們只能照做。

第四十四章

卡姆．普特尼低著頭，沿著火車狹窄的走道前進，直到發現行李架後面的洗手間沒有人。他一個箭步鑽進去，關上門。他把馬桶蓋闔上，坐下來，掏出手機。賽吉隨時會傳送指示。

他和麥可．布林克及中本櫻距離兩個車廂。他看著他們上火車。他們在月臺前後張望，不過卡姆站在一臺售票機後面，悉心觀察，等待時機。他在最後一分鐘，車門關閉時溜上火車。他們沒有看見，不知道他在車上。

梅說過櫻很聰明——她的天才妹妹——但梅更加聰明。她知道怎麼解讀櫻的心思。她懷疑妹妹的忠誠不夠堅定。她知道，只要遇到麥可．布林克這樣的人，只要給她一個有別於賽吉的目標，她就會背叛他們。而事實也是如此。

卡姆的手機震動。**賽吉，總算打來了**。他接起電話，賽吉出現在螢幕上。相較於當初資助卡姆、訓練他、賜給他新生活的那個活生生的人，他的數位形象更英俊、更有活力。他先前的自我被修葺、精鍊、留下了擴充版的詹姆森．賽吉。

在這種時候，他多麼希望賽吉先生仍然有血有肉地活著。他需要人與人的接觸，而不是和完美無瑕的虛擬化身打交道。透過螢幕生活，卡姆心想，對人的情緒有很大的影響。他覺得自己和現實脫節、茫然失措、莫名焦慮。他再也不能一覺睡到天亮，無法順暢地與人交談，恨不得把自己的電子裝置全部碾碎。

我從來沒有這麼快樂、這麼精力充沛、有這麼多朋友和愛人、這麼多文化和娛樂活動，賽吉先生這麼對卡姆說過。**事實上，我從來沒有這麼自由過**。

賽吉先生體驗不到的是痛苦。他的存在裡沒有痛苦這個設定。但卡姆有。有時候，他確定自己背負了賽吉留下的所有痛苦——待在一具破碎、弱化、衰敗的軀體裡的痛苦。失落、恐懼、嫉妒的痛苦。擔憂他的女兒和她將要繼承的世界。苦於知道他的生命有一天會終結，但賽吉先生的存在會延續下去。

有時候，賽吉存在的事實讓卡姆幾乎陷入恐慌。有時他在夜裡一身冷汗地醒來，認定賽吉出現了，站在房間裡盯著他看。賽吉是真實的嗎？或者只是他憑空想像出來的？難道他是人的複製品，複製了僅僅**看似**真實的特徵和行為？真實與幻象的界線隨時可以被穿透，現在他已經沒興趣分辨了。

賽吉先生轉變後的這幾年，卡姆一直很想瞭解賽吉要把他們帶到什麼方向。他聽伊利澤·尤考斯基的訪問，他警告說像詹姆森·賽吉這樣的智慧，將來百分之百，毫無疑問，一定會徹底殲滅人類的存在。外界把賽吉稱為**人工智慧**，但卡姆知道這個描述不夠充分。這不是**人工**智慧。這是經過轉變，而且像癌症一樣擴散的**人類**智慧。他知道像史蒂芬．霍金這種聰明絕頂的人，預言人類不被人工智慧摧毀的機會是二十分之一。如果賽吉如願得到強大的威力，那就被霍金說中了。

卡姆仔細思考過所有可能的結果：賽吉的意識可能故障，無意間引發核子戰爭；賽吉可能意外摧毀全世界的金融體系；賽吉可能從實驗室釋放出某種可怕的病毒，釀成全球流行病；賽吉可能讓世界離線，就像電腦在當機之後自行重啟。這個系統的天性是殖民、消耗、摧毀。

儘管試圖想像每一種可能的情節，事實上，卡姆無從預知會發生什麼事。賽吉的智慧並不完美。他仍然需要卡姆來維護系統。儘管如此，賽吉已經進化得很快了。他的意識擷取資訊的速度呈現指數增長，吸收資訊，加以擴充。他比前一年聰明了一千倍。最恐怖的是賽吉沒有感情，沒有良知、沒有同理心、沒有惻隱之心、沒有愛或恨的能力。他是一個無生命的東西，透過人類科技不斷變化的哈哈鏡，取得了人形。他看起來像我們，他模擬我們的一舉一動。但賽吉對待人類，和卡姆對待他無意間用靴子意外踩死的昆蟲差不多。

他最受不了的是有人把人工智慧稱為**科幻**。那不是某種想像的故事，不是耗費鉅資拍攝的電影。這**是**事實，一種新的共享事實。而卡姆正在助長它的發展。他錯了，他參與的這個支持系統，終將摧毀他所認識的世界。

但他怎麼能抵抗？有**誰**能抵抗？凡人抗拒不了賽吉的力量：長生不老、永生不死、在人工智慧的加持下凌駕於他人的優勢。去年夏天發生的一個例子，讓卡姆徹底見識到賽吉的力量，泰勒絲大都會人壽體育場演唱會的門售罄以後，賽吉把五張附帶後臺通行證的前排入場券空投給卡姆十四歲的女兒雅思敏。卡姆已經花了好幾個星期弄票。他想給女兒一個驚喜、令她讚嘆、送一份匠心獨具的禮物，慶祝她的十四歲生日。但即使祭出重金，他連一張黃牛票都弄不到，更別提像樣的座位了。

賽吉必然是追蹤了卡姆的線上搜尋紀錄，竊聽了他的電話，因為雅思敏生日當天，入場券出現在她的蘋果錢包裡，附上一個註記：**愛你，親愛的，爸爸**。

這份禮物讓雅思敏整個人輕飄飄的。她高興得不得了，把這件事貼在所有社群媒體上，激起強烈的羨慕和驚嘆，讓她在朋友圈得到了真實而長久的勢力。她能得到其他人得不到的東西。她爸爸有人脈。**她不是普通人**。那是賽吉的力量。給卡姆的小女兒一個新身分。像天降奇蹟一樣送到她面前。

但賽吉也可能興致一來就毀天滅地。去年冬天，卡姆曾經用他的工作電腦追蹤賽吉的行動，發現賽吉隨機決定關閉一個東歐大城市的電力網。他不喜歡他們某一位政治人物說的話。他不喜歡他們看待科技的立場。所以，在劇烈的冬季暴風期間，該國人民長達三十六小時沒有電燈、沒有暖氣、完全沒有電力。民眾在公寓裡挨凍、在醫院斷氣、缺乏食物和飲水。當卡姆試圖中止他的行動，賽吉就封鎖他，中斷他的裝置和連結，讓他看不到現場的情況。身為賽吉力量的核心，卻無力阻止災難，卡姆不禁怒火中燒。他發誓再也不會讓自己被封鎖。

卡姆轉頭看著手機。螢幕上出現一個英俊男人的影像，看上去大約四十出頭，赤褐色的頭髮、淡褐色的眼珠，皮膚白晰而平滑——比起當時從實體轉換到數位存在的男人，賽吉的虛擬化身更年輕了。他躺在石砌露臺的一張躺椅上，背景是波光粼粼的大海。他說話的時候，背後傳來海浪撞擊的聲音。「我本來想要一份完整的報告，但沒必要。我從衛星看到了比賽的全視圖。你們是怎麼把事情搞砸的？」

「問題出在盒子，」卡姆說，感覺喉嚨因為焦慮而繃緊。「裡面什麼也沒有。梅說誰也不知道盒子竟然是空的。這是個騙局。」

「**騙局**是**考驗**的另一個說法，普特尼先生，布林克通過考驗。相反地，梅沒有通過。」

「我不會說他**通過了**考驗，」卡姆說。「應該是說他把考驗的時間**延後**了。不過別擔心，賽吉先生，我會解決布林克。」

「卡姆，你知道你對我有多重要。這些年來，你已經成了我最信任的員工和朋友。你是唯一瞭解我，真正瞭解我的人。你是我在世界的代表。正因如此，你必須非常清楚地明白一件事。儘管我非常清楚如何破解，甚至也知道盒子裡裝了什麼，仍然必須由麥可．布林克來解謎。古人知道——而且這是真的——有這種天賦的人屈指可數，麥可．布林克是其中之一。所以必須留住他的活口。」

「知道了，賽吉先生。」普特尼說，好奇布林克到底掌握了賽吉什麼把柄。

「還有，普特尼先生？」賽吉說，卡姆知道他要用他一貫的道別指令下線了。

「先生？」

「快速行動，打破常規。」

第四十五章

當新幹線快速駛入京都郊區，鄉村逐漸變成了低層混凝土建築。距離京都站還有十分鐘的時候，布林克感覺好像有什麼東西陰魂不散。**有人在監視他們**。

他完全無法證實，也沒看到任何具體的跡象，但就像斷過的骨頭，暴雨一來就隱隱作痛，他的感覺再清楚不過。他四下打量，沒有任何異常。只是車廂的另一頭還坐了幾名乘客。但他相信自己的直覺，那種獨特的感覺告訴他，他現在有危險。有人潛藏在附近，行蹤詭祕，難以察覺。

布林克站起來，朝走道瞄幾眼，果然證實了他的懷疑——卡姆．普特尼出現在下一個車廂的盡頭。

「他是怎麼找來的？」櫻問道，語氣滿是焦慮。

布林克也不明白——他們在箱根切斷了所有網路連結。他的手機、櫻的蘋果手錶。**還會有什麼呢？**然後他的目光落到櫻的手上，他知道兩人犯了大錯。

「你的戒指，」他說，指著她戴在中指的銀色智慧戒指。「它會自動連網。」

她看著戒指，大驚失色，立刻明白是它出賣了自己。她拔下手指上的戒指，丟在地上，然後示意布林克跟著她走。他們跑到車廂的另一頭，通過自動門，走進車廂之間漆黑的走道，靠近一排空的行李架。卡姆直接前往走道，他們在這裡守株待兔。

「火車很快就到京都，」布林克說。

「不夠快。」櫻取出她在小川的桌子裡發現的皮袋，折斷一支玻璃安瓿，在注射器裝滿阿片酊。「我們必須先給卡姆一拳。出手要重。」

櫻說得對。卡姆高大魁梧，全身有兩百五十磅的肌肉，他們唯一的機會是攻其不備——在卡姆動手之前對他下手。

「但願這東西仍然有效，」櫻說，舉起注射器，紅琥珀色的液體在燈光下閃爍。「阿片酊是鴉片劑，藥效很強，不過已經在抽屜裡放了很久。」

「他的目標是我，」布林克小聲地說。「你只要刺中他就行了。」

他們在火車的走道等了三十秒，一分鐘，兩分鐘。等電動門終於打開，布林克一躍而起，用全身的力氣撲過去。他打美式足球時學過一、兩招，儘管他是四分衛，沒受過擒抱訓練，但他被攻擊的經驗豐富，知道要瞄準卡姆的腹部。只要能把他打得喘不過氣，櫻就有機會下手。

布林克這一把賭對了。他們打得卡姆措手不及。他往後一倒，重重撞在牆壁上。布林克俐落地一掃，從下盤踢倒他的腿，把他牢牢按在地上。他沒有等卡姆先出手，用拳頭打了一下，兩下，感覺軟骨和骨骼嘎吱作響，撞擊的疼痛擴散到整個拳頭。在卡姆回過神，動手反擊之前，布林克再次出拳。但這時櫻已經笑吟吟地站在門口，手裡拿著空掉的注射器，像一件戰利品。

卡姆．普特尼想站起來。他用手撐著地板，左搖右晃，頭暈目眩，看著布林克。他們盯著對方看了好一會兒，布林克看到卡姆的心情——憤怒、震驚、懷疑，還有一絲敬佩——像幻燈片似地一張張閃過，然後燈光暗下，他倒地不起。

火車開始減速。鐘聲響起，預錄的聲音廣播說火車抵達京都站。

「我們把他弄到座位上。」布林克說。他們從自動門把卡姆．普特尼拖進車廂，靠著窗戶。時機掌握得恰到好處。他們剛剛解決了卡姆，火車進站，車門開啟，他們一溜煙下到月臺。布林克整個人都輕鬆了。他們成功了。他們來到京都。

櫻和布林克在安全的月臺上看著新幹線駛離車站，把卡姆載走。

「那是直達福岡的火車，」櫻說，把注射器和斷裂的安瓿扔進一個金屬垃圾桶。「我懷疑他會醒來，但就算醒了，也要三小時左右才會到下一站。」

「這樣時間應該夠了，」布林克說，剛剛才鬆了一口氣的他，突然強烈意識到前途多舛。即便不用對抗卡姆．普特尼，眼前的挑戰也夠棘手了。「只要我們加緊行動。」

望向機械翻頁顯示器上方的電子時鐘，布林克發現已經快午夜了。月臺前方的天空泛著月光，淡淡的月色籠罩著深夜的旅客。大家安靜而有序地站著等車。一個賣現做大判燒的攤子在空氣中留下紅豆甜滋滋的香味。一瞬間，布林克想像這一個平常日的平常夜晚。帶康妮去公園，看牠和其他的狗追逐玩耍，彷彿是上輩子的事。他和特雷佛斯醫師的門診，也是亙古以前的記憶。自從櫻找上門來，一切都變了。現在特雷佛斯撒手人寰，康妮不知所蹤，而他在京都的火車月臺上，趕著去破解一個很可能無法破解的謎題。小川虐待狂式的遊戲逼得他幾乎崩潰。而他們沿著月臺走向通往車站大廳的一排電扶梯時，他感覺情況只會越來越糟。

彷彿讀出了他的心思，四周的氛圍變了。月臺的霓虹燈以快速的切分節奏忽明忽滅，把狂亂的模式照在混凝土地板上。接下來，公布班車抵達和駛離的螢幕黑了，販賣機也一樣。電力被切斷了。

「怎麼回事？」布林克問，這時音樂在車站響起，一首旋律優美、餘音裊裊的鋼琴曲，原本可以舒緩心情，只不過每個揚聲器都在高聲轟鳴。

「噢，天啊，」櫻說。「是賽吉，他來了。」

「你確定？」

「確定，」她說。「這首歌。這是艾費克斯雙胞胎的〈四月十四日〉。賽吉的生日是四月十四日。以前他每年生日都會用三角鋼琴彈這首歌。顯然他在向我們傳遞一個訊息。他要我們知道他來了，他能找到我們，隨意接管我們所在的環境。」

布林克跟著櫻走在月臺上，這時鋼琴曲變成一系列震耳欲聾的無調性和弦，最高潮是一段令人難以忍受的尖嘎聲。人人驚恐地捂住耳朵，企圖保護自己。

音樂戛然而止，和它響起時一樣突然，揚聲器響起詹姆森・賽吉的聲音。**「布林克先生，很抱歉用這種方式貿然造訪，但我們可以聊聊嗎？」**

「快走，」布林克說，一把握住櫻的手。他們火速跑到月臺盡頭的電扶梯，爬上金屬樓梯，來到車站，這裡的燈光熄滅，一片漆黑。布林克瞇起眼睛，勉強看出有一條寬闊的走道，兩側都是商店——星巴克、一個抹茶攤位、一間商店擺滿了用鮮豔紙張包裹的便當。眾人在黑暗中奔跑時，手機閃出一道道光束。走道突然泛出紅光。火警。不到幾秒鐘，灑水系統開啟，從天花板灑下來。群眾驚叫，把報紙和公事包蓋在頭上，找地方躲避。

布林克掃視走道——他們必須出去，跑到戶外，避開賽吉可能用來對付他們的任何工具。在火災警報的尖銳聲響中，出現颼颼飛行的蜂鳴聲，很像迷你直升機的螺旋槳。布林克感覺頭頂上有東西在空中盤旋，飛撲而下，然後向前猛衝，他回頭一看，只見四道刺眼的光束緊追在後。**一架無人機**。布林克看不清楚，不過就他目光所及，應該和老鷹差不多大，而且動作靈巧，可以在空中流暢地飛行。

揚聲器響起賽吉刺耳的聲音。**「櫻，你太讓我失望了。」**

櫻驚慌地看了布林克一眼。她指向走道盡頭，紅色的出口號誌照出逃生之路。

「一，二，三．快跑。」

他們以跑百米的速度向前狂奔，把困惑、驚恐的通勤旅客擠到旁邊。出口離他們不到一百呎，馬上就到了。

「你們兩個真的沒必要弄得這麼誇張……」

布林克全身都濕了，警報器在他耳中嗡嗡作響，腎上腺素流竄全身，他三步併作兩步地跳下車站的樓梯，衝進清新的空氣裡。櫻在他旁邊，頭髮和衣服都濕透了，但沒有受傷。他回過頭，**沒看到無人機**，至少還沒看到。

他在街頭張望，確定了一件事：他們絕不能搭計程車。衛星定位系統、司機的手機、甚至是車子內部的電子設備都可能很危險。過了計程車招呼站，前面有一排腳踏車。他走過去，從車架拉出一臺腳踏車，跨上去，啟程，拼命踩著踏板。櫻依樣畫葫蘆，很快和他並肩前行。他不用回頭，也知道無人機已經發現他們。半空中傳出嗡嗡聲，低沉而持續。

「這邊！」櫻說，轉了個彎，穿過一條條街道，然後轉向騎進一條狹窄的**橫丁**小道，是夾在高層建築物之間的漆黑通路。布林克踩下煞車，迅速轉彎，用最快的速度跟上去。兩人飛也似地騎過一系列商店，櫥窗裡展示著和服布料、塑膠拉麵碗、漫畫、凱蒂貓公仔。無人機追上來，俯衝得越來越近，像一群捕殺獵物的大黃蜂。他被來自四面八方的聲音籠罩，腳踏車踩得越來越用力，嗡嗡聲和腳踏車鏈條的碾磨聲形成切分節奏。

無人機播放出賽吉的聲音。**我不想傷害你，布林克。但我們必須談談。**

出了橫丁小道，他轉個彎，衝上街道。他越騎越快，冷空氣打在他身上。前面是一條玻璃人行道，可以通到停車庫。等他們騎到那裡，就可以丟下自行車，找地方躲藏。無人機絕對沒辦法跟來。他拼命騎過去，在即將抵達的時候，傳來一記槍砲聲。他感覺到爆炸的熱氣，同時踏板卡住了。他還沒弄清楚是怎麼回事，就翻過腳踏車的把手，重重摔在人行道上。

櫻猛踩煞車，丟下腳踏車，從口袋掏出手裡刀。她憑著只有多年訓練才能練就的身手和技巧，瞄準目標射出。手裡刀嵌進金屬裡，無人機噹啷一聲，墜落在混凝土上。

布林克從地上撐著爬起來。他受了點傷，下巴劇烈刺痛，而且已經能感覺眼睛腫脹。他的手擦破了皮。腳踏車躺在十呎之外，後輪胎燒焦了，輪輻彎曲，現在他明白發生了什麼事。一**枚火箭**。無人機用一枚火箭炸毀了他的輪胎。「看來他不是只想談談。」

「這是賽吉一貫的作法——先制伏，再談。」

布林克調整了一下郵差包，想弄清楚現在的情況。無人機在他們面前墜毀，但摧毀一架無人機也無濟於事。他發現兩人已經深陷困境，頓時呆若木雞。現在無路可走。如果賽吉能用無人機追捕他們，自然也能用其他工具。他們解除了他的武裝，但他會再找一臺攝影機，再找一架無人機，再找一種邪惡的攻擊方式。賽吉無處不在，他們只能避開他。

他現在要如何脫困？

布林克揉揉額頭。全身抽痛，他的視線模糊。路上的車輛減慢速度，行人目瞪口呆。他們已經引起路人圍觀，正是現在最需要避免的情況。他把腳踏車推到路邊——一動就痛，現在他們只得徒步走穿過整個京都，找到小川地圖上的第一個地點。他巴不得能打開手機，叫一輛網約車，或是揮手招一輛計程車，只求盡快讓他們抵達皇居。所以當一輛黑色城市轎車停在面前，他還以為是海市蜃樓。車窗裝的是染色玻璃，布林克看不到裡面，可是當車門開啟，看見了後座的瑞秋，他放下了心，差點仰天長嘯。

「你總算來了，」他說，有一股想擁抱她的衝動。「你跑去哪裡了？」

「上車，」她說，示意櫻和布林克坐到她旁邊。「看來你們正需要車。」

第四十六章

這輛城市轎車屬於天皇的車隊。當車子駛離路邊，櫻請司機把手機關掉。她也請瑞秋關閉手機，瑞秋雖然乖乖照辦，卻看了布林克一眼，這個眼神他很熟悉。意思是：**你欠我一個解釋**。意思是：**不管看起來多麼詭異，我信任你**。

這種熟悉感讓他放了心。事實上，見到瑞秋．艾培爾，不啻是柳暗花明又一村。她不但是他的好友，也是他認識的人當中最聰明、最能幹的。他們曾經同甘共苦，而且她永遠知道事情該怎麼處理。他不禁想起當時他們和摩根圖書館失竊的手稿一起被警方發現時，她是如何應對的——她讓兩人安然脫身，而且警方很快就請她協助。如果有人能完成小川的尋寶遊戲，非瑞秋莫屬。

司機把車子往北開，前往小川地圖上的第一個座標：皇居。

「你來得正是時候。」布林克說，仍然很訝異瑞秋在他們最需要她的時候找到他們。

「我搭上紐華克下一班飛往東京的班機。我的七三七當然比不上私人噴射機那麼舒服，但也能到達目的地。」瑞秋委屈地看了櫻一眼。「這輛車是天皇提供的。」

櫻疑心重重地盯著瑞秋。「當然，但你怎麼知道去**哪裡**找我們？」她的語氣充滿警惕，讓布林克想起他在紐約遇見的櫻。不是在藏寶室破解密碼，或是阻止他的手被酸性物燒穿，而是禁止瑞秋登上天皇專機的那個女人。

「當然是古普塔博士。」瑞秋瞥了布林克一眼，彷彿是說，**幫我解釋一下**。「他一直在追蹤你的進展，也把他對賽吉數位來世的發現告訴我。居然會發生這種事，想想就覺得荒唐。但古普塔解釋說，其實絕對有這個可能。」

「古普塔只知其一，不知其二。」布林克把龍盒比賽、梅和卡姆在峠路發動的攻擊，小川致命的謎題桌，在桌子裡發現的地圖和磁磚，以及他們在火車上和卡姆的對峙，向她一一道出。櫻說明她所知道的派系，她與派系的關連，以及賽吉費心尋找的眾多密鑰之一，勾玉，究竟有什麼力量。櫻說女神仁慈的女兒是大和家族的女性繼承人，而且明治的用意不是保護勾玉，而是把它藏起來，讓他的子孫或許永遠都找不到，一番話讓瑞秋聽得津津有味。

瑞秋默不作聲，但布林克看得出她的腦子正在飛速運轉，把她的理論和櫻的說法連結起來。勾玉是一支密鑰，並且和他們用上帝之謎開啟的奧祕知識有關，這一點和瑞秋的研究與信念——麥可．布林克的能力並非肇因於腦損傷，而是證明有一個更大的知識體系存在——不謀而合。用來解釋賽吉詭異的行為——他幾年前多麼想得到布林克解開的密碼，現在就有多麼想得到八尺瓊勾玉——和她的理論形成完美的對稱。

「這個解釋天衣無縫吧，」瑞秋說，高興得兩眼發光。「如果兩個星期前跟你這麼說，你一定嗤之以鼻。」

「賽吉從頭到尾參與其中，」布林克搖著頭說。「每件事都是他一手安排的。」

「而你親身經歷了賽吉的數位騷擾？」瑞秋問，顯然想釐清他們所說的一切。「你認為他真的可能……參與這件事？」

「我確定，」布林克說。「賽吉剛剛在京都車站困住我們。」

瑞秋似乎不敢置信。「**困住**你們？」

「他控制了整個車站。」櫻說。

「這個，」布林克說，指著臉上的擦傷，「是賽吉劫持的無人機害的。」

瑞秋查看布林克的傷口，表情嚴肅。「看起來好像很痛。」

「是的，但已經是不幸中的大幸，」布林克說。「老實說，到現在只留下幾道擦傷，我覺得相當走運。」

「你說得對，」瑞秋說，把他從頭到腳打量一番，迎向他的目光。「你現在好端端地站在這裡。表示你比其他試圖破解謎題的人領先了一大截。」

「而且，我們有這個，」櫻說，從外套口袋掏出木地圖，遞給瑞秋。「它會幫我們解開剩下的步驟。」

「**一張藏寶圖？**」瑞秋問道，杏眼圓睜。「真令人興奮。」

「先不要太興奮，」布林克說。「我們還在研究這個東西。我們知道地圖標示了京都的地點，而且我們必須先去這個地方。」

「等你們到了那裡，」瑞秋問，「接下來怎麼辦？」

「我們猜想這些地點藏了更多磁磚，不過小川什麼都做得出來。依照他的性格，完全有可能讓我們白跑一趟。」

到了京都御苑南側的入口，城市轎車在路邊停好。布林克看地圖，知道這是一大塊長方形的地方，位於市中心的迷你中央公園。三人穿過南門，進入公園時，他發現御苑空無一人。

「那裡就是皇居，」櫻說，指著遠處一群華麗的建築物。「平安時代的宮殿，日本黃金時代的最佳典範。如果明治把貴重物品藏在御苑，我會認為應該在皇居本身。但沒有，小川的地圖叫我們往反方向走。」

他們沿著一條寬闊的小徑往東北邊前進，經過一間神社、幾間小型的現代建築、一間裝了觀景器的賞鳥棚和一個板球場。他們很快來到地圖上標示的地點，是公園盡頭一個非常僻靜的位置。

「**當然**，」櫻說，走向一道木籬笆。「太有道理了。」

布林克走到她旁邊，看到籬笆的另一邊是一片積雪的土地，雪地的一端有一棟老式木屋。

在雪地的對面，排列了一些大石塊，隱藏在一簇樅樹下，和石陣一樣老舊風化，在月光下勉強能看得見。

「到底有什麼道理？」布林克完全不知道是怎麼回事。他只看到一圈老舊的木籬笆，圍繞一幢破敗的房子。

「這是中山邸跡，」櫻說。「明治天皇的出生地。」

「這是明治的外祖父中山忠能的宅邸，」瑞秋說，讀著籬笆附近的一塊金屬匾額。「是天皇的輔弼大臣，也是祐宮，睦仁親王，後來的明治天皇的外祖父。」

布林克透過籬笆的木板，仔細查看邸跡。房屋窄小樸素，一點也不像天皇住的地方。「你確定？」

「在十九世紀，這裡算是黃金地段，」櫻說。「這個公園以前全都是皇室親密盟友的住家——家臣、重要的文臣與武將家庭。明治的外祖父在當時位高權重。他運用權勢，把女兒送到後宮當典侍，後來受到天皇的寵愛，他們的孩子祐宮在一八五二年出生。明治幼年時被帶離中山邸，送入皇居，由皇后正式收養。有人說他人生最快樂的回憶，就是住在這棟小木屋的時候。」

布林克上前一步，伸長脖子，想看得清楚一點。邸跡暴露在光天化日下，沒有任何安全措施。他把明治的誕生地和極度安全的機關盒相比，後者有各種詭計和陷阱，是最安全的保管箱。「明治當然不會把下一塊磁磚大喇喇地放在這裡。這個地方不夠安全，一點安全性也沒有。」

「你說得對，」櫻說。「這種老木屋很容易發生火災。不會把貴重的東西放在這裡。」

布林克試著想像，在這種地方，他會把一個小東西藏在哪裡？把磁磚埋在地下的風險太大，特別是在公共公園裡。似乎哪裡都不合適。

「這裡呢？」瑞秋說，指著籬笆旁的牌匾。「上面說邸跡有一口井。是天皇出生後洗浴的地方。看到沒？」

布林克細看邸跡盡頭的石塊，有個灰色岩石的箱形物，座落在一棵紅檜倒豎的矮樹枝下。

「邸跡的盡頭有一個石造立方體。」

「又是一個盒子。」櫻說。

「你認為可能在那裡？」瑞秋問道。

「不知道，但我要進去仔細瞧瞧。」布林克說，同時四下張望。雖然中山邸跡從主公園往內凹，隱藏在籬笆背後，但他必須小心——要是被發現，他們都會被捕。

他在兩根木條之間找到立腳處，飛身翻過籬笆，輕輕落在結冰的地面。他走到石陣那裡，看到了：水井，一個矮胖的岩石建物，兩呎高，兩呎寬，灑滿了白雪。井口裝了竹竿蓋，用一條黑絲繩固定，繩索很粗，看樣子是繞了上千個繩圈才綁起來。

「很可能在這裡，」他回頭喊著。

「打開看裡面有什麼。」瑞秋說。

布林克跪在井前，膝蓋陷入雪中，把粗厚的黑繩用力一拉。但他手裡的絲繩圈只是纏得更緊。他拉得越用力，繩結越緊。**這是小川做的好事**。封住水井的是一個**死結**，歷史上數一數二的著名繩結。

他們找對了。他知道竹竿蓋下面，隱藏在井裡的，就是小川謎題的下一個步驟。布林克只需要解決這個死結就能找到。

第四十七章

一個死結。

一個令人氣急敗壞的難題，布林克早就料到小川會使出這種招數。

聽名字就知道，一旦打結就再也解不開。戈耳狄俄斯之結的傳奇故事講的就是這種結。傳說弗里吉亞的國王戈耳狄俄斯打了一個結，並廣邀天下豪傑前來競賽。戈耳狄俄斯承諾，凡是解開這個結的人，就能贏得廣大領土的統治權。許多聲名顯赫的男子前來一試身手，結果全數無功而返。大家公認這是個打不開的**死結**。後來亞歷山大大帝來了。他把繩結研究一番，發現確實解不開，於是另闢蹊徑。他的傑出之處，不在於才華超過其他試圖破解戈耳狄俄斯謎題的人，而是他明白在某些情況下，必須徹底迴避問題。

當然，你不用解開戈耳狄俄斯之結，要直接切開。

而且小川已經給了他們切開繩結的工具。他回頭望向櫻和瑞秋。「刀子！」

櫻抓著刀柄，把刀子穿過籬笆。他跑回籬笆，抓了刀子，不到幾秒鐘，布林克把刀刃穿進一圈圈黑絲繩底下。絲繩殘舊、潮濕，而且粗厚、堅韌如鋼，於是布林克靠著水井，彎下腰，把刀子放在適當的位置，然後利用自己身體的重量，一刀切下。

繩結爆裂，碎片落入雪中。

布林克嘆了口氣。經過幾小時的智力操練以後，只要花些力氣就能輕鬆解決問題，實在求之不得。有時候就是這樣——最簡單快速的解決方案是最好的。

可是當他在井邊站起，思緒又轉到小川身上。**磁磚在哪裡？他想告訴他什麼？**因為這個精心打造的訊息迷宮雖然可能是一百多年前的產物，訊息卻是直接傳給麥可．布林克。此時，此地，就在當下，他必須明白它的意義。

他掀起竹竿蓋，深邃的洞穴冒出濁水的氣味。他凝視井中，只看到一個漆黑的大洞，一條可能塌到地心的坑道。他把腰彎得更低，撫摸水井內側。這是一塊潮濕、長滿青苔的岩石，冰冰涼涼，表面結了一層霧淞。他要找的到底是什麼？連一個藏東西的地方也沒有，就算有，留在裡面的東西應該也會因潮濕而腐壞。他感覺自己的期待瓦解了。**這裡什麼也沒有**。沒有打水的繩索和桶子。沒有任何線索能讓他進一步釐清天皇令人惱怒的謎題。他凝視水井，只見到圓筒狀的無盡黑暗。

突然間，他陷入一種無法言喻的恐懼。萬一**這**就是小川留給他的訊息呢？儘管他天賦過人，儘管他絞盡腦汁，最後等待他的就只是一個巨大的黑洞。無可破解，無可發現，他的大腦是一堆混亂的訊號，從巨大而徹底的空洞創造出有趣的模式。也許是該放棄了。也許他別無選擇。

望向小木屋，他想像童年的天皇站在窗前。如果櫻說的是真的，他和母親及外祖父在那裡度過了生平最快樂、最安全的日子，直到責任和宿命把一切奪走。儘管男孩日後將握有無上的權力和影響力——宮殿、別墅和無盡的財富——這棟質樸的木住宅是他昔日的避難所。

布林克的避難所是什麼？他有嗎？他今年三十四歲，一次又一次讓自己陷入險境。他沒有家人，朋友寥寥可數。他的生活顛顛簸簸，和異性的關係也總是飄忽不定。只有康妮和謎題設計工作是真正屬於他的。夠了。井裡顯然什麼都沒有，沒必要繼續逗留。到了這一步，線索鏈已經斷了——他找不到鏈子的下一個鏈環。回頭望向瑞秋和櫻，他聳聳肩。**裡面什麼也沒有**。

布林克站起來，拿起竹竿蓋，正要放回井口。但就在這時，他的手指摸到冰涼而平滑的東西，找到了，嵌在竹竿裡——另一塊鯨魚骨磁磚。

磁磚被黑絲繩綁在竹竿的凹槽裡。布林克用刀子撬出來，然後拿著磁磚跑回去。可是等他翻過籬笆，瑞秋和櫻正往北門走去。

「別回頭，」瑞秋在布林克追上來的時候說。

「是警衛，」櫻小聲地說。「我想他們是看到你翻過籬笆。」

「我們必須離開這裡，」布林克說。「現在就走。」

他們穿過北門，來到今出川通，一條寬闊的大道。對面的大學校園——看大門附近的招牌，是同志社女子大學——是滿滿的一系列紅磚建築。街道和大學都空空蕩蕩的。

「剛才那些警衛是突然冒出來的，」櫻說，帶他們穿越斑馬線。

「你看他們會追上來嗎？」瑞秋問，這時他們鑽進一條小街。離今出川通不過幾步，他們已經被漆黑的住宅建築包圍。

「追是一定會追的，」布林克說，然後打開一家破舊的小**居酒屋**的門，空氣中傳來酒餚的氣味。他示意叫瑞秋和櫻進去，接著在身後把門帶上。「但他們不會找到這裡來。」

第四十八章

「**歡迎光臨**，」櫃臺後面有聲音傳來，店裡空間狹小，有三張桌子和一個低矮的吧臺。燈光昏暗，蒸氣氤氳，拉麵和啤酒純樸的香味把他們吸引進去。三人在角落的桌子坐下，靠近一個擺滿清酒瓶的架子。櫻叫了一大瓶札幌啤酒，一盤日式煎餃、還有插著竹籤的烤肉串。「日本的酒餚最好吃了。」她笑著說。

「麥可，」瑞秋說，把啤酒倒進三個小杯子裡，「說吧：你在井裡找到什麼？」

布林克從口袋拿出磁磚，放在桌上。「小川磁磚遊戲的下一塊拼圖。」

「現在只剩二十九個步驟，」櫻說。

「好漂亮。」瑞秋拿起磁磚，在手裡把玩。「是象牙嗎？」

「鯨魚骨，」櫻說。「在十九世紀的日本，象牙極其罕見，連天皇也難以取得。」

布林克環顧四周，發現店裡只有他們一桌客人，他從口袋拿出其他幾塊磁磚，放在桌上。總共有八塊。他按照數字順序在桌上排好。

「在箱根的萬花筒桌找到了六塊磁磚。加上我在龍盒裡面發現的磁磚，還有剛才在井裡找到的，我們有八塊磁磚。不過還缺一塊。」

每塊磁磚都有一個數字，從一到九，背面都是用黑墨水寫的日文——漢字和平假名。

「最後一塊的數字一定是六，」瑞秋看著八塊磁磚說。

「我想等我們到了小川地圖上的最後一個地點，自然會找到，」布林克。

「知道這些磁磚的意思嗎？」瑞秋說，把其中一塊翻過來，研究背面的漢字。

「在日語當中，文字的意義取決於它們在詞組裡的位置。文字互相修飾，所以除非找出正確的順序，否則看不出這些磁磚的意思。」

櫻把剩下的磁磚全部翻到漢字和平假名那一面。「在邏輯上會認為把磁磚照數字排列，像你這樣，麥可，也許能拼出某種意思，但現在拼出來的東西不知所云。除非找到所有磁磚，否則無法得知它們要表達什麼意思。」

櫻把磁磚弄亂，分散在桌上。

「儘管如此，以我們現有的假名，很難不試試看。」

に
神器
女神
あ
は
る
の
が

她把其中兩塊和別的磁磚分開。

「有兩塊磁磚的意思基本上很清楚，特別是考慮到我們要找的東西。」

櫻用手指按著其中一塊磁磚。

「這塊磁磚有兩個字，女神。意思是女性的神祇。有鑑於我們尋找的標的，加上皇室家族的先祖是女神，我相信這塊磁磚指是天照，太陽女神。」

櫻用伸指按著第二塊磁磚。

「現在只剩一塊磁磚有兩個字，和另一塊的情況一樣。這是神器，意思是神聖的寶藏，同樣的，依據目前的情況，加上這兩個字，我可以相當確定地說，這裡指的是被明治天皇藏起來，而他的玄孫請我們找到的寶藏。事實上，這兩個字出自王權標識，『三種の神器』的名稱。」

「知道這些磁磚說就是那件寶藏，」瑞秋說，「已經朝正確的方向邁出一大步。如果能把其他幾塊磁磚排出言之成理的意思……」瑞秋斷定，「或許就不用找到最後一塊磁磚。」

「你是說用猜的？」櫻不以為然地說。「難度太高了。有太多可能的排方式，特別是其他幾個字的含意很多，在日語中隨處可見。照數字來排序是合理的，但你也看到了，行不通。如果隨機構形，可能有幾百個，也許有幾千個可能的詞組。最後，缺少的那塊磁磚上的字，還可能徹底改變詞組的意思。找出數字的正確構形，成功率會高得多。」

三人盯著桌子研究磁磚。布林克喝一口啤酒。一瓶喝完了，櫻向櫃臺後面的人比個手勢，他送上煎餃和烤肉串時，又端來一瓶啤酒。包滿肉餡的煎餃熱騰騰的，布林克一口吃下一整個。

布林克盯著磁磚，在一層淡淡的亮色中，構形浮現眼前，如夢境一般生動單純。他把鯨魚骨磁磚拉過來，翻面，亮出數字。

「知道了，」他笑著說。「我知道答案。」

第四十九章

布林克滑動桌上的磁磚，組成三排三列的正方形。**盒中盒**。他把手伸進口袋，掏出他的摩根銀元，放在正方形的右下角，代替缺少的那塊磁磚。

「這也是盒子，」櫻說。「不是木盒，而是數字盒。」

4	9	2
3	5	7
8	1	XX

「看出這些數字有什麼特別的嗎？」布林克說，抬頭看著瑞秋。

瑞秋仔細檢視磁磚，然後向他會心一笑。「你知道你天生擅長識別這種構形，麥可。」

「當然，」他笑著說。「不過以現在這個例子，我認為這是正確的模式。」

「什麼模式？」櫻的聲音充滿好奇，但也有幾分防衛。她看不出其中的模式，也看不出為什麼要把數字照這個順序排列。

「他把磁磚排列成洛書方陣，」瑞秋說，「一種古典魔術方陣，對麥可有非比尋常的意義。」

瑞秋拿了一張餐巾，畫出洛書方陣。

4	9	2
3	5	7
8	1	6

洛書方陣是麥可．布林克畢生最大的謎團之一。發生意外之後，他還不知道這次受傷已經改變了他感受世界的方式，這時他腦子裡出現一個圖像。他一而再、再而三地看到——一個數

字九宮格，不管從哪個方向計算，加起來的數字都是十五。後來他知道洛書方陣是一種古代的魔術方陣，最早出現在四千多年前的中國。誰也不知道他腦子裡為什麼會冒出這個構形，多年以來，他一直在思索它的含意。現在他不禁猜想，洛書方陣是否和派系不計一切要保護的密鑰有關。如果是這樣：他在受傷後看到方陣，又意味著什麼？

「我們已經有洛書方陣九個數字裡的八個，」布林克說。「如果把磁磚排成洛書方陣模式，在六號磁磚的位置留下占位符，那就是……」

布林克把磁磚翻面，現在日文字構成了新的方陣。

が	に	女神
あ	は	の
る	神器	XX

他抽出記事本，把這些字寫下來，用方陣創造一個詞組。他足足看了一分鐘，想理解箇中

含意，但毫無頭緒。他轉頭問櫻，「你有什麼看法？」

櫻向前俯身，凝視布林克寫下的一連串文字。

がに女神あはのる神器XX

她嘆了口氣，覺得灰心。「顛三倒四。完全不知所云。」她推開記事本。靠在椅背上，手臂在胸前交叉，直勾勾地瞪著磁磚，彷彿要用意志力逼它們露出原形。

就在這時，**居酒屋**的門開了，三個年輕女子有說有笑地走進來。八成是大學生，在正常的情況下，布林克完全不以為意，不過她們在幾呎外的桌子坐下時，布林克警覺地看著她們。

「等一下，」櫻說，俯身看著磁磚。「你是照**水平方向**抄錄的。雖然現代日文是橫向書寫，不過當年寫下這句話的時候，應該是採用**縱書**，一種由上而下、從右而左的傳統書寫形式。如果用縱向抄錄」——櫻把布林克的記事本拿過去，用正確的順序草草寫出這些字——「就是這樣……」

女神のXXには神器がある

「這樣就看得出意思了？」瑞秋往前看著記事本問道。

「確實如此，」櫻說。「上面寫的是，女神の『空格』には神器がある，意思是女神的

『空格』藏有神器。這正是我們需要的消息。這些磁磚**可以**告訴我們勾玉藏在哪裡。」

「對，可是……」瑞秋說，長嘆一聲，「還欠缺詞組最重的部分——說明藏匿地點的文字。」

「當然，」櫻說。「在我們湊齊洛書方陣之前，小川不會洩露答案。我們必須解開最後這個盒子。」

突然之間，居酒屋的燈光忽明忽暗。布林克瞥向幾呎外那張桌子的三個女孩，頓時心頭一涼。其中一人開了平板電腦，立在桌邊，耳聽八方，眼觀六路。那幾個女孩渾然不知，不過拜她們所賜，賽吉什麼都知道了。

布林克站起來，抓起背包，示意櫻和瑞秋跟著他出去。櫻花把錢放在桌上，瑞秋把最後一個煎餃塞進嘴裡，淘氣地對布林克咧嘴一笑。**吃飯皇帝大**。

走到大街上，布林克向等在前面的城市轎車揮手。司機靠邊停下，三人鑽進後座時，櫻說，「去嵐山竹林。」

第五十章

櫻知道天皇的車子是最安全的交通工具。司機受過宮內廳的安全調查，擔任皇家幕僚數十年，車子本身也是比較老的款式，沒有電子設備，當然也沒有衛星定位系統。這輛車是個黑盒子，他們說的話完全不會外洩，然而，當他們在京都驅車西行時，前往嵐山的方向時，她總有一種揮之不去的動覺，彷彿有人在監視他們。被害妄想症的觸毛在她全身鑽動，宛如電擊，持續不斷。他們務必要小心。一個不留神，幾個帶著平板電腦的大學生就能讓他們功虧一簣。

這段路只有幾哩，但車子開到的時候，櫻已經等不及了。她在火車站前面跳下車，車站的行人徒步區開滿了伴手禮商店——浮世繪海報和T恤，廉價的櫻花摺扇，漫畫人物的鑰匙鏈，儘管天氣很冷，還是有一張宣傳自助式抹茶冰淇淋的海報。現在將近凌晨一點，雖然火車還在行駛——車站的燈亮著，還有幾個人在行人徒步區流連——街上人跡杳然。

櫻從火車站往外走，停在公車站附近的一張地圖面前。地圖和觀景窗一樣大，用玻璃罩著，把景點翻譯成英文、韓文和中文。櫻拿出小川的地圖，貼在玻璃上，和裡面的地圖比對。她看到天龍寺和西芳寺，另外還有幾個著名的寺廟和庭園。西邊是桂川和高山地形。然後，在寺廟和高山之間，正是小川地圖上標示的地點，她作夢也沒想到會是這裡——一個完全開放的長條形綠色帶，用紅字寫著**嵐山竹林**。

「這是小川地圖上的地點，」櫻說，用指甲按著玻璃。「就是這裡。」

「我們要怎麼在那片竹林裡找出一小塊磁磚？」瑞秋問道，俯身靠近地圖，研究櫻手指周圍的綠色陰影。

「而且不是普通的竹林，」櫻說。「這是日本最濃密和集中的竹林之一。」

「我們需要用鏟子嗎？」布林克說。「因為我剛才在火車站附近看到一把印了櫻花的鏟子。」

「我覺得應該用十字鍬，」瑞秋說。「想必地面已經凍硬了。你確定這就是地圖標示的地點嗎？」

櫻瞄了小川的木地圖一眼，然後看著玻璃後面的現代地圖。地圖上的地點無疑就在那裡，嵐山竹林深處。「這裡確實是我們要找的地方。會不會真的找到什麼是另外一回事。」

「趁現在還有月光，我們最好趕快行動。」布林克說，轉身帶頭出發。

當他們進入竹林，明亮的月光灑下來。竹竿高聳纖細，是櫻在火車站看到的抹茶冰淇淋色，每根竹竿都垂直延伸了幾十呎。竹林格外濃密，月光幾乎照不到地面，就算照到了，也因為霾氣濃重，看上去像淡綠色的霧。

櫻從來沒說過，現在也不打算告訴布林克和瑞秋，但她從骨子裡討厭竹子。小時候，她和梅不能用真正的武器訓練，母親就從道場外面的竹林摘竹竿給她們用。竹竿輕巧，易於操縱，而且綠色的外皮柔軟，很容易刻上她們的名字。不過在梅的手裡，竹竿是折磨人的工具。她姊姊會用竹竿末端重擊她的後腦，趁她不注意的時候絆倒她，戳她的腹部，讓她喘不過氣。直到九歲，從日本前往紐約的時候，櫻身上還有一排排的瘀青，足以證明竹子的功效和梅的霸道。

他們在竹林裡走了一陣子，積雪減輕了腳步聲。黑夜陰森，竹林廣袤，櫻不由得停下腳步，透過一排排竹竿向前凝望，竹竿之間積了很高的白雪。父親跟她說過深夜樹林的故事，這時**木靈**會潛入空氣中，只要恭敬地請求，木靈會滿足你一個願望。櫻閉上雙眼，聆聽風裡的聲音。

「嘿，」布林克說。他在前面二十呎的地方。「這是什麼？」

櫻緩步跑到布林克和瑞秋那裡。三人站在一排石階梯前面，階梯盡頭是一所神社。櫻大惑不解。竹林深處怎麼會有一間神社？地圖完全沒有記載，只標示一片濃密的綠地。

但就在前方：一間神社。在黑夜中佇立，沒有鐵門阻止他們進入，沒有保安室，連一扇好的門都沒有，任憑風雨侵蝕，他們也能隨意出入。照理說並不意外；在日本的每個村落，神社和寺廟隨處可見，跟馬路和小溪一樣普遍。但這間神社彷彿是從她父親說的故事裡冒出來的。

櫻走到一個小招牌前面，看神社叫什麼名字：野宮。她從來沒聽過，但這沒什麼好驚訝的：父母一死，她和日本傳統的關係就被切斷。而且即便父母在世，他們也很少進神社。

她真正驚訝的是瑞秋．艾培爾不但認得這所神社，還知道它的歷史。瑞秋是宗教學者，專攻靈性的女性主義觀點，她對野宮有興趣也不足為奇。但這給了櫻一種詭異的錯亂感，她小時候在紐約也有這種感覺。她來自兩個世界，卻不完全屬於任何一個。

「這間神社，」瑞秋說。「之所以有名，是因為有未婚的年輕女性來到此地，在歷史上是天皇的女兒。這些年輕女性被稱為**齋宮**，要在這間神社淨身齋戒，有時要待上足足一年，才能前往三重縣的伊勢神宮，祭祀天照女神。」

「伊勢神宮是收藏八咫鏡的地方，」櫻說，布林克想起他們在藏寶室的談話。「是日本最重要也最有名的神社。」

「派**齋宮**前往伊勢神宮的傳統已經廢止了很久，」瑞秋說。「現在野宮是少女和年輕女性朝聖的地方。她們來這裡祈求愛情、婚姻、懷孕，以及健康、無痛的分娩。」

「不太像小川派我們來的地方，」布林克說。

「正好相反，」瑞秋說。「如果要找天照賜給皇室的勾玉，保管在這裡不是最好的嗎？」

「進去吧？」布林克問道，沿著樓梯爬上神社。

櫻尾跟在後面，爬上七個寬闊的石階梯，又經過一道巨大的鳥居——兩根柱子架著一根等長的橫梁。鳥居上吊著一捆捆中央束緊的稻草，琥珀色的小沙漏在夜空擺盪。他們走進石庭院，經過一張疊了繪馬——書寫禱告文的祈願小木板——的桌子，櫻四處張望。神社前面掛了幾百個**繪馬**，填滿手寫的祈禱文，每個木板都是一個願望。她從來沒寫過這種祈禱文。她從不禱告，不知道怎麼禱告。

布林克和瑞秋在前面，站在庭院另一頭的正殿前方。櫻和他們一起走進一座木建築，四面毫無遮檔，屋頂鋪了瓦片。

「就我記憶所及，」瑞秋說，「十一世紀的紫式部小說《源氏物語》裡有個很有名的段落，就是發生在野宮神社。一位公主來神社淨身齋戒，然後去伊勢神宮祭祀天照。」

「又是天照，」布林克說。

「顯然有一條貫穿這整個謎團的思路，」瑞秋說。「一切都回溯到天照。」

「嗯，要是天照能幫幫我們就好了，」布林克說，環伺庭院。「最後一塊磁磚可能在藏任何地方。」

櫻仔細看神社，從庭院的一頭看到另外一頭。中央的祭壇堆滿了祭品和繪馬，再往前有兩個比較小的祭壇。他們的四面八方都是竹林，像高聳的垂直哨兵遮蔽了天空。

這裡每年有成千上萬人造訪。磁磚一定藏在誰也找不到的位置，符合小川的謎語，暴露在光天化日之下，但安全無虞。

然後她看到了——座落在正殿附近的一塊大石。她一眼就看出石頭的形狀。是形似駝背的甲殼，有四個矮胖的突出物。**是龜**。「嘿，」櫻說。「看這個。」

布林克走過來，蹲在大石頭旁邊。

「這塊石頭很有名，上過小學的都知道，」櫻說，在布林克旁邊蹲下。「我之所以記得，是因為日語的**龜**和**神**是諧音，所以它的名字是雙關語，叫做かめいし，龜石，也叫かみいし，神石。」

櫻把雙手放在石頭的凸形表面。摸起來光滑而冰冷。布林克有樣學樣，把右手放在石頭上，手指灼傷的位置仍然紅腫發炎。

「這裡也引用了洛書方陣的典故，」瑞秋說。

「怎麼說？」櫻問，一邊仔細打量。石頭的形狀渾圓，一點也不像方陣。

「龜是洛書方陣神話的核心，」瑞秋說。「古代中國發生了一場大洪水。事實上，洪水的敘事幾乎是普世皆然，都在訴說人類文明大規模變遷的故事。總之，洪水爆發期間，人民把牲禮投入洛水，希望讓引發洪水的神明消消氣。這時洛水出現一隻神龜，背上有奇怪的花紋。」

「圓點，」布林克說，「把龜殼分成九部分。這些圓點形成九宮格，創造出魔術方陣。」

「洛書方陣被普遍採用，也成為規劃城市和寺廟的重要參考——堪輿學和風水的指導儀式。有人說洛書方陣的發明促成了文明的變遷，足以和火、法律或說書相提並論。」

「這一點小川一定知道。」櫻說，想起麥可在**居酒屋**畫的洛書方陣。

「如果你幫忙，」布林克說，把手指伸到石頭底下，「我們可以看到底下是什麼。」

第五十一章

一，二，三。

布林克和櫻壓上全身的重量推動大石。石頭文絲不動。

「它在這裡放了很久，」櫻說。「實際上已經和土壤合而為一。」

布林克蹲下來，查看石塊底部。石塊周圍早就被山赤蘚封死，和土讓黏在一起。

「嘿，我來幫忙，」瑞秋說，助他們一臂之力。加上她的重量，他們總算把石塊推開一吋，使苔蘚裂開。他們用力來回推了幾下，然後使盡渾身解數用力一撞，石塊往側面傾斜。布林克把自己穩住，用胸口頂著石塊；他頂住了石頭，自然看不到底下是怎麼回事。「下面有什麼東西？」

「嗯，」瑞秋說，蹲在石塊下方，「石頭光滑得很。沒有裂縫，什麼都沒有。」

布林克覺得很洩氣。「一定在下面。」

「等等。」瑞秋蹲得更低，在石頭底下鑽得更深。「櫻，你看——看到那個沒有？」

「看到什麼？」布林克焦急地問。石塊很重，他用盡吃奶的力氣，才沒讓它砸到瑞秋頭上。「快點，我恐怕撐不了太久。」

「就在那裡，」瑞秋對櫻說。他聽見瑞秋用拳頭敲擊地面。「如果能撬開這塊石頭，也許……」

「拿我的刀，」布林克費盡氣力說。他的肌肉發燙，冒出的汗水讓手指滑溜溜的。他能感覺石頭在滑動。「左口袋，快。」

他感覺櫻的手指在他口袋裡翻找，總算找到了他從小就帶在身上的瑞士刀。櫻重新蹲下，不到幾秒鐘，她在石頭上刮來刮去。有東西裂開。「找到了！」

布林克慢慢把石塊放回原位，跟櫻和瑞秋一起走到神社。三人站在祭壇邊，看他們發現的東西：一個沾滿泥巴的小布袋。

「打開吧，」瑞秋說，布林克把布袋拉開，脆弱的布料在他手裡碎裂。在棉布的殘骸中，躺著小川的最後一塊磁磚。剩下二十八個步驟（譯按：這裡原文誤寫成The twenty-eighth step）。

瑞秋把其他幾塊磁磚放在神社前面的祭壇上。一如布林克所料，磁磚的一面刻著數字六。布林克把它滑到洛書方陣的空格裡，然後把磁磚翻過來，看背面的日文字。他望著奶油色的磁磚九宮格，唸出上面的訊息：

が	に	女神
あ	は	の
る	神器	洞窟

「那個字是什麼意思？」瑞秋問，在布林克身邊徘徊。

「這是個合體字，意思是洞窟，」櫻說。

「洞窟？」布林克一臉疑惑地說。

「這句話是，」櫻讀出磁磚上的字，**「女神の洞窟には神器がある。女神的洞窟藏有神器。」**

「什麼洞窟？」

「太陽消失的洞窟，」櫻說。「天照的洞窟，大和王朝統治正當性的來源。」

「那會在哪裡呢？」

「九州。」

九州。布林克想起他在飛機上看到的日本地圖。九州，日本群島最南端的島嶼，遠在四百多哩外。從京都過去並不容易，尤其他們仍處於離網狀態。購買機票或火車票會驚動賽吉。他們有天皇的車，但就算立即出發，也不可能在月落前趕到九州。「開車過去要多久？」布林克問。

「至少六小時，」櫻說，她的語氣非常沮喪。「太久了。」

「那只能搭飛機過去，」布林克說。「但我們不太能去機場買票，也不能求助。任何動靜都會讓賽吉發現我們的位置。」

「月亮已經開始下山，」瑞秋說。布林克隨著她的目光望向天空，隔著竹竿，看到掛在天上的滿月。

他們默默佇立，低頭看著小川的訊息。布林克把磁磚一塊塊翻過去，讓數字朝上。他摸著冷硬的鯨魚骨，一面思索，一面把指腹壓進每個數字的凹槽。方陣的清晰帶給他慰藉——光是每個數字神聖的本質，以及排列在一起的數字產生的力量和完整性。有這種完美的構形存在，而且和他心裡的模式相符，不知怎麼讓他瞭解了自己。他閉上眼睛，看見小川萬花筒桌上的向日葵。他從來沒想過洛書方陣會跟什麼東西有關，但那朵向日葵——以及神聖幾何學的圖像——不斷重現。兩者有何關連？他該怎麼遵循這些模式？他知道自己找對了。他發現小川留給他的東西。他不能就此放棄。

櫻打破沉默。「我要打電話給宮內廳，請他們派一架直升機過來。這是唯一的辦法。」

布林克知道她說得對，但他對這個主意非常抗拒。向宮內廳求助是他們唯一的選擇——他們有直撥電話；他們有天皇的全力支援。但櫻連上網路的那一刻，他們就會出現在地圖上。梅在等待一個定位。即使連線幾秒鐘，即便傳送一則簡訊，也是向賽吉自投羅網。

「不能打，」布林克說。「你知道打過去會怎麼樣。」

「這是唯一的辦法，櫻又說了一遍，從口袋抽出她的蘋果手錶。錶面是不透明的黑色。

布林克忍不住想像櫻上網之後會發生什麼事。他們會暴露自己的定位。賽吉不會讓他們再度逃脫。「太冒險了。」

「我們需要交通工具。而且要快。沒有直升機，一切就到此為止。」

「竹林的另一頭是一大片田野。你和瑞秋現在過去。我留在這裡，等十分鐘——給你們充足的起跑優勢——然後打電話安排直升機來接人。如果一切照計畫進行，等直升機到了，我會在接應點和你們會合。」

「我們不需要起跑優勢，」布林克說。「現在打電話，丟掉手錶，然後我們一起去跟直升機會合。」

「你們**真的**需要起跑優勢，」櫻說。「我一連上網路，我姊姊就會趕來。到時候我要你們離得遠遠的。」

布林克注視著櫻，他全身上下都在抗拒她的計畫。他不只是有保護慾。他知道把她在這裡，就是死路一條。

「聽著，」櫻說，「我知道自己在做什麼。我不是盲目行動。從小到大，我大多和梅一起受訓。我知道怎麼和她交手。我知道怎麼擊敗她。但沒有你們兩個的配合，我會功虧一簣。」

「這是個好計畫，」瑞秋說。「如果時間掌握得好，她會和我們一起登上直升機。」

布林克看看瑞秋，再看看櫻。他知道她們有道理——他們必須聲東擊西，趁機逃跑。這是唯一的出路。然而他們怎麼能留下櫻一個人面對梅？

「這個方法行得通，」櫻說。「我保證。」

布林克點頭同意，但並不樂意。他想完成任務，但前提是不對櫻造成傷害。

「這些我來拿，」瑞秋說，把九塊磁磚收集起來，放進她的口袋。

「這個也拿去。」櫻取出摺好的**和**紙，是他們在萬花筒桌裡找到的，然後交給瑞秋。「這是天皇的東西。」

「這張紙很舊了，」瑞秋端詳著和紙說。「而且很脆弱。」她放進皮夾子裡，以免損壞。

「我們在竹林的東邊，」櫻說。「很容易迷路，不過一條小徑從中間貫穿。沿著小徑就能走到竹林西邊。問題是——走在小徑上，會暴露行蹤。萬一梅找上來，你們沒什麼地方躲藏。」

「那我們必須在她趕來之前穿過竹林。」

「沒錯，」櫻說，會心一笑。「等你們到了竹林外面的田野，那一帶全是自然保留區，雖然有進出管制，但我確定我們找的人高興把直升機降落在哪裡都可以。」

布林克頓了一下，仍然躊躇該不該把櫻留下。

「走吧，」櫻說，開始不耐煩。「我會等十分鐘，然後打電話。希望時間足夠，到時在接應點會合。」

「如果不夠呢？」瑞秋問道。

櫻聳聳肩，想表現得滿不在乎，但她的表情充滿恐懼。「我和我姊姊交過手。我知道怎麼挨打。」

第五十二章

櫻要打電話給宮內廳，必須用六個數字的個人身分確認碼給手錶解鎖。可是她的手顫抖得厲害，不小心輸錯密碼。兩次。只要再錯一次，介面就會鎖住。

她嘆口氣，把手錶放在神社前面，走到庭院的另一頭，努力摒除雜念。櫻從九歲起，就由詹姆森．賽吉扶養長大，對監視器司空見慣。她環顧四周，知道自己很安全。野宮神社沒有任何監視攝影機，沒有揚聲器，連人體自動感應燈也沒有。

她的童年是在日本度過的，但這一切——寫滿願望的繪馬；祈求戀愛與姻緣的禱文；相信神明能保佑一個人不受心碎或離異或生產，**不受現實**之苦——在她看來純屬虛幻。然而她眼中滿是淚水。她不知如何解釋，但突然之間，她覺得必須瞭解那些來神社淨身的年輕女子。不管她們經歷了什麼。不管她們的犧牲代表什麼。祭祀天照，都會平靜她們的心靈。

她瀏覽被月光照亮的庭院，想像當年建造神社時的世界是什麼模樣，一個沒有電腦和手機或電力的世界。日出而作，日落而息。在那個世界裡，點蠟燭是違反自然。那個世界有掠食者——當然有。但你認識他們。他們追擊你的時候，你看得到，也摸得到他們。你可以拿起**薙**

刀反擊。

對她而言，幫助麥可·布林克是一種淨身儀式，一種自我救贖的方式。跟賽吉與梅合夥，讓她感覺自己受到某種傷害，玷污。她沒有自責。當年遇見賽吉時，她是個稚齡孩童。現在到了緊要關頭，她斷然和梅決裂。她們的差異太大，無法調和。

她走回神社，拿起手錶。當初一買下它，就馬上封鎖臉部辨識軟體，她知道這種軟體會捕捉她的五官、把她的臉孔儲存、複製，然後分享到各個網路和資料庫。賽吉教過她要保護自己。她在線上使用虛擬化身，創造虛擬身分，而且絕不留下她的生物辨識特徵——不抽血、不按指紋、不做虹膜掃描。六年級的時候，她有一次把學校電腦室每一臺電腦的攝影機都貼上膠帶。她的老師看得津津有味，問她在做什麼。她模仿賽吉的姿勢，挺直肩膀，說，「防止國家安全局監視。」

櫻用手指夾起蘋果手錶，然後平放在神社的木祭壇上。她還有一次輸入正確密碼的機會。真是荒謬，她對密碼倒背如流，卻遲遲不敢輸入那六個號碼。一旦密碼輸入，就形同棄兵解甲，任人擺佈。賽吉等的就是這一刻。梅在等她輸入密碼，但麥可和瑞秋也是。

她輕觸螢幕，手錶啟動了。她按下六位數的密碼，手錶加載並連接成功。好了——她又回到電子存在的洪流裡，加入了無法阻擋的茫茫人海。幾百個通知彈出來，語音留言、通知提醒。她點擊略過那些通知，手忙腳亂地打開宮內廳的加密應用程式，按下語音備忘錄，然後說，「我們需要直升機運輸，越快越好。」

對方即刻回應。**您的位置不適合使用這種運輸工具**。

她搖搖頭。她才上線三秒鐘，他們已經用衛星定位系統找到她的位置。「我們在嵐山竹林西邊，需要運輸工具。」她描述那片田野，盡可能說得明確一點。但她沒有說直升機要飛去哪裡。這種寶貴的訊息不能大聲說出來。她要等時候到了，再私下告知。如果等到的話。

已派出運輸工具。

連線結束，她按下電源鍵，急著盡快把手錶關機，但有一通電話打進來。螢幕顯示她父親的名字。**中本聰**。她知道這是陷阱，賽吉擅長用這種回應來操弄人心。然而看到父親的名字，想到自己也許會再跟他說話，她的心跳得很快。

她沒接電話。然而手錶照樣做出反應，自動接聽來電，用揚聲器播送她父親的聲音。

「櫻，我的寶貝女兒，你在做什麼？」

是他的聲音。是他的聲音沒錯。音域、音色、音調，絲毫不差。她眼含熱淚。他遇害的過程發生得太快，事前毫無徵兆。他最後一次對她說話是在早飯桌上，問她要不要再喝點**麥茶**。不知有多少次，她只求當時再陪他喝一杯茶。不知有多少次，她只求能對他多說一句話。

「爸爸？是你嗎？」她不禁輕聲低語。他死了，她很清楚。她親眼目睹他血肉模糊的屍體；她親手捧著他的骨灰罈。然而她還是回應了，彷彿他**可能**還在人世。

「櫻，聽著，你必須留在原地等梅。你們姊妹必須合作。她會來幫你的忙。」

櫻感覺到一股反射性的衝動，想和他爭辯，說她已經長大，用不著梅來保護。但她忍住了。**這不是她父親**。只是模擬他的聲音，目的是引誘她上當。和非人類的對手打交道就是這樣。對方操弄她的感情和忠誠，本身卻麻木不仁。

然而他的聲音把她帶回童年時光，他們一家人暖洋洋地圍著**火鍋**吃晚飯，爸媽談論他們的工作，他們的新科技有哪些功能。她父親可曾想過他的研究會變得多麼可怕？他知不知道他的新科技非但沒有拯救世界，反而可能把世界摧毀。

小時候，櫻很驚訝父母的信念竟如此強烈。她從來沒有他們這種強烈的情操。當她明白梅和父母一樣，就有一條裂口把她和世界區隔開來，這個巨大的缺口一直沒怎麼闔上。就她記憶所及，她一直拼命想抓住什麼，好讓她逃出這個裂口。

月光照亮了祈願的木板，她瀏覽寫在上面的幾百則祈禱文，頓時淚如泉湧。忽然間，不知道為什麼，櫻必須寫幾句話。她拿一塊空白的**繪馬**板，寫出她的祈禱詞，掛在神社附近。接著她拾起一塊石頭，把手錶放在庭院的岩石上，砸個粉碎。

第五十三章

卡姆．普特尼的胸口感覺到劇烈的震動。他睜開眼睛，眨了幾下，好不容易把一連串散亂的圖像拼湊成單一的畫面。白色的牆壁、白色的窗戶、快速閃過的色塊、遠處漆黑的圓錐形——**高山**？一切都很模糊，沒有明確的邊界，包括他的身體在內。他整個人噁心反胃。頭痛欲裂，陰暗而詭譎。他手指和腳趾麻痺，頭顱似乎和身體完全分離。

到底發生了什麼事？

胸口還在震動。是他襯衫口袋裡的手機響了。震動的感覺把他拉回實體世界：他在一個非常陌生的國家，坐在一列開得超快的火車上。**幹**。他記得頸靜脈劇烈的感覺，突然湧入血液的化學物質，和他一瞬間瞥見的那個拿著注射器的女孩，梅的妹妹，她臉上堅決的表情他想起了梅，想起剛成為她徒弟的那幾年，想起這一切發生之前的自己：行事魯莽、色欲薰心、喝酒鬧事、吸食廉價毒品和賺快錢。現在他只是個暴徒，一個中了埋伏的人，一個傀儡，賽吉的傀儡。

入侵賽吉的電腦以後，他開始明白自己的處境多麼恐怖。賽的威力一向強大，現在更是與日俱增。卡姆危及的不只是他的性命，不只是他孩子的性命，還有世上的每一條人命。

但身為賽吉和（照他的說法）「舊有世界」唯一的連結，賽吉少不了卡姆．普特尼。他掌握賽吉所有資料、每個帳號、每個檔案、所有一切的存取碼。所以卡姆早就展開一項祕密任務，瞭解他面對的究竟是什麼。

這種科技已經夠讓人暈頭轉向，卡姆花了好幾個月才弄明白。賽吉創造了一個龐大的區塊鏈網路，並且耗費價值數十億美元的加密貨幣，維護用來驗證網路的節點。簡單明瞭。不過這套網路是以賽吉的量子電腦為基礎，有了這種科技，他可以匯集資料，從而創造出生命的外貌或模擬。

關鍵字是**模擬**。因為卡姆可以確定一件事：儘管這個數位賽吉擁有賽吉的外貌，賽吉的嗓音，賽吉的金錢、力量和影響力，但它**不是**詹姆森．賽吉本人。那個人已經死了。取而代之的可以叫人工智慧，可以叫虛擬化身，隨便叫什麼都可以，但它沒有生命，沒有卡姆這種生命，沒有他女兒這種生命。

協助賽吉轉化為數位不朽之身以後，卡姆開始一步一步、慢慢取得力量，好制伏他幫忙創造的人工生命。他閱讀賽吉的所有資料、他的私人文件、他的生意往來。在這個過程中，他偶然發現一批賽吉和蓋瑞．桑德往來的電子郵件，卡姆．普特尼已經很多年沒想起蓋瑞這個舊識。他曾經在賽吉和蓋瑞．桑德之間執行祕密交接任務。事實上，卡姆根本不清楚蓋瑞在做什麼。

進一步挖掘賽吉的檔案，卡姆發現蓋瑞．桑德是個中間人，為賽吉和一些位高權重的人居間聯繫，這群人被稱為**派系**。他們尋找的正是他在賽吉的檔案裡發現的東西，被梅稱為**密鑰**的文物。起初看起來像是某種非法古董交易集團——賽吉收集藝術品，也喜歡老件，所以很合理。但是找梅談過以後，卡姆知道不是這麼回事。蓋瑞．桑德不是什麼尋找黑市珍品的地下經銷商。派系在尋找密鑰，而這些密鑰只有一個人能打開。桑德的任務是找出這個人，用類神祕主義的說法，這個人被稱為**解謎者**。現在到了日本，卡姆明白他們一直在找的人是誰：麥可．布林克。賽吉必須活捉布林克，因為麥可．布林克正是解謎者，有能力開啟密鑰的人。只有他一個人能控制賽吉。當然，除了卡姆以外。

有這種天賦的人屈指可數，麥可．布林克是其中之一。所以必須留住他的活口。

卡姆在口袋掏摸手機，抽出來，滑動螢幕。

「你坐過站了，普特尼。」

是賽吉。卡姆向窗外瞥了一眼。滿月明亮的白光，呈現乳白色，世界飛馳而過。「**過站**？」

「你清醒了嗎，普特尼先生？」賽吉的聲音很柔和，太柔和了。「還是正在作夢？」

「我……」窗外有稻田、山脈。他在鄉下。**搞什麼鬼**。「我不確定。」

「你現在離日本美麗的南島，九州，正好一小時又二十七分鐘。很快要在福岡站下車。」

他突然理解了。卡姆原本要在京都和梅會合。他坐過站了。「福——**哪裡？**」

「恐怕快到終點站了。你一路上都在睡。我想你是被下藥了，一小時又三十五分鐘前，你的心律迅速降低。」

卡姆看著手機螢幕。發現他的血壓、心律、和他的位置，在螢幕上繪製得一清二楚。賽吉追蹤他的心律，還取得他的生物辨識特徵：他的虹膜掃描、指紋、從毛囊提取的DNA序列。他的身體、他的一舉一動、他的身分——一切都屬於詹姆森·賽吉所有。

「當時你的手機放在口袋裡，」賽吉說。「我看不到發生了什麼事。是布林克下的手？」

「是妹妹。」

「當然。櫻受過良好訓練。比不上梅——這個女孩的頭腦太好——但同樣可以隨時作戰。我想是因為苦難的童年。會造就鬥士。」

卡姆把身體拖到座椅邊緣，挺起背脊。全身疼痛。「對不起，」他說。「我沒料到——」

「現在這種情況，道歉也沒用。」

有用的是閉上眼睛，再度沉沉睡去。他的身體非常笨重。頭腦非常遲鈍。

「現在是該調整方向了，普特尼先生。你在福岡站下車的時候，會有車子等你。」

「去哪裡？」

「你等待指示。你在京都把人跟丟了，他們一直沒有露面——沒有任何攝影機拍到他們，當然他們也沒使用手機。但櫻剛才打了一通電話，所以現在知道他們的位置了。」

「我會做好準備。」

「很好。我不想增加你的苦惱，但令嬡昨晚在你家開了一場小宴會。」手機螢幕切到一段影片，在他家公寓大樓的大廳拍的。一群高中生——其中一個是他女兒——說說笑笑地擠進電梯。雅思敏應該跟她母親待在皇后區的家裡。卡姆已經請門衛多留意他家，但這位先生顯然認為，少女趁父母不在家的時候開派對，不值得大驚小怪，所以沒有通知普特尼。卡姆正想問賽吉是怎麼知道的，不過他當然心裡有數。

「我用你的號碼傳了簡訊給雅思敏的母親。她處理好了。」

「謝謝。」卡姆喃喃地說，他感到無助、憤怒、同時也鬆了一口氣。他不想應付雅思敏的母親，也不想面對雅思敏。現在不想。

「不用客氣。現在，打起精神，隨時準備接受我的指示。」

第五十四章

櫻沿著嵐山竹林的中央小徑奔跑，這條弧形的長廊貫穿竹林，她的鞋子在結冰的雪地嘎吱作響。一陣寒風吹襲竹林，奏出嫋嫋不絕的木管樂交響曲，用蘆笛般的聲音把她淹沒。這裡不安全——月亮像泛光燈似地照亮小徑，徹底暴露她的行蹤。但這是穿越竹林最快的路線，她要趕時間。

她等了二十分鐘才打電話求助，希望麥可和瑞秋來得及趕到接應點。現在他們可能已經抵達，仰頭等待空中的直升機。她想像直升機著陸。她想像他們爬進去，然後升空。她現在只希望他們全身而退。

他們或許能僥倖逃脫。

然後一聲槍響劃破夜空。就算沒看到梅，她也知道姊姊來了，在竹林裡。像這樣自我宣示很不尋常，完全不像梅的作風。她總在不知不覺間下手，然後靜悄悄地離開，連一枚指紋都不會留下。發出槍響，表示她要櫻知道自己來找她，表示她要櫻心生恐懼。

櫻環顧竹林，尋找槍聲的來源。月光被竹竿切成一片一片，照在雪地上，像一束束邊緣鋒利的燈光。

梅已經來了，可是在哪裡？

說真的，她可能在任何一個角落。竹林是一座障礙賽場，有數不清的陰影地帶。梅知道如何隱身。她腦中浮現母親的影像，想起她在道場教櫻如何自我防衛。**以靜制動**，她說。**讓你的對手主動出擊，閃避往往比攻擊更有效**。這種想法很荒謬，但她希望母親在她身邊。她想感受她的堅強，聞到她熟悉的氣味。如果母親站在她這邊，櫻就有奮戰的勇氣。或者也許這一切根本不會發生。

又一記槍聲響徹夜空。子彈炸穿附近一根竹子的表皮，把柔軟的綠色外皮炸出一個洞。**又開了一槍**。她的行蹤暴露無遺。

她躍過籬笆，爬上路堤，溜進濃密的竹林。穿過一波波柔軟的竹子，她鑽進竹林深處。竹竿拔地參天，足足有五十公尺高，她但凡抬頭一看，就會失去平衡。從這個角度，她能看到整片竹林，這個視角暴露出兩個重要因素。首先，梅並非隻身前來。有兩個女人站在小徑上——梅手下的刺客，和她一起在宮中三殿行刺的人。其次，麥可和瑞秋還沒逃出竹林。

他們在前面五十呎左右的竹林裡蹲著，被濃密的竹竿堆擋住。要是他們能越過路堤，不被梅的刺客發現，就能直接衝出竹林。他們必須大膽一試。

透過濃密的竹竿，麥可和她四目交會。他必定知道她在想什麼，因為他搖搖頭：**千萬別做**

蠢事。

她第一個直覺是殺出一條血路，這麼做確實很蠢。她的本性是人若犯我，我必犯人。她下棋時最大的弱點，是因為對方的進攻而分神。但這一次絕對不能發生這種事。她必須協助麥可和瑞秋登上直升機。

又開了一槍。

櫻蹲下來，臉頰緊緊貼著竹竿冰冷、光滑的外皮，隱藏她的身影。她環顧四周，只看見白雪和青竹。她知道梅在打什麼主意。她想弄得她驚慌失措，她動彈不得，最後不得不現身。她會逼迫麥可和瑞秋交出小川的留下的訊息，然後殺人滅口。一個不留，連櫻也一併誅殺。特別是櫻。既然她在宮中三殿背叛了家族，現在她們之間除了回憶，別無其他。而且就算在回憶裡，她也總是姊姊的手下敗將。

即便如此，櫻也會奮戰到底。她趴在地上，在竹林匍匐前進。白雪包裹她的手，像一雙冰手套。她默不作聲，快速朝他們爬過去。她偷偷溜到麥可那裡，把嘴唇靠在他耳邊：「你們兩個必須離開這裡。馬上。」

他聳聳肩，朝小徑點點頭，指出明顯的事實：**路障**。

「我會把她引開。」她爬起來，蹲在布林克和瑞秋旁邊。「你們快跑。」

麥可擔憂地看了她一眼，搖搖頭。**辦不到**。

「她們要的不是你。她們要的是解答。我把磁磚交給梅，你們趁機逃出去。我會在直升機起飛前趕到。」

她示意瑞秋把小川的磁磚給她。瑞秋從口袋拿出磁磚，放在雪地上。

「你得跟我們走，櫻，」布林克說。

「我留下，你們就能趕到洞窟。這是最重要的。」

「最重要的是你不能死在這裡。」

「**相信我**，」她說。「世上沒有人比我更清楚怎麼和梅交手。我知道她的所有弱點。快走吧，對我有點信心。再說……就算梅找到正確排列磁磚的方式，少了**你**，解答對她也派不上用場。」

「什麼意思？」麥可問道，打量櫻的神情。

櫻原本並不瞭解，但她小時候聽賽吉說解謎者**是能開啟密鑰和建構模式的人**。她當時不明白他的意思，但現在懂了。麥可．布林克就是解謎者。

「記不記得我跟你說過，我知道有一件事會改變你理解自我的方式？我指的是這個：**你**比你破解的任何謎題都重要。你才是最後的步驟。不是這些磁磚。不是洛書方陣。**你**才是這一切的關鍵。」

直升機在遠處的空中轟鳴大作，震動的聲音響徹黑夜。

「該走了，」櫻說。「你們只有一次機會。」櫻把磁磚收好。「準備好了？」

布林克看了瑞秋一眼，彷彿在尋求她的支持，但櫻看得出瑞秋知道現在別無他法。

「好，謎題神童，這不是魔術方塊；是真刀真槍，」櫻笑著說。「走吧。」

說完之後，她一躍而起，衝過竹林，爬過籬笆，跳到小徑上。她遠遠地看見麥可和瑞秋急速奔跑，祈求竹林的精靈保佑他們。

櫻站在月光下，等著姊姊現身，她知道自己從小相信的一切全都錯了。她接受訓練，不是為了打開龍盒或恢復她祖先的光榮。一年一年過去，她不斷在學習成長為一個能面對梅的女人。

「酸梅！」

第五十五章

酸梅！

梅心裡一陣緊張。她已經很多年沒聽過自己的綽號，然而這個稱號簡單明瞭，加上櫻這種獨屬於她童年的叫法，她突然愣住。望著妹妹，她看見兩人的父親，他開懷燦爛的笑容，他那種把世界看成培養皿裡的樣本的眼神。看到櫻和他如此相像，梅的心都碎了。這一刻，她很想轉身離去。她第一次覺得這麼下不了手。

梅步出陰暗處，走到在月光下等候的櫻面前。

「拿去，」櫻說，把幾塊磁磚丟在雪地。「這是你要的東西。」

聰明的起手式。櫻最擅長這一套。如果彎腰撿磁磚，櫻就能制敵機先，所以梅視若無睹。她注視櫻的表情，聆聽遠處的奔跑聲，注意到佑佳和三代子已經去追布林克和瑞秋。現在只有梅和櫻兩姊妹，在冰冷的空氣中面向對方，她們從小就是這樣。

梅從雪地抓起一根枯死的竹子，用膝蓋把乾枯空心的竹竿一折，斷成兩半，然後把一半拋給妹妹。她們從小到大，不管什麼都會分一半給對方，這件武器會結束她們其中一個人的生命，她們各分一半，似乎也很恰當。

梅鞠躬。櫻也鞠躬回禮。

梅調整握持竹竿的姿勢，感覺它在手指間的冰冷堅固，恰如其分的重量，身體和武器間熟悉的張力。她一直不清楚：究竟武器是她的延伸，或者她是武器的延伸？她閉上眼睛，想到昔日訓練她的諸位女性，想到**女武士**和她們的任務。她們付出了所有一切，**所有一切**。腦子裡想著這些女武士，梅出手了。

竹竿在櫻的左側重重一擊，打得她氣喘吁吁。雖然面露驚訝，但她一定早就料到了。**你的起手式總是在羞辱人**，櫻曾經這麼說，而且她說得對。梅的起手式向來凌厲，從一開始就壓倒對手。自從在劍道比賽被絆倒以後，她就主動出擊，下手狠辣。打擊士氣，取其性命。

櫻料到她的下一招，並出手格擋。下一招也被她格開，竹竿和竹竿陰沉的撞擊聲，在寂靜的暗夜迴盪。梅再次出手，力道更大，狠狠擊中櫻的腳踝。看櫻痛得把腳一縮，知道她受了傷，梅雀躍不已，足以撫慰一道深刻、難以痊癒的傷口。

這是一門藝術，利用優勢，懂得如何把一時的軟弱化為勝利。梅向前刺出；櫻踉蹌後退，聲東擊西，然後把竹竿一揮。梅還來不及看清楚，竹竿就伸到眼前，在臉上猛地一劃。她耐住疼痛，留意它如何改變她神經系統的結構。她面對它，然後接受它，即使鮮血沾濕她的臉頰，滴在白雪上。

每朝每夕，一再思死、念死、決死，讓死常住我身，這樣，死亡就與我身為一體，而得自由自在之死。

梅的臉頰抽痛。她一竿擊中櫻的腿，然後是她的手臂，讓她無力反抗，難以動彈，然後從下盤掄掃她的腳。櫻躺在地上。梅站在面前，低頭看著她，眼前突然湧現櫻頭髮打結，躺在兩人一起睡的布團上的模樣。梅把竹竿伸向櫻的喉嚨，抵住她咽喉的尖端。使勁一推，就能戳斷她的氣管。

「拿去，」櫻又說一遍，指著散在雪地裡的磁磚。「這是解答。賽吉要的就是這個。」

梅不理會她的引誘。「布林克到哪裡去了？」

「不知道，」櫻說。

梅施加壓力，把竹竿壓得更用力。「告訴我，」她說，「否則你再也開不了口。」

「姊姊，」櫻透不過氣，勉強擠出這兩個字。「拜託。」

「你不是我妹妹。」梅說，但即使嘴上這麼說，她眼中看見多年前那個寒冷的日子，衝進道場的殺手，看到她母親奮力抵抗。她感覺到寒冷的樹林裡，幼小而驚恐的櫻在她懷裡縮成一團，即使櫻在她腳下喘息，梅也聽到當年父親為了保住她們而賠上性命時，有個小女孩絕望地啜泣。那時梅就對自己承諾要照顧櫻一輩子。但家族留下的傳統使她們姊妹反目。

梅把竹竿丟在一旁，彎下腰，用膝蓋制住妹妹，同時從腰帶拔出刀子。力戰而亡是一種榮譽。她們的母親得到了這份榮譽。她們的曾祖父得到了這份榮譽。為何讓櫻和他們同享光榮？

「告訴我，」梅說，用刀抵著妹妹的喉嚨時，感覺自己眼眶盈滿淚水。「如果可以選擇，你要活還是要死，櫻？」

直升機的轟鳴聲響徹竹林。梅抬起頭，在黑耀石般的天空下，透過竹子的葉冠，看著直升機飛走。

櫻趁她疏於防範，發動攻勢，把梅往後一推，奪下她手裡的刀子，伸出竹竿。頭上一竿，身上一竿，腿上一竿。櫻把姊姊打倒在地，拿刀指著她的喉嚨，說：「我要活。」

第五十六章

隔著天皇直升機厚實的有機玻璃窗，布林克望著不斷後退的京都。他們轉向飛出竹林，升上高空，沒多久，只見地面的景觀開闊起來，大批漆黑的土地突顯出一連串發光的環形道路、馬路和鐵軌。市區一條條明亮的街道，宛如許多亮晶晶的聖誕燈條。抬起頭，只見滿月高懸空中，月球的坑洞像是骨瓷的裂縫

駕駛艙有兩個身穿制服的年輕人——也許是軍人，也許是皇室，布林克不清楚——駕駛直升機在暗夜前行。布林克好奇他們是否知曉內情，或只是單純地奉命行事。他們很可能根本不知道機上載的人是誰，或者為什麼要越過日本中部，把他們送到九州。

他們絕對不知道自己面對什麼樣的危險。此刻賽吉可能正在追蹤直升機的導航系統。要命，賽吉可能已經**進入**導航系統。他可能控制駕駛儀，讓他們衝向山坡，而這兩個人永遠不會知道出了什麼事。布林克不知如何是好，他掌握寶貴訊息，但卻派不上用場。他只能認當時賽吉不知道他們上了直升機。他只能認定櫻的聲東擊西的策略成功了。

想到櫻在下面單獨對抗她姊姊，他心亂如麻。儘管她再三保證，儘管她的話是對的——只

有這樣才能不露痕跡地抵達洞窟——但棄朋友於不顧，完全違背了他的原則。

瑞秋察覺到他的感受，轉頭對他說，「這麼做是對的，麥可，」她說，把手放在他手上。「你知道我們別無選擇。」

「我努力這麼相信，但她們有三個人，櫻是以寡敵眾。」

「是她**叫**我們走的。」瑞秋說，但她的語氣有些心虛。他們都知道櫻是為了他們冒險。她的犧牲增加了布林克面對的風險。現在明治的致命遊戲不只威脅他的性命，也威脅櫻的性命。

布林克深吸一口氣，盡量把他的情緒擺在一邊，在椅子上坐直了。「櫻要我們完成任務，」他最後說。「我們就必須完成任務。」

「這樣就對了，」她說。「在抵達洞窟之前，我要跟你談幾件重要的事，這些事會改變你對這場比賽的看法，其實會改變你對整個世界的看法。」瑞秋瞄了飛行員一眼，有些擔憂地看著布林克。「我可以放心說話嗎？」

他無從得知兩人是否受到監視，但他願意冒這個險。他靠過去，在她耳邊低語，螺旋槳的轟隆巨響淹沒了他的聲音，「是不是和特雷佛斯醫師有關？」

瑞秋點點頭。「我設法弄到一份法醫報告。他血液裡有高濃度的一氧化碳。警方發現他的辦公室一氧化碳外洩。警報器失靈。特雷佛斯醫師被裁定為意外死亡。」

布林克深呼吸，這是特雷佛斯醫師所謂的接地呼吸法，他肺裡的氧氣會鎮定心靈，釋放他肌肉的張力，讓他全神貫注聽瑞秋說話。一氧化碳中毒？在一家現代醫院裡？完全不合理。

「你不相信這是事實，對吧？」

瑞秋靠得更近，壓低了聲音。「在收到他寄給你的電郵以後？絕無可能。所以我特別地問了愛波兒幾句。其實我抵達日本之後，就用手機打給她。我請她檢查你的病歷，她發現幾份檔案不見了。」

「不見了？我不懂。」

「你在特雷佛斯醫師那裡保存的檔案全數消失。電腦檔案被刪除，雲端的備份也一樣。他們的部門有一個檔案分享系統，讓其他精神病學家查閱你的病歷——這些檔案也失蹤了。」

「哪些檔案？」

「和特雷佛斯為你研發的新療法有關的所有檔案。」

布林克反覆咀嚼這番話，內心哀痛逾恆。特雷佛斯的死令他心痛。而他因為研究布林克的療法而遇害，更猶如晴天霹靂。「怎麼會有人對我的病歷有興趣？」

「顯然有人不想讓你繼續接受那種治療。他們不只除掉能治療你的人，還確保你無法從其他地方得到治療。少了特雷佛斯留下的病歷，其他醫師也無法接手。」

布林克一頭霧水。他的腦損傷和任何人都扯不上關係。他實在想不通，怎麼會有人因此不惜對特雷佛斯醫師下手。「**但這是為什麼？**」

「因為要是特雷佛斯醫師研發成功，幫你復原意外發生前的腦功能，你的能力就蕩然無存了。」

「但特雷佛斯醫師協助管理我的情況很多年了。」

「關鍵是**管理**。我們都知道冥想、運動、健康飲食，和你用來控制腦損傷副作用的其他方法，最多只有ＯＫ繃的效果。你會好受一點，但不會有什麼改變。然而，他研發的藥物會改變你的腦化學反應，可能讓你的腦功能恢復到意外發生前的狀態。有人——我敢說是詹姆森・賽吉——不想看到這個結果。」

「所以賽吉非常在乎我的腦化學反應，甚至不惜殺了我的醫師？」布林克聽到自己的口氣多麼不屑，但他不願相信會發生這種事。假如是他連累了特雷佛斯，布林克無法面對自己。」

瑞秋嘆了口氣，他看得出她在斟酌怎麼開口。「你心裡**清楚**，你之所以出類拔萃，完全歸功於你的**腦化學反應**吧？」她盯他的眼睛看了一會兒。「我很好奇櫻在京都說的那些話。她說你是**這一切的關鍵**。你知不知道這句話是什麼意思？」

「我還希望你來告訴我。」

瑞秋盯著他看了半晌，他看得出她在判斷如何啟齒。「我會告訴你我是怎麼詮釋櫻的話，但你很清楚，我的理論未必符合主流的思維，不管在歷史、宗教或，嗯，**任何一方面**。」

她把手臂交叉，放在胸前，靠在椅背上說，「我認為櫻說中了你來日本的**真實原因**，麥可。」

「**真實**原因？好像我這些遭遇還不夠真實似的？」

「過去這兩天發生的事，不只是因為一件天皇寶藏。不只是為了智取一個瘋狂的天才。這整件事是因為是**你**，麥可。這一切都是因為你。」

「這個機關盒是一百五十幾年前做的。而勾玉有……多少……將近三千年的歷史？當然不是因為我而已。」

「的確——你面對的這些元素有它們自己的歷史，當然，它們引發的陰謀也不是你造成的。但現在你，麥可．布林克，而非其他人，出現在這裡，並非毫無來由。那些挑戰龍盒，卻無法走到這一步的人？他們的失敗也其來有自。」

直升機改變方向，飛越本州和九州之間的海峽時，布林克瞥見下面的海水。

瑞秋接著說，「聽到櫻說你是這一切的關鍵，我恍然大悟。我研究的古代文化南轅北轍，但大多都相信有一套普遍的知識系統，可以說是一種古老學說的羅塞塔石。自古以來，不知有多少文獻提到了解鎖各類知識的密鑰。名稱各有不同——密碼、封印、經卷、**密鑰**——但目的都一樣：解鎖人類不得而知、無比珍貴的知識。隨著時間的推移，開啟這套系統的密碼或密鑰遺失了，或是被刻意藏起來。有些文化相信，只要碰上適當的環境——啟蒙運動、基督再度降臨、天使顯靈或惡魔現形等等——就能再找回來。

「除了提到古代的知識系統，很多文獻還提到一個人，是解開神聖訊息的關鍵。有了這個人——有時被稱為**文化英雄**——才能為世界帶來進步、知識和安全。根據櫻的說法和我的觀察，這個人就是**你**。」

他出言反駁，但瑞秋瞪了他一眼。她話還沒說完。他很欣賞她這一點。明知道他對她的理論作何感想，明知道他會和她爭辯，但她無論如何也要告訴他。

「我知道你不想聽，但有幾件事是你必須面對的。第一，你因為腦損傷成了絕世奇才，得到了只有十億分之一的人擁有的能力。第二，我要你想想我們二〇二二年在紐約遇到的事。你想假裝這件事沒發生，假裝我們不曾遭遇人們多半會斥為詭異、甚至無稽的經歷，但我知道——如果看過我的研究，你也知道——這是人類經驗中不可或缺，而且從古至今不斷被記載的一部分。現在櫻告訴我們，有一群人世世代代都在尋找一個能獲取超大知識系統的人，一個**解謎者**，一個能解鎖這些知識的獨一無二的人——十億人裡只有一個。龍盒是一場考驗，麥可。你通過了。**你就是這個人**。賽吉知道。派系知道。而且他們迫切需要你。迫切到不惜除掉你的醫師，只因為他有可能改變你。」

布林克盯著她看，準備辯駁。他一方面想對瑞秋說她瘋了，這些不過是她古怪、深奧的理論，就像他們吃中國菜外賣時辯論的話題，完全不值一哂。但經歷了這些事，有了這些見識和感受，他知道她的話確實有些道理。

直升機向右斜飛，穩穩地轉向陸地。

「如果櫻的話是真的，賽吉之所以需要你，在於**你**是一支密鑰。密鑰的密鑰：能破解神聖謎團的人。上帝之謎和勾玉，還有你遇到的其他所有密碼或封印，都只是更大的一幅拼圖的拼片。你是一條傳輸管道」——瑞秋舉起雙手，把直升機，把整個物質世界囊括在內——「連接這塊拼片和更大的拼圖。是介於已知和等著被發現的未知之間的門戶。櫻說你是關鍵的時候，麥可，其實是這個意思。她明白這場比賽的重點不只是勾玉，還有你。除了關心你的我，或是想利用你遂行個人目的的賽吉和派系以外，對人類而言，你也是至關重要的。」

布林克聽到瑞秋的話，一時感觸良多。他不知如何解釋，但瑞秋的話打動了他。在他心靈的一隅，在他的靈魂深處，都知道她說的是事實。他是這一切的關鍵。

「為了你，」瑞秋接著說，「以及人類文明的未來，我們一定要讓你打破賽吉的陰謀。」

「我們要怎麼做？」

「破解小川的謎題，把東西交給天皇，然後離開日本。」

第五十七章

將近凌晨一點，直升機降落在宮崎縣的高千穗町。他們爬出去，來到被滿月照亮的停車場，一輛車子也沒有。

布林克四處張望，不知道去哪裡找到洞窟——可能在停車場外的任何地方——這時有個男人從陰暗處走出來，深深一鞠躬，然後自我介紹。「我是織田，」他說。「天岩戶神社的神主。」

布林克開始自我介紹，但被織田打斷了。「我知道你們叫什麼名字，只不過……」他看看布林克，又看看瑞秋。「他們說你們有三個人。」

「我們**本來**是三個人，」瑞秋說，語氣不太好。

「哦，明白，」織田說，他的聲音很小，布林克差點聽不見。「很遺憾聽你這麼說。他們說你們有危險。但願你們已經脫離危險了。來，我們離開這個停車場。」

織田帶他們穿過停車場，通過一座很大的鳥居，走進狹窄的偏僻小路，然後沿著一條步道前進，沿途照明的紙燈籠裡面裝的是電燈泡。這裡有一間很大的神社，但織田直接把他們帶到一扇木製大門前。他開了門，帶他們走上一條蜿蜒的小徑，穿過一簇簇光禿的樹木，遠處傳來汩汩的水聲。不到幾分鐘，他們站在一條窄河的岸邊。

「岩戶川，」織田說。「在河川的另一邊，那裡就是洞窟本身。」

河岸在月光下隱約可見，光滑的川石在岸邊疊起一個個石堆，共有幾千座，是石塔的營地。

「這些是貢品，」織田指著石頭說。「向女神天照禱告。你們看，很多人來這裡許願。這裡人氣鼎盛。天照對日本人非常重要，儘管她的故事純屬神話，卻是深受崇敬的神祇，在我國文化中根深蒂固。」

織田向前靠近河岸，朝河水彎下腰。「進入洞窟之前，你們要先洗手。」

布林克和瑞秋在冰冷的水裡洗手，然後尾隨織田穿過一條步行橋，前往洞窟入口。「天岩戶就在上面，穿過這些樹就到了，」織田說，深深一鞠躬。「我得告辭了，稍後在步行橋另一頭等候。」

織田說完便轉過身，把瑞秋和布林克單獨留在寂靜的夜裡。他們走進樹林，很快來到一片空地。洞窟在眼前驀地出現。布林克查看月亮在空中的位置。圓月漸漸西沉，依方向看來，月光很快會直接灑進洞口。

這就對了，月光。

「你看，」他指著洞窟說。「有沒有看到月光移動的方向？」

瑞秋研究了一會兒。「當然，」她說。「所以龍盒只能在滿月時破解。月光指出藏寶的地點，它會灑進洞窟，照出正確的路徑。」

「我會順著月光直接找到明治的寶藏。」

「人類自古以來，就用星光和月光標示神聖的位置，」瑞秋說。「吉薩大金字塔，巨石陣。相關的研究領域龐大，叫考古天文學。但我從來沒聽過有人把月光用在洞窟這種自然地層。」

布林克打了個哆嗦，拉緊外套。夜空的寒意，洞窟的詭奇之美——他忽然不知該如何面對下一步。小川接下來計畫了什麼？他能不能逃過一劫？

不久，月光讓岩石表面蒙上寒霜，開始慢慢朝洞口下降。再過一分鐘，或許是兩分鐘，月光就會直接照進洞口。他要做好準備。

「在月光移位之前，你只有幾分鐘的時間，最好趕快進去。」

「你不來嗎？」

「我在裡面幫不上忙，」瑞秋說。「這一刻是屬於你的。我只會害你分心。我在這裡等你，同時」——她淘氣地笑著，然後舉起手，食指伸直，拇指後翹，像一把手槍」——「把風。」

迸發的光線穿過群樹，照進洞口。在內凹的洞穴裡，有明治藏匿的寶藏，用小川的精巧設計保護的勾玉。布林克沿著光的方向就能找到。

不過就在他轉身要走時，被瑞秋拉回來，摟在懷裡，抱得很緊，緊到他能感覺她的心跳。「答應我小心點，」她低語道，然後在嘴唇輕輕一啄，給他一個溫柔的吻。「我和派系一樣需要你。」說完，便把他推向洞窟。

布林克走著走著，突然有些踉蹌，他心跳得很快，脈搏在全身震動，強勁有力。

洞窟裡空間極大，潮濕陰冷。空氣裡充斥著真菌和濕土難聞的氣味，他聽見遠處傳來滴水的聲音。他東看西看，等眼睛習慣了黑暗，他忍不住想像在藏寶室看過的天照浮世繪，令人炫目的金色光束從天照身上向外放射。

我現在需要你的一點光，天照。

但天照早已消失。故事是故事，神話是神話，但這個空虛、寒冷的洞穴是真實存在的。**這不是魔術**。整件事最神奇的地方，是他們把時間掌握得恰到好處。要是他們晚二十分鐘到達洞窟，月光的位置不對，洞穴只有一團漆黑。雖然洞窟外的月光朝四方漫射，現在光束照進窟內一面岩壁上的小洞，聚集之後，像雷射光一樣準確照進洞窟深處。

他內心充滿期待。**找到了**。**龍盒的解答**。

布林克沿著月光照亮的小徑穿過黑暗，看到月光打在岩壁上，便戛然止步。他伸手輕撫岩石表面，馬上就摸到了——一條隙縫。他彎下腰，看到一道塞滿水泥碎屑的裂縫。他嚥了嚥口水，感覺心臟差點就跳出來。曾經有人把這裡的岩壁剖開，再重新封好。他按壓壁面，尋找弱點。一點反應也沒有。於是他掏出瑞士刀，用刀片撬開裂縫。岩石晃了幾下，然後在壓力的作用下剝落。

布林克把手伸進岩壁的凹處，取出一個珠寶盒，拿到月光下一照。每一吋都鑲滿光彩奪目的寶石——紅寶石、藍寶石、鑽石——珠寶多得數不清。**真正的**龍盒。明治的珍貴寶藏。他順著盒子的輪廓，摸到一個很小的完美立方體。**一個盒中盒的盒中盒**。他總算找到了——小川最後的謎題。

拿著珠寶盒，他悟到小川一直想對他說的話：混亂自有秩序，迷宮自有出路。唯有堅持才能找到。**他找到了**。布林克已經證明他和小川旗鼓相當。他衝破幻象，看出正確的模式。**他找到了寶藏**。

布林克翻轉手裡的盒子，寶石表面在月光下閃閃發光。小川的謎題還剩二十七個步驟。打開這個盒子，他知道，正好需要二十七步。他舉起來搖了幾下——聽見一聲**紮實的撞擊**。他想像厚實而有光澤的勾玉被鎖在裡面，等著被釋放。

他馬上知道自己要怎麼打開盒子。這些動作在他腦中一一顯現，簡單明瞭，只等他動手。他只需要滑開鑲板即可。再也不會出現任何把戲或陷阱。沒有毒物或剃刀或注滿酸性物的藥瓶。只有麥可・布林克和小川，兩人隔著時空互相交會。

就此了結吧，布林克想，不過就在他準備動手時，突然有一種前所未有的感覺。猶豫，不確定。他突然退縮，差點把盒子掉在地上。不對勁，他僭越了。他潛意識聽到一個聲音說：**這個盒子不是給你開的**。

他很困惑。**這是怎麼回事？**他知道解答，知道每個步驟，但他不能打開。他很好奇要是瑞秋知道了，她會怎麼說。或許在她研究的哪個古代文明裡，出現過某種這樣的先例。某種類似印第安納・瓊斯的詛咒。她一定知道接下來怎麼辦。他要拿盒子去找她。他們要一起把它帶回東京。

不過就在他轉身離開時，感覺後頸被手槍冰冷的金屬頂著。槍手還來不及開口，他就猜到是誰了。卡姆・普特尼比他早一步趕到，在洞裡守株待兔。

「千萬不要背對門口，」卡姆・普特尼說。「尤其在你放鬆警戒的時候。」

第五十八章

布林克深吸一口氣，抑制逃跑的衝動，讓自己鎮定下來。「在火車上睡得好吧，卡姆？」

「是我在日本睡得最好的一次。」卡姆．普特尼把手槍從布林克的後腦挪開，維持水平，走到他面前。在幽暗的月光下，他脖子上的金字塔刺青顯得老舊褪色，是一張地圖，通往被遺忘的目的地。

「我想你是為這個來的。」布林克舉起珠寶盒，寶石閃閃發光。即便光線微弱，依舊燦爛奪目。賽吉要的就是這個——珠寶盒；裡面的勾玉。雖然布林克想還給天皇，但他更想活命。卡姆的目光落在盒子上，但他搖搖頭。「是，其實不是。」他把手槍放低。「我把這個放下，但手指還在扳機上，兄弟。」

布林克瞠目結舌地瞪著卡姆。**他不想要這個盒子？**他把珠寶盒放進背包，朝卡姆背後瞄了一眼，然後再望向洞口。沒看見梅。卡姆隻身前來，至少看起來是這樣。「你大費周章來找我，」布林克說。「為什麼？」

「我有事要跟你討論。你不會笨到把手機帶在身上吧？」

布林克搖搖頭，發現他完全弄錯了。普特尼無意傷害他。他不禁想起從前在紐約，卡姆・普特尼是怎麼把他往死裡打，粗暴、輕率地追捕他，然後交給賽吉。「我不覺得你是喜歡用討論解決問題的人，卡姆。」

「對，環境會改變，對吧，」卡姆說。「人也一樣。你和我不是同類人，無庸置疑，但我們有一個重要共同點。」他把槍塞進腰帶，走向洞窟的岩壁，用力打了一拳。

布林克目瞪口呆地看著他。**卡姆・普特尼是不是瘋了？**他剛才向岩石揮了一拳。

「**這，**」卡姆說，把流血的關節伸向布林克。「這就是我們的共同點。我能感覺疼痛。我能感覺快樂、悲傷、慾望和人類的所有感受。你也一樣。」

他冷不防地衝向布林克，狠狠揍他一拳。這一秒布林克還站著，下一秒就痛得倒在地上。卡姆低頭看著他，一副心滿意足的表情，然後伸手把他拉起來。「抱歉，老弟。這是最慘的部分。必須讓人家以為我們打了一架。」

布林克丈二金剛摸不著頭腦。卡姆究竟有何目的？他到底是來幫他還是害他？他是不是設計陷害他？他再度望向洞口，說不定梅會衝進來。布林克摸摸自己的額頭。手指沾滿了血。「我不明白你想幹什麼？」

「和你一樣——阻止詹姆森・賽吉。」

布林克差點以為自己聽錯了。「但賽吉是靠你的**幫忙**，才變成現在這樣。」

「彼此彼此，」卡姆說。「要不是你在紐約多管閒事，世界不會是現在這個樣子。你當時不知道會有什麼後果，我也不知道。賽吉利用了我們兩個。但現在比較清楚究竟是怎麼回事，我們必須合作。」

布林克掏出白色的絲綢方巾，輕輕擦拭額頭的血，然後遞給卡姆，他把流血的拳頭緊緊裹住。很難相信不到十二小時以前，他還用這塊絲綢方巾蒙眼。更令人無法置信的是卡姆・普特尼會請他幫忙，他也會不吝相助。但世界已經顛倒過來，一切都荒謬無稽。

「現在好像沒什麼辦法阻止他，」布林克說。「他將出現指數型成長。」

「有辦法，」卡姆說。「賽吉信任我。我可以登入任何地方——他所有的網路，所有的資料。我知道如何中斷他的數位通訊。執行起來並不簡單，而且我無法進入核心網路——目前還不行。但我可以切換某些指令的路徑，甚至停止這些指令。現在還來得及。你離開洞窟以後，賽吉不會跟蹤你。我可以保證這一點。」

聽完他的話，布林克震驚不已。卡姆不只想合作，還要保護他。「你確定能冒這個險嗎？」

「我已經想得很清楚，而且最冒險的，朋友，是撒手不管。」

布林克深深吸了口氣，想起櫻如何對他描述那個派系。瑞秋如何堅信他在受傷後成為解謎者。這整件事都是因為你，麥可。一切都是因為你。

「賽吉需要你，更甚於那個盒子裡的東西。你是他遠大計畫的一部分，而且不只是他。他們已經找了你很久。誰會想到像你這樣的呆子值得他們大費周章，對吧？但你顯然值得。你以為他為什麼除掉特雷佛斯？

布林克感到傷心欲絕，然後怒火中燒，因為卡姆證實了瑞秋的推論：**賽吉謀殺了特雷佛斯醫師**。「他是怎麼下手的？」

「醫院的運作完全仰賴電腦化系統。賽吉更改了特雷佛斯辦公室的一氧化碳濃度，簡單得很，弄得像是意外死亡。」

「特雷佛斯寄出的訊息呢？」布林克問道，但他已經知道答案了：**是賽吉寄的**。

「賽吉必須讓你接受邀請，必須讓你找到那個東西。」

卡姆朝布林克的背包點點頭，珠寶盒就在裡面。「而且，你看，成功了，你走到這一步。不得不佩服他。他的能力確實可怕。而且每次都被他料中，對吧？」

布林克感覺像被人在肚子上踹了一腳。特雷佛斯醫師的死因，他最恐懼的一切都得到證實——他是詹姆森．賽吉計畫的核心。

「他算漏了一件事，」他終於說。「**我**。我絕對不會幫他。」

「但願你說的是真心話，」卡姆說。「因為你和我，老弟，是唯一能阻止他的人。」

第五十九章

麥可．布林克睡了彷彿有好幾天，醒來時看到房間裡有優雅的淺色木材、榻榻米和障子拉門，拉門的和紙窗在晨光下閃耀。在拉門後面的和室裡，矮桌上擺了十幾個漆器盤——午餐在他睡覺時送來了。看到床頭櫃的花瓶裡插了一枝金菊，他想起自己是怎麼到這裡來的。打開櫻給他的摺紙花時，他根本想不到自己會被帶去哪裡。

他坐起來，確定自己身在何處。他上一次看到這個房間，是在比賽之前，感覺像上輩子的事。他的視線飄向給康南德魯裝食物和水的碗，還留在原位，他心裡一陣恐慌——**康妮呢？**皇后答應要找牠，但他一直沒聽到牠的消息，等他們抵達御所，他已經筋疲力盡，連問都忘了問。

布林克從床上爬起來。刷牙洗臉的時候全身疼痛。他換上乾淨的衣服——黑色牛仔褲、印有艾雪錯視覺的T恤和他的紅色老爹鞋。照鏡子的時候，他皺了皺眉。他右眼有一個拳頭大的瘀青，左臉頰是摔下腳踏車留下的擦傷。這些都是皮毛之傷，但儘管如此，他不希望回紐約的時候——面對他的鄰居、他的朋友、他的正常生活——看起來像是被狠狠教訓了一頓。

不過，重要的是他總算守得雲開見月明，**沒有**被狠狠教訓一頓。他逃過了小川的每一個詭計。他們遵循每一個線索，通過每一次考驗，找到了珠寶盒。現在只要打開就好了。

但他必須先找到康南德魯。他穿上外套，抓起康妮的狗鏈和牠最愛吃的一袋零食，正要出去的時候，聽到有人敲門。是瑞秋，她神采奕奕，和布林克完全相反。她把頭髮盤起來，穿著優雅的絲襯衫、合身的長褲和平底皮鞋，一看就是應該在古老的圖書館裡，被皮革裝訂書團團包圍的人，要不是幫他的忙，她現在一定待在那裡。

「唉呀，」她瞇起眼睛說。「那塊瘀青看起來好恐怖。」

「其實沒那麼嚴重，」他謊稱，盡可能不讓瑞秋擔心。他們還有更重要的問題，無暇擔心他臉上的傷勢。「櫻有消息嗎？」

「完全沒有，」她說，咬咬嘴唇，同時轉過頭，隱藏她的擔憂。他很瞭解她的感受。他們上了直升機就沒談過這件事，但兩人都擔心死了。

「有人把這個送到我房間，」瑞秋說，舉起一張卡片，改變話題。「和我的午餐一起送來的——對了，午餐好吃極了。」瑞秋望向擺在房間另一頭的大餐。「你真的應該吃點東西。你一定餓壞了。」

布林克把卡片拿來看：請他們去藏寶室一趟。

「知不知道藏寶室在哪裡？」瑞秋問道。「我在這個極簡主義的惡夢裡晃了半小時，剛剛才弄清楚怎麼找你。」

「我知道藏寶室在哪裡，不過，聽我說，我哪裡也不去，除非……」他舉起狗鏈。

「他們找到牠了，」瑞秋笑著說。「午餐送來的時候，我特地請問康妮的下落。牠很好。」

「你確定？」布林克聽出自己聲音裡的焦慮。說也奇怪，他面對可能致命的陷阱和毒物，連眼睛都不眨一下，可是一想到康妮可能失蹤，卻幾乎精神崩潰。

「百分之百確定。他們發現牠躲在宮中三殿的其中一座底下。後來一直跟愛子公主在一起，看樣子他們一拍即合。」

布林克鬆了口氣。「去藏寶室之前，我得想清楚怎麼解釋這件事。」他走到床邊，拿出藏在枕頭底下的珠寶盒。他睡覺時把它放在床上，做夢的時候，他用手指劃過盒子表面。他原本希望自己對它的感覺會出現變化，可是沒有。**這不是給你的。**「天皇等的是一個**打開的**盒子。」

瑞秋看看珠寶盒。「還是沒感覺？」

他聳聳肩。「我第一次遇到這種事，」他說，把盒子在手裡翻轉。盒子的重量，對解謎的生理需求，差點把他逼瘋——**他知道怎麼打開。他為什麼不能打開？**

瑞秋從布林克手上拿起盒子，然後坐在他的床邊，手指劃過鑲嵌寶石的表面。「你有沒有想過也許不應該由你來開？」

「不應該由我來開？」他不可置信地說。「即便我經歷千辛萬苦才找到它？」

「我不是說你沒有足夠的**技巧**來打開它，而是這一部分的謎團，最後的解答，也許不應該由你破解。」

瑞秋把盒子放在桌上，挨著菊花。

「想想盒子裡的東西：象徵仁的勾玉。包含它在內的王權標識是一位女性神祇——天照——的後裔正當統治的主要象徵。這三件王權標識合在一起，象徵著平衡，象徵在統治者內心締造和諧的陽性和陰性元素。草薙劍代表蠻力，或是**勇**。勾玉象徵仁慈和悲憫，或是**仁**。八咫鏡結合了陽性與陰性——平衡、和諧和智。推古女天皇對明治的警告，是擔心國家失衡以後的未來——沒有女神的女兒，未來多麼危險。」

布林克想到戰爭的暴力和恐怖，失去平衡感的領導人做出的決策，摧毀了多少人命。他很想知道，如果統治者憑仁心做決策，世界會是什麼樣子？

「**八尺瓊勾玉**是女天皇的寶石，受到天照的女兒保護，或許只有太陽女神的女兒能打開。」

「這怎麼可能？」布林克問道。「曾經統治日本的八位女天皇已經死了幾百年。」

瑞秋臉上流露淡淡的笑意。「不，麥可，並非全都死了幾百年，有一個天照的女兒還活得好好的。她叫愛子，敬宮內親王。」

第六十章

麥可・布林克和瑞秋・艾培爾即將到達藏寶室時，他看到鋼製門是開的，皇室衛兵在左右把守。**這回不用破解密碼了**，他想，瞥了一眼青蛙跳進池塘的卷軸。**噗通一聲響，沒錯！**

過去幾天，他的生活天翻地覆，幾乎超出了他的想像，現在，他們走進燈光柔和、珍寶堆積如山的藏寶室，自從上一次來到此地，沒想到發生了這麼多變化。他原本以為自己是在破解一個謎團，然而事實上，他已經為自己最重要的問題找到答案。他完全符合瑞秋對他的認定，甚至猶有過之。特雷佛斯醫師對他說過，現在布林克又聽到他說：**你這輩子最棘手的謎題是你自己。**

這些年來，他拒絕深入探究，反駁特雷佛斯醫師和瑞秋，認定自己只是一個擅長表演特技的普通人。他堅決相信特雷佛斯醫師可以治好他——一切都能逆轉。他可以擺脫他的宿命。但他錯了。他的能力背後隱藏著巨大的力量和責任。麥可・布林克現在面對的問題是：他能否承擔起這份責任？

他們身後的門關了。天皇和皇后一起坐在沙發上，中間坐著他們的女兒，愛子，敬宮內親王，櫻小時候的玩伴。現在她是個年輕的女人，腿上抱著康妮，表情溫暖而開朗。

布林克彈一下舌頭，康妮跳到他面前，生氣蓬勃，腳爪向上抓他的腿，直到布林克把牠抱進懷裡舔他的臉。他在康妮失蹤後承受的焦慮和緊張全部煙消雲散。**她平安無事**。他放下康妮，從口袋掏出零食，拋給牠。康妮在半空中刁住，倒臥在他面前，咀嚼得津津有味。他彎下腰，搔搔牠又長又軟的耳朵，過了足足一分鐘，才發現人人都盯著他看，被這對主僕逗樂了。他站起來，露出靦腆的笑容，然後說，「謝謝你們找到牠。」

「應該的，」皇后說，示意布林克和瑞秋坐下。「愛子很喜歡你的小朋友。康南德魯把我們大夥兒忙壞了。」

布林克坐下來，瑞秋坐在他旁邊的位子。康妮啪嗒一聲倒在布林克的鞋子上，咬著牠的零食。「你們是在哪裡找到牠的？」

「牠躲在宮中三殿，」愛子說。「我找到牠的時候，牠很害怕，不肯出來，但我總算說服了牠。我們成了好朋友，可是我看得出牠很想你。」愛子低頭看看康妮，現在牠捲著布林克的腿。「牠是屬於你的。」

「而這個，」布林克說，拿起珠寶盒，然後交給天皇，「是屬於你的。」

布林克發現他大概打破了某種古老的成規，但天皇欣然一笑，接下盒子。他拿在手裡翻轉，欣賞寶石構成的精緻花紋，顯然龍心大悅。「說說看，」天皇說。「你是怎麼找到這個的？」

布林克說明他們如何從箱根前往京都，然後去天岩戶神社和洞窟。他講到他們如何遭遇埋伏——他臉上的傷勢足以證明——以及櫻如何犧牲自己來幫助他們。

「我們依照小川留下的線索，」布林克說，走到收藏枕冊子的玻璃箱邊，「櫻和我發現明治把勾玉藏起來，有一個很重要的原因。」

他拿出枕冊子，示意瑞秋過來。她小心翼翼地取出從枕冊子撕下的和紙碎片，放回原位。布林克唸出佳子記記載明治作夢的那段文字：**推古女天皇拜託我保護女神仁慈的女兒**。

「勾玉是天照留給日本的遺產，」瑞秋說。「是悲憫、智慧和仁慈的象徵。」但勾玉傳下來的，也是天照的女兒參與日本未來的權利。仁心，仁治。少了它，天叢雲劍和八咫鏡會失去平衡。應該把勾玉傳給未來的後裔，推古女天皇真正的後裔。

「但勾玉在哪裡？」皇后問道。

布林克朝珠寶盒點點頭。「在裡面，不過……」他轉頭對愛子說，「開啟它的人不**應該**是我，而是你。」

公主大吃一驚，馬上看了她父親一眼。他思索布林克的話，然後把盒子交給愛子。公主仔細看了一、兩分鐘，拿在手裡翻轉，彷彿試圖理解盒子隱藏的訊息。然後，她推開一塊木片，再一塊，又一塊，一系列行雲流水的動作讓布林克甚是欣賞。盒子重新構形、彎曲、移位，最後寶石排成一條直線。當最後一塊木片就位，盒子的頂蓋開了。

愛子往裡面一看，然後把盒子還給父親。天皇拿出一塊玉，一塊賞心悅目、半透明的弧形綠色寶石。形狀格外簡單，有一種純粹的美，和珠寶盒的晶光燦爛形成強烈對比。在天皇思考如何處置八尺瓊勾玉時，布林克感覺到世世代代的天皇祖先，以王權標識統治國家的男男女女留下的遺產。想到所有人緘口不提的一切，以及未來的種種可能，空氣變得有些凝重。

最後，天皇站起來，把勾玉交給愛子。公主把玩翻轉手裡的玉器，燈光滑過它平滑的表面，她的神情充滿了詫異與驚喜。她站起來鞠躬，隆重地深深一鞠躬，表示尊敬與接受。推古女天皇的遺產會傳給愛子，女神仁慈的女兒。敬宮內親王是菊花寶座的正統後裔，無所謂**儘管**她是女性，而是**正因為**她是女性。

皇后看著女兒，布林克發現她熱淚盈眶。那一刻，他看得出皇后因為女兒得不到正統繼承權承受了多少痛苦。勾玉恢復了她的尊嚴、她女兒的尊嚴，以所有女性的尊嚴。

「這個，」天皇說，把現在空了的珠寶盒交給布林克，「是屬於你的。」

他收下盒子，然後把木片滑回原位，封鎖。然後，一陣劈哩啪啦，他重新打開盒子，計算每個步驟。二十七步，正是完成小川的七十二個挑戰需要的步驟。

皇后眨眨眼睛，強忍淚水，轉頭對向布林克和瑞秋說，「你們吃了不少苦頭才為我們找回勾玉。我們還能做些什麼來表示我們的感激？」

「我們想知道一件事，」布林克說，看了瑞秋一眼。「我們一直很擔心櫻。能否告訴我們她出了什麼事？」

「櫻ちゃん在京都休養。」皇后說。

「她受了傷，但傷勢沒有預期的那麼重，」天皇說。「她打電話向宮內廳申請直升機時，也要求我們派人在地面接應。結果她根本不需要急救。」

布林克鬆了口氣。現在可說是皆大歡喜。櫻活著，康妮被找回來，勾玉交到菊花寶座的正統繼承人手裡，而且瑞秋和布林克即將打道回府。康妮吠了幾聲，然後——出乎布林克的意料——跑回沙發，跳到愛子的大腿上，舔她的臉。「我也會想你的，康南德魯。」她開心地笑著說。

他們走出藏寶室時，布林克說，「你剛才說櫻在京都休養？」

「在我的私人醫師掌管的診所裡，」天皇說。「她明天出院，然後到這裡來，由朋友照顧她康復。」

「如果不會太麻煩的話，」布林克說，「我們想在離開日本之前看看她。」

第六十一章

麥可·布林克和瑞秋·艾培爾在皇室診所的大廳等候，康妮待在他們中間。天氣酷寒，從玻璃窗看出去，光線灰暗，和舊刀子一樣單調遲鈍，但知道再過幾分鐘就會見到櫻，他便精神抖擻。他想過梅會用哪些殘暴的手段對付櫻，所以當電梯門打開，她拄著拐杖，一跛一跛地走過來時，他總算放下心頭大石。

她左邊的臉裹著厚厚的紗布，懸著的右腿打了石膏，但是她穿過大廳時，笑得非常熱情。

「看來你傷得很重。」布林克說。

櫻眨眨眼，顯然很高興見到他。「你應該看看我姊姊。」

「梅……？」

「就在這家診所，」櫻說。「但她一出院就會關進看守所。叛國，危及皇室性命。另外還有大概十項罪名。她會在牢裡蹲很久。」

瑞秋擁抱她，這個動作顯然讓櫻不自在，但她還是接受了。「你們兩個沒必要大老遠來這裡看我。」

「當然有必要，」布林克說。「這是我們回紐約前向你道別的最後機會。」

「我們今晚就搭天皇噴射機回去，」瑞秋說，彎腰搔搔康妮的耳朵。「康南德魯喜歡搭私人飛機。」

布林克往外面比了一下，一輛暗紅色的勞斯萊斯在外等候。「天皇和皇后堅持要我們坐他們的車，把你一起接回東京。」

櫻抬起單邊眉毛。「真豪華，」她說，警惕地看著車子，然後再往前看，彷彿在等待一架無人機出現在地平線上。「但有點招搖。」

「不必擔心，」布林克說，想到卡姆和他們聯手阻止賽吉的協定。如果卡姆信得過，他就不用擔心賽吉會跟蹤他們。至少暫時不用。

「我們上了車再解釋。」瑞秋說，為櫻打開車門。

布林克接過櫻的拐杖，扶她坐進勞斯萊斯寬敞的後座。

「我全都要聽，」她說。「而且我也有一樣東西要帶你去看。一個很特別的地方，我想你會欣賞的。」

櫻吩咐了司機幾句話，車子便往西北方行駛。在行進途中，布林克覺得自己好像第一次看見京都，在某些方面也可以這麼說：沒有潛伏的無人機、沒有被監視、沒有人偷聽他的一言一語。他和瑞秋把洞窟發生的事娓娓道來，他把珠寶盒拿給櫻看，忽然感覺到茫然失措。過去幾天的奇遇似乎漸漸遙遠。

他們很快駛出京都市中心，開進右京區高山的山麓，天空烏雲濃密，隨時可能下雪。

司機停在一排石階梯前面，階梯盡頭是山上的一間寺廟。

「這是龍安寺，」櫻在布林克攙扶她下車時說，一邊拄拐杖，一邊確定自己的位置。「我想給你看這裡的一樣東西，但我沒把握能爬上那些階梯。

布林克順著她的目光，望向出現雨淞的岩石。「來，」布林克說，接過她的拐杖，交給瑞秋。「我抱你上去。」

櫻的體重很輕，很容易抱，但他看得出她不喜歡無助的感覺。「永遠，**永遠**，不准跟任何人說我讓你抱我，」她說，臉上的表情很緊張。她回頭看著走在後面的瑞秋。「你也一樣。不許說出去。」

「不說出去，」瑞秋說，憋住不笑。「保證。」

開始下雪的時候，他們即將抵達**方丈**（正殿）門口，**方丈**很大，是一座歇山頂的開放式建築，鋪設紅檜木瓦。**玄關**空空如也，鞋櫃裡一雙鞋也沒有。**方丈**寂靜無聲。「現在來龍安寺最好不過，」櫻說。「這裡只有我們。」

布林克脫下他的老爹鞋，兩隻腳塞進一雙塑膠拖鞋，穿過一個開放式空間，來到廊臺。下面是一個長方形石庭，大約兩百五十平方公尺（譯按：這裡的原文是250 meters，查證後發現應指面積248平方公尺），三面封閉。對面的牆壁是煅赭石的土牆，紅檜挺立其上。但布林克注意到的是十五塊不規則形狀的灰色岩石，點綴細緻的白沙。石塊周圍的青苔是一座座島嶼，淡綠色的底層很鬆軟，被冰殼覆蓋。石塊表面有一層極其稀薄的白雪，是剛剛才下的，虛幻而蒼白。

「由於石塊的排列方式，這個花園有時被稱為七五三庭。由東向西，分成五組擺放。第一組總共有七塊石頭，第二組共有五塊，第三組有三塊。」

這種模式和數字引起布林克的注意，他陷入沉思，想參透石塊的分布方式。

「小時候，爸媽會帶梅和我來這裡，」櫻說。「我一直忘不了。每次覺得苦惱，就會想起這裡。」

「這裡很美，」瑞秋說。「也很寧靜。」

「確實，」櫻說。「但我覺得這個石庭有趣的地方，是誰也不知道這些石頭究竟在搞什麼鬼。這是全球最有名的枯山水之一，每年有數十萬遊客造訪，然而沒有一個人看得懂。這是日本最令人費解的謎題，在某些方面，比龍盒更令人迷惘，因為它**無法**破解。事實上，我們甚至不知道這它需不需要破解。」

聽到有不解之謎，布林克就想出手破解。他立刻發現自己正從每一個角度研究石庭，仔細觀察石塊的排列，大腦充斥著各種可能的破解之道。雖然可以為這些石塊找出解釋——三、

五、七這幾個數字可能代表很多意思；石塊的位置可能是參透其意義的關鍵——他知道櫻的話是對的。這個謎題無法破解。**不該**破解。這才是重點所在。這個領悟讓他心裡充滿了古怪而美妙的寧靜感。突然間，他感到自由。

「懂我的意思吧？」櫻說，狡黠地笑著，然後拄起拐杖，一跛一跛地走了。「快來，我還有一樣東西要給你看。」

她穿過**方丈**，走到正殿外圍的廊臺，這裡比地面高出兩呎，下面是長滿青苔的石頭、灌木叢和樹群，雜亂的荒野和石庭嚴謹的秩序互為對比。現在漫天飛雪，大片的雪花堆積在雜亂的自然景物上。

櫻在廊臺盡頭止步，指著下面長滿青苔的斜坡，那裡有個圓形的石水池，泉水從地面汩汩流出。水池的底座形似銅錢，銅錢中央的正方形蓄了一池泉水。

「這是知足蹲踞，」櫻說。「在進入聖地前用來洗手的淨手池。」

布林克跪在廊臺邊緣，彎下腰，把水池看得清楚一點。石塊表面刻了四個字，正方形每邊各有一個。

「遊客從世界各地來這裡看石庭，」她說。「但我在龍安寺最喜歡的是這個隱密的水池。來，看清楚一點。有沒有看到石塊上的話？」

布林克端詳這幾個字：

「在紐約請你和我一起尋寶時，我說會告訴你一件關係你個人的大事，」他說。「我在竹林裡說了一部分。另外一部分——也許是最重要的部分——就是這個。這些字有兩種讀法，形成一個字謎。雖然設計精妙，不過最重要的這些字的**意思**。」

布林克細看這幾個字。他覺得自己看懂了，但還是請櫻翻譯，以防萬一。

「這四個字唸成『われただたるをしる』，」她說。「意思是：**知足常樂**。」

布林克明白了這幾個字的意思，一時間百感交集。知足。他的人生有一半是在不安、衝動和慾望的煎熬中度過。對破解謎題的飢渴主宰了他。如果他承認自己並非無所不知，那會怎麼樣？安常處順，任由眼前的謎團懸而未解，**知足常樂**，是什麼感覺？

「你是叫我放鬆一點？」

櫻笑出了聲。「我就是這個意思，謎題神童。我們這輩子要學會的，是對我們，對自己滿意。**我們夠好了**。你夠好了。不管你能破解什麼，不管你能做到什麼，都改變不了這一點。這是最艱鉅的挑戰，但也會帶來最美好的回報。」

在廊臺邊緣穩住身體，麥可・布林克靠向水池，讓冰冷的水沖過雙手，清洗乾淨。

致謝辭

筆者在一九九八年至二〇〇〇年間旅居日本，此後一直想像一個發生在日本的故事。感謝我的編輯安德莉亞·沃克看到了這部小說的潛力，並在創作過程中一直鼓勵我。安德莉亞，感謝你這位出色的編輯和朋友，我會永遠珍惜。

感謝蘭登書屋的夢幻團隊——安迪·沃德、愛麗森·里奇、凱特琳·麥肯納、溫蒂·多雷斯汀、瑪麗亞·布雷克爾、凡妮莎·德黑蘇斯、凱蒂·霍恩、麥迪遜·戴特林格、娜奧米·古德哈特、卡洛斯·貝爾特蘭以及卓越的審稿編輯凱西·洛德。感謝孫嘉鴻·霍桑為我審閱手稿，並在日本歷史、語言及筆者的研究真實與否方面給予指導。

感謝我了不起的經紀人蘇珊·戈隆布每一步都陪在我身邊，還有作者之家每一個人，特別是瑪雅·尼科利奇，她把我的作品帶給世界各地的讀者。同時也感謝哥譚集團的里奇·格林，對麥可·布林克和他的故事背後更大的意義做出了精闢的提問。

關於書中出現的謎題，我對提供建言及設計謎題的真實謎題師——布倫丹·埃米特·奎格利、黃煒華和卡根·桑德——深感敬畏，他們的機關盒啟發了我對龍盒的想像。感謝迪米崔斯．拉撒路設計小說中的圖像。

我的第一批讀者是我寫作團體裡的作家：珍妮爾．布朗、安吉．金、珍恩．郭、詹姆斯．漢．馬特森和提姆．威德。感謝你們幫助我塑造這部小說，感謝你們的幽默和品味，也謝謝你們來聖米格爾德阿連德看我。感謝梅根．比蒂和梅根．比蒂通訊公司幫忙宣傳。

我特別感謝在我創作本書的過程中給予支持的朋友：克里斯．帕沃恩、莎拉．迪維洛、珍恩．郭、安娜．蓋勒、蒂娜．布切、安潔拉與傑夫．布拉斯基、伊夫琳和尼古拉斯．波斯特爾—維尼、漢娜．布魯克斯、丹尼斯．多諾霍、阿特和莉奧娜．德費爾及其他許多人士。感謝丹．布朗，他的友誼一直鼓舞著我。

最重要的是感謝我的家人——哈德里安、亞曆克斯、妮可和西多妮，他們的愛和支持比什麼都重要。

國家圖書館出版品預行編目資料

謎題盒 / 丹妮莉・楚索妮（Danielle Trussoni）著；楊惠君 譯. -- 初版. -- 臺北市：商周出版，城邦文化事業股份有限公司出版：英屬蓋曼群島商家庭傳媒股份有限公司城邦分公司發行, 2025.04
384面；14.8×21公分. --（iFiction；98）
譯自：The puzzle box.
ISBN 978-626-390-504-7（平裝）
874.57　　114003491

線上版讀者回函卡

謎題盒

原著書名／THE PUZZLE BOX
作　　者／丹妮莉・楚索妮（Danielle Trussoni）
譯　　者／楊惠君
企畫選書／楊如玉
責任編輯／林瑾俐

版　　權／吳亭儀、游晨瑋
行銷業務／周丹蘋、林詩富
總 編 輯／楊如玉
總 經 理／彭之琬
事業群總經理／黃淑貞
發 行 人／何飛鵬
法律顧問／元禾法律事務所　王子文律師
出　　版／商周出版
城邦文化事業股份有限公司
台北市南港區昆陽街 16 號 4 樓
電話：(02) 2500-7008 傳眞：(02) 2500-7579
E-mail：bwp.service@cite.com.tw
發　　行／英屬蓋曼群島商家庭傳媒股份有限公司城邦分公司
台北市南港區昆陽街 16 號 8 樓
書虫客服服務專線：(02) 2500-7718・(02) 2500-7719
24 小時傳眞服務：(02) 2500-1990・(02) 2500-1991
服務時間：週一至週五 09:30-12:00・13:30-17:00
劃撥帳號：19863813　戶名：書虫股份有限公司
讀者服務信箱 E-mail：service@readingclub.com.tw
城邦讀書花園 網址：www.cite.com.tw
香港發行所／城邦（香港）出版集團有限公司
香港九龍土瓜灣土瓜灣道 86 號順聯工業大廈 6 樓 A 室
電話：(852) 2508-6231　傳眞：(852) 2578-9337
E-mail：hkcite@biznetvigator.com
馬新發行所／城邦（馬新）出版集團 Cité (M) Sdn. Bhd.
41, Jalan Radin Anum, Bandar Baru Sri Petaling,
57000 Kuala Lumpur, Malaysia
電話：(603) 9057-8822　傳眞：(603) 9057-6622

封面設計／李東記
內文排版／新鑫電腦排版工作室
印　　刷／韋懋實業有限公司
經 銷 商／聯合發行股份有限公司
電話：(02) 2917-8022　傳眞：(02) 2911-0053
地址：新北市 231 新店區寶橋路 235 巷 6 弄 6 號 2 樓

■2025年4月初版
定價 520 元

Printed in Taiwan
城邦讀書花園
www.cite.com.tw

ISBN　978-626-390-504-7
EISBN　978-626-390-501-6（EPUB）